www.tredition.de

Alles, worauf die Liebe wartet, ist die Gelegenheit.
(Miguel de Cervantes)

Katrin Domnick

Speeddates und Kuschelsocken

Es lebe das Chaos

www.tredition.de

Verlag und Druck:
tredition GmbH, Halenreie 40-44, 22359 Hamburg

ISBN
Paperback: 978-3-347-31498-6
Hardcover: 978-3-347-31499-3
e-Book: 978-3-347-31500-6

1 – Alex

Es ist ein Freitag im Mai, ein Tag wie viele andere zuvor. Keine spektakulären Abschlüsse, keine Sonderanalysen, keine Aktienabstürze, nichts Besonderes. Im Büro sind alle bereits in Feierabendlaune, der Abend rückt näher. Alexander Abel, kurz Alex, zu diesem Zeitpunkt 36 Jahre alt, nach dem Einser-Abi in der Tasche überragendes Wirtschaftsstudium an der Privatuni absolviert, Penthouse in München City, eingerichtet von mehreren Innenarchitekten, einen Porsche mit Tiefgaragenparkplatz und zugehörigem Waschservice, hauseigenen Reinigungskräften, Swimmingpool, Gym und so weiter und so fort. Tagesabläufe wie folgt: nach Feierabend im Penthouse vor 3 Bildschirmen hockend die Märkte analysierend, gegen 1 Uhr nachts kurzes wegknacken, gegen 5 Uhr aufs Laufband, danach duschen, einen Espresso aus der italienischen Siebdruckmaschine, anlegen des Breitling Chronographen, binden der Krawatte, kurzer Blick aufs Handy, Porsche Schlüssel, Aufzug und wieder ab ins Büro. Für Alex gleicht ein Tag dem anderen, seine Arbeit ist sein Leben.

2 - Romi

Romina Rössler, kurz Romi, 38 Jahre alt, Single nunmehr seit ca. 3 Jahren, der exakte Schlussstrich lässt sich so genau nicht definieren. Kompliziert, wie das eben manchmal so ist mit On-Offs. Romina zu beschreiben ist relativ einfach: sie ist chaotisch und humorvoll. Der Kontostand nagt oftmals (zu) nahe am Abgrund. Sie hat das Langschläfersyndrom und chronische Aufschieberitis, rennt ständig gehetzt von Termin zu Termin, ist ein Kohlehydratjunkie, eine Speckröllchensammlerin und extrem süchtig nach mit Schokocreme gefüllten Doppelkeksen mhh lecker! Romina hasst Sport. Seit mehreren Monaten funktioniert der Aufzug im Mietshaus nicht richtig, ständig muss sie sich die 3 Stockwerke zu ihrer Wohnung schleppen. Definitiv genug Bewegung.

Romina arbeitet hauptberuflich im Kinderhort. Da sie aus Personalgründen derzeit nur eine ¾ Stelle hat, bessert sie ihr mageres Gehalt mit mehreren Nebenjobs auf, welche sie sogar sehr gerne macht. Sie hat ein Engagement als Laiendarstellerin im Theater, hilft ab und an der Kino-Kasse aus, aber am Liebsten ist Ihr ihre Organisatorenrolle bei den Speeddates. Hier organisiert sie seit nun mehr 3 Jahren Termine für mehr oder weniger gefrustete Singles. Sie freut sich jedes Mal wieder darauf, am meisten gefällt ihr natürlich, wenn sich zwei Menschen treffen, bei denen man schon förmlich die Funken sprühen sieht. Leider passiert das nicht so häufig. Romina selbst möchte derzeit noch Single bleiben, zumindest die nächsten 2 Jahre. Sie hat sich sehr viel vorgenommen, möchte sich mehr um ihre Nichte kümmern, allgemein mehr Zeit mit und bei ihrer Schwester verbringen, zumindest an den Wochenenden. Insgesamt fühlt sich Romi sehr wohl mit und in ihrem Leben. Alles ist gut so, wie es ist. Klar, ein bisschen mehr Kohle hier und da, aber ansonsten, alles easy und relaxed. Und nach dem letzten Reinfall hat sie sowieso erstmal keine Lust auf irgendwelche Typen.

DEN Traumtypen hat sie auch eigentlich gar nicht, rein optisch betrachtet. Was ihr wichtig ist sind gemeinsame Interessen (aber nicht nur, jeder braucht auch Zeit für sich), kein ständiges aufeinander hocken, gemeinsame Filmabende mit Pizza und einer 3 Liter Box Vanille-Eis. So ist das Leben schön.

3 – Das rote Knallbonbon

Am heutigen Freitag Abend ist mal wieder ein Speeddate-Event angesagt. Alles ist bereits organisiert. Die Teilnehmer, die Location, die Snack, die Drinks, die Tischordnung, einfach alles. 32 Leute haben sich für den heutigen Abend angemeldet. Romina schlüpft in ihr neu erstandenes Second-Hand-Kleid, sprüht noch etwas Parfum auf und macht sich auf den Weg.

Mit ihrer klapprigen Karre rollt sie in die hoteleigene Tiefgarage, wo das Speeddating stattfindet. Nach endlosem Tastendrücken spuckt der Automat endlich eine Karte aus, die Schranke öffnet sich und ein Frauenparkplatz ist auch schon in Sichtweite. Nach einem Blick auf die Uhr klopft sich Romina selbst auf die Schulter „prima, liege noch gut in der Zeit". Am Treppenhaus angekommen liebäugelt sie mit dem Fahrstuhl 10 Meter rechts von ihr. Mh, was machen. Die superschönen Pumps und die Treppen? Neee, passt nicht, lieber mit dem Fahrstuhl denkt sie sich, ausserdem dann wieder die 3 Stockwerke zu Hause bis zur Wohnung, boah neee, zu viel. Also, rein in die Kammer und hoch geht's.

Etage 2, zack, Knopf gedrückt, Tür zu. Es ruckelt, das Licht flackert, der Aufzug steht. Der Aufzug steht? Oh nein, lass das bitte nicht wahr sein. Sie drückt alle Tasten in der Hoffnung es bewegt sich etwas. Nichts. Aus dem Lautsprecher ertönt eine Stimme: „Guten Tag, Fahrstuhltechnik Bayer, Sie haben geläutet? Gibt es Probleme mit dem Aufzug?" „Oh, was ein Glück, ja, bitte helfen Sie mir, kaum war ich eingestiegen, blieb der Aufzug stecken!" „Keine Panik, wir senden gleich einen Servicetechniker, haben Sie Platzangst?" „Nein, bislang eigentlich nicht, ich hoffe das bleibt so. Aber abstürzen kann ich nicht, oder? Ich bin min. schon ein Stockwerk hoch." „Nein, keine Angst, das ist unmöglich. Versuchen Sie ruhig zu bleiben, genauso, wie Sie jetzt sind, in spätestens

10 Minuten ist unser Techniker vor Ort. Sollte noch was sein, betätigen Sie den Alarmknopf erneut, mein Kollege ist dann am anderen Ende, ich habe jetzt Feierabend. Ich wünsche Ihnen alles Gute, wir sorgen dafür, dass sie schnell hier rauskommen." „Alles klar, vielen Dank und für Sie einen wohlverdienten Feierabend und fahren sie heute besser keinen Aufzug mehr." Beide lachen. Nach einer gefühlten Ewigkeit und nach einem heftigen Ruck öffnet sich die Fahrstuhltür und Romina ist befreit. Ein netter Mann in den Fünfzigern begutachtet sie mit besorgter Miene und stellt fest: „ah, junge Dame, wie schön, Ihnen fehlt nichts. Da sind wir froh. Haben Sie einen Termin hier? Hoffentlich schaffen sie es noch rechtzeitig!" „Ich danke Ihnen, sie haben mich gerettet. Ja, ich habe – oh mein Gott – JETZT einen Termin."

Im Laufschritt ruft Romina dem netten Herrn noch „einen schönen Tag und nochmals vielen Dank" zu. Gehetzt und wie immer zu spät steht sie Konferenzraum „Bern" und sieht wie Ihre 3 Partner bereits zwischen den Tischen hindurchhuschen und rasch noch die Teilnehmerlisten durchgehen. „Romina, nach Deinem Anruf vorhin dachte ich Du kommst einmal pünktlich an…" Mit einer hochgezogenen Augenbraue und ohne ein freundliches „Hallo" wendet Tom sich wieder seinen Aufgaben zu. Auch sagt er sonst nie Romina, immer Romi. Er ist wohl etwas angesäuert.

„Ja, Tom, ich weiss, aber bitte glaubt mir, ich war mehr als pünktlich, aber der Aufzug blieb stecken und ich hatte keinerlei Handyempfang darin." Schallendes Gelächter ertönt. „Romina, bitte, echt jetzt, das ist albern." „Nein, Tom, das ist die Wahrheit, wegen meiner Schuhe hatte ich den Aufzug aus der Tiefgarage genommen und blieb stecken." Erneutes Lachen. „Nein, Du bist 2 Etagen mit dem Aufzug gefahren? Ok, also das glauben wir Dir dann doch." „Jaja, ich weiss, ist ja gut jetzt. Also, es tut mir leid, was ist noch zu machen Tom?" „Wir sind fast fertig, Du machst heute den

Startschuss und führst unseren Teilnehmern anhand ein paar Beispielen vor, wie die Speeddates ablaufen könnten." Maggie und Micha sind einverstanden.

Zusammen mit Tom, Maggie (heisst eigentlich Margarethe) und Micha richtet Romina seit 3 Jahren die Date-Abende aus. Solange die Nachfrage noch da ist, wollen sie weitermachen. Bis jetzt waren sie bei jedem ihrer Termine ausgebucht. Das ein oder andere Gesicht war auch schon mehrmals mit dabei, wie man sieht, bislang leider ohne Erfolg. Dies könnte sich am heutigen Abend ein für alle Mal ändern. Romina und ihr Team freuen sich über jedes Paar, über jede Liebesgeschichte, zu der sie einen Teil beitragen konnten. Die Rückmeldung der Paare erfolgt prompt.

Maggie und Micha kennt Romina noch aus der Schule, Tom hat sie vor Jahren auf einer Party für Singles kennen gelernt (Tom ist schwul), er passt gut zum Team, alle ergänzen sich perfekt. Die Macken der jeweils anderen sind bekannt und dienen der Belustigung. Sehr selten gibt es auch mal Knatsch deshalb, aber das ist nie von langer Dauer. Maggie und Micha haben beide Ehepartner, ein Haus im Grünen, einen festen Job und einen Hund. Nur Kinder fehlen bei Beiden noch zum Glück. Bei Maggie klappt es nicht und bei Micha will seine Frau Susanne nicht. Der nicht kann, der will und der nicht will, der kann. So oder so einfach behämmert ungerecht.

So, die letzten Minuten laufen, gleich werden die ersten Teilnehmer eintreffen. Romina schiebt noch schnell die Stühle an den Tischen gerade, bügelt sich mit der Hand die Falten aus dem Kleid, holt tief Luft, meckert über das enge, neue Kleid und öffnet die Flügeltür des Konferenzraumes „Bern" für die Gäste des Abends. Na hoffentlich schlägt das Kleid keine Rollen über meinem Hintern, denkt sie.

Alexander ist im Bavarian City Hotel zum Lunch mit seinem ehemaligen Kommilitonen Robert verabredet. Robert war die schon die ganze Woche über geschäftlich in München, aber beide hatten zu keinem Tag der Woche die Chance auf ein Treffen. Zu busy. So ist das Leben. Die Arbeit geht vor. Aber heute klappt's. Gerade noch rechtzeitig, Robert fliegt morgen wieder zurück. 2 Jahre ist das letzte Treffen her. Aber in Zeiten von Internettelefonie und Video-Chats sieht man sich nahezu doch jeden Tag, wenn auch nicht persönlich. Robert ist nach wie vor einer von Alex besten Freunden. Nein, eigentlich der einzig und beste Freund. Freunde sind in diesem Beruf eher die Seltenheit. Auch mit Kollegen ist es eher schwierig, befindet man sich doch stetig im Konkurrenzkampf untereinander. Seit Robert ein Jahr nach dem gemeinsamen Studium nach Shanghai zog, halten sie Kontakt. Nahezu täglich tauschen sie sich aus. Beide sehen sich gegenseitig als guten Freund und Berater. Und was die Entwicklungen und Prognosen an der Börse angeht, sind sie ein unschlagbares Team.

15 Minuten vor 19 Uhr: Alex läuft gerade im 2. Stock in Richtung der Steakhouse Bar, als direkt neben ihm die Flügeltür aufgerissen wird. Eine junge Dame sabbelt irgendetwas und zieht sich ihr ziemlich enges Kleid zurecht. Alex muss einfach hinsehen: als die junge Frau rechts zieht, rutscht das Kleid nach links oben, dann wieder entgegengesetzt. Am Hintern schlägt es ziemlich Falten, oh Mann, dass manche Leute aber auch nicht in den Spiegel schauen, bevor sie aus dem Haus gehen. Kopfschüttelnd geht er an ihr vorbei.

Bei Romina und ihrem Team treffen nun nach und nach die Gäste ein. Gleich kann es losgehen. 16 Frauen, 16 Männer. Normalerweise zieht sich Romina einen der Herren raus und setzt sich mit ihm an den vordersten Tisch, um den Teilnehmern kurz den Ablauf anhand einiger Beispiele zu erläutern. Denn das Wichtigste ist, dass die Fragen und die Antworten der Teilnehmer untereinander ehrlich und spontan sind. Heute sitzen schon alle Paare für die erste Runde zusammen... Seltsam... ganz von alleine. Nun gut. Sie möchte diese Konstellationen, die sich gefunden haben, ungern auseinander reißen.

Gerade als Romina sich erneut im Raum nach einer männlichen Testperson umsehen möchte, entdeckt sie auf dem Flur Alex, der gerade von der Toilette zurückkommt und spricht ihn an: „guten Tag, sind Sie evtl. für 5 Minuten frei?" „Um was geht es denn?", fragt Alexander, „benötigen Sie Hilfe?" „Oh ja, das wäre klasse, ich bin Romina und wir veranstalten hier ein Speeddate. Gerne möchte ich meinen Kandidaten eine kurze Hilfestellung zum Ablauf und zum Anwenden der Fragen geben und hierfür würde ich Sie sozusagen als Statist benötigen, wäre das ok?" Alex schluckt kurz, so ein Mist, denkt er sich, Speeddate, dass es sowas noch gibt und da hocken sogar interessierte Leute drin. Die junge Frau, die sich ihm gerade als Romina vorgestellt hat, sieht von Nahem doch nicht ganz so schlimm aus, wie die grosse Kugel in dem roten Kleid noch ein paar Minuten zuvor. Ehe sich Alex versieht, sitzt er mit Romina am 2er Tisch. Nach ein paar einleitenden Sätzen geht es los.

Alle Augen sind gespannt auf die Beiden gerichtet. „So, wir stellen uns vor. Ich bin Romina und wer bist Du?" „Guten Tag Romina, mein Name ist Alex. Eigentlich Alexander Anatolij Michail, aber ich glaube, das tut nichts zur Sache." „Oh doch Alexander Anatol äh Micha und ob!" Je mehr wir in dieser kurzen Zeit über den anderen erfahren, umso besser. Ok Alex, warum bist Du heute hier?" „Weil sie mich gebeten haben, kurz zu helfen." „Äh, ja. Aber wenn sie ein Teilnehmer wären, was wäre der Grund hier zu sein?" „Mh, ich bin nicht sicher, ich schätze ich wäre auf der Suche nach einer Partnerin?" „Genauso so ist es. Was machen Sie in Ihrer Freizeit Alexander?" „Ich gehe zum Sport ins Studio oder gehe laufen, erledige Arbeit, die im Büro liegen geblieben ist und überprüfe stündlich mein Portfolio wegen der Volatilität." Offene Münder im Raum.

„Und Sie Romina, was machen Sie nach der Arbeit?" „Nun ja also, ich ähm, ich gehe entweder weiterarbeiten, ich habe noch Nebenjobs und wenn ich das nicht tue, dann gehe ich nach Hause, ziehe meine Kuschelsocken an und lege mich auf die Couch. Am Liebsten schaue ich dann natürlich noch eine meiner Lieblingssoaps oder einen Liebesfilm mit Happy End. Ahja und Eis, unendlich viel Vanille-Eis. Und an Wochenenden, wenn ich frei habe, ja, da ist alles genauso." „Aber das ist doch langweilig. Nichts tun, immer den gleichen Schmarrn im TV sehen, oder?"

Ohne Reaktion auf Alexander's Frage bittet Romina Alex noch selbst eine abschliessende Frage zu stellen. Diese Lautet: „Romina, was ist ihre liebste Sportart?" (Alex hat diese Frage ernst gemeint, er wollte sie nicht foppen, umso überraschender für ihn die Antwort) „Lieber Alexander, ich muss Sie (wir sind wieder beim Sie) leider enttäuschen, ich hasse, nein, ich verachte Sport. Ab und zu gehe ich mal wandern, aber auch das sehr, sehr selten." Das Gesicht von Alex spricht Bände.

„Aber wie können Sie sagen, sie hassen Sport? Welche Sportarten haben Sie ausprobiert, evtl. waren es einfach die Falschen? Es gibt unzählige Möglichkeiten, da findet sich doch für jeden etwas." „Nein, es gibt keinen Sport, der mir gefällt, Sport ist Mord und damit basta!"

Irritiert blickt Alex Romina an. Sie scheint verärgert, er versteht nicht warum. Er versteht auch nicht, wie jemand Sport hassen kann, jegliche Art von Sport. Unbegreiflich. Nun gut, man lernt nie aus. Aber dafür, dass sie keinen Sport macht, hätte das Kleid über dem Hintern eigentlich noch mehr spannen müssen, denkt er sich. Beide verstummen. Tom kann es nicht länger mit ansehen und rettet die Situation: „Seht ihr ihr Lieben", wirft er in den Raum, „das meinen wir, seid einfach ihr selbst, dann klappt das schon, keep calm. Danke Alexander für Ihren spontanen Einsatz.

Wir wünschen Ihnen noch einen schönen Abend. Ah und wenn sie bitte die Flügeltür wieder schliessen würden, besten Dank."

Romina erhebt sich, wie es der Anstand gebührt, vom Stuhl um Alex die Hand zu geben und – da passiert es – der Schlitz ihres Kleides reisst ein, unüberhörbar, unübersehbar. Einfach nur peinlich. Sie wäre am liebsten im Boden versunken. Aber, wie es sich für eine professionelle Kupplerin gehört, lacht sie über sich selbst, zwar mit hochrotem Kopf, aber gekonnt geschauspielert. Für den restlichen Abend leiht sie sich Maggie's Longstrickjacke und bindet sie um ihre Hüften. Was hätte sie auch machen sollen. So schlimm dieser Abend begann, das Speeddating war alles in Allem mal wieder ein enormer Erfolg. Es wurde viel gelacht, Nummern ausgetauscht und einige Pärchen sind sogar gleich zusammen in die nächste Bar weitergezogen um den Abend gemütlich ausklingen zu lassen und sich doch ein bisschen näher zu „beschnuppern". In aller Ruhe eben. Sozusagen den Speed rausnehmen – haha.

Alex schliesst die Tür des Raumes „Bern". Noch schmunzelnd betritt er die Bar und trifft dort auf seinen guten Freund Robert. Nach Steak und Bier gibt es noch einen kleinen Whiskey mit Soda, dann gehen beide zu Bett. Robert im Hotel, Alex zu Hause im Loft. Die Beiden haben sich für den nächsten Morgen 11:00 Uhr verabredet, Alex fährt Robert zum Flughafen, die Maschine nach Shanghai geht am morgigen Samstag um 14:30 Uhr. Während so einer Autofahrt kann man sich noch prima über neue Perspektiven austauschen. So wird's gemacht.

Romina geht im Anschluss an das gelungene Speeddate-Event mit Tom, Maggie und Micha noch kurz zur Currywurst-Bude und bestellt sich eine grosse Portion belgische Pommes-Frittes. Da steht sie, die Mayo. Pommes mit Mayo. Ein Traum. Für Romi gehören die Beiden zusammen wie Scarlett und Rhett, wie Baby und Johnny, wie Bibi Blocksberg und Kartoffelbrei. Ohne das eine, ist das andere Nichts. Romina schüttelt die Flasche, drückt kraftvoll drauf, als mit voller Wucht der mit Mayo prall gefüllte Deckel auf Romina's zerissenem Kleid landet. Alle schauen auf Romina, schallend lachend. Romina hält noch immer die Tube in der Hand. Nun fängt auch sie an zu lachen. „Jetzt ist es endgültig ruiniert, mein schönes, neues, gebrauchtes, viel zu enges Schmuckstück. Naja, auch egal, scheiss drauf, blödes Kleid."

Müde aber zufrieden legt sich Romina in ihr Bett und schläft ein. Mit grosser Vorfreude denkt sie an das bevorstehende Wochenende. Ihre Nichte Nele feiert morgen ihren 9. Geburtstag. Also wird Romina am späten Vormittag ins benachbarte Puchheim fahren und ihrer Schwester Caro bei der Vorbereitung des Kindergeburtstages helfen. 15 Kinder kommen, einige Mütter (es gibt immer lecker Sektchen) und 1 Clown. Dieser ist gebucht für eine Stunde zur Bespassung der Kids und gleichsam zur Erholung der gestressten Mütter.

4 – Glück im Unglück

S amstag 10:30 Uhr: ausnahmsweise früh und pünktlich ist Romina auf dem Weg zu Ihren Liebsten. Sogar 2 Maschinen Wäsche hat sie noch gewaschen, das Waschbecken geputzt und den Flur gesaugt. Motiviert und zufrieden tuckert sie mit ihrer alten Karre raus aus München, rein ins Wochenende. Die kleine Rückbank ist vollbeladen mit ihrer Reisetasche, dem Beautycase, einem Strauss frisch gepflückter Rosen für ihre Schwester (Blumen zum Selbstpflücken, ein Strauss 5 EUR, lag auf dem Weg), einem Einhorn-Ballon für Nele, einer Kiste Sekt, ihrem dicken, geliebten Kopfkissen, einem Hundekörbchen (ich komme gleich dazu), sowie hier und da noch das ein oder andere notwendige Utensil für 2 Tage Wochenendtrip, was man (Frau) halt so braucht, wenn man zu seiner Schwester fährt.

Die leckere, cremige Schokotorte, bestellt beim Bäcker ihres Vertrauens, hat sie auf den Beifahrersitz verfrachtet, wegen festhalten und so. Jetzt fehlt nur noch einer: Hercules.

Seit Nele sprechen konnte, hat sie sich einen Hund gewünscht. Nun haben Papa und Mama endlich nachgegeben. Nele ist sehr verantwortungsbewusst und liebt Tiere über alles. Romina und Caro waren mehrmals beim Züchter und haben Hercules besucht. Am heutigen Tag darf Romina Hercules in sein neues zu Hause bringen. Und Nele? Na die weiss von alle dem nichts. Das wird eine Überraschung. Eine Stunde später sitzt der knuffige, kleine Hercules wie ein Wattebausch hinten in seinem Körbchen und schaut traurig aus seinen unfassbar zuckersüssen Knopfaugen. Sicher vermisst er seine Mama, aber das wird bald besser werden. Romina erzählt Hercules währenddessen von seinem neuen Zuhause, von Nele, von dem Garten und auch von Oma und Opa, die aber gerade an diesem Wochenende nicht da sind, da eine entfernte Verwandte von Opa verstorben ist und beide zur Testamentseröffnung nach Hamburg fahren mussten. Fröhlich fahren nun beide in der Klapperkiste weiter. Nach ein paar weiteren Minuten meldet die Kontrollleuchte Romina den schwindenden Inhalt ihres Benzintanks. „Scheisse, so ein verdammter Mist."

Jetzt war sie einmal so organisiert, zeitlich gut unterwegs und hatte diese dämliche Tankerei vergessen. Sie hatte sich so auf die Begegnung mit Hercules gefreut, dass sie alles andere vergaß. Ein Glück hatte sie Hercules als letzten Punkt auf ihre To Do Liste gesetzt. Denn wäre der süsse Reisebegleiter bereits früher eingestiegen, hätte sie wohl noch die Torte vergessen. Und alles andere, keine Blumen, kein Luftballon, kein Sekt (oh Gott, unverzeihlich). „Ok ok, nächste Tankstelle…. ich bin schon mitten in der Pampa hier"… Mithilfe ihres Handy's versucht Romina eine Tankstelle in der Nähe zu finden – ohne Erfolg – kein Netz.

„Hercules, wir fahren zurück zur Autobahn, ich fahre gleich an der nächsten Raststätte mit Tankhof ab und dann bringe ich Dich noch rechtzeitig zu Deiner und meiner Familie, versprochen." Gesagt, getan. Auf der Autobahn angekommen sieht Romina bereits die Anzeigetafel: 5km bis zur nächsten Tankmöglichkeit. „Die nehmen wir Hercules." Romina setzt den Blinker und nimmt die Ausfahrt zur Tankstelle.

Indes befindet sich Alex gerade auf dem Rückweg vom Flughafen. Es war ein schöner Abend gestern mit Robert. Sich persönlich zu sehen ist einfach was Anderes denkt er sich. Aufgrund der Entfernung aber leider nicht allzu oft möglich. Im kommenden Jahr soll Alex Robert in Shanghai besuchen. Mal sehen. Und bis dahin greifen beide wieder, wie gehabt, auf Online-Kommunikationstools zurück.

Es ist erst das 2. Mal, dass Alex seinen neuen Porsche auf der Autobahn fährt. Er hat einfach keine Zeit. Lediglich nach der Abholung des Wagens im Werk in Stuttgart auf der Heimfahrt nach München hatte er das Vergnügen. Da die A8 aber an allen Stellen komplett zugestopft war, war das Cruisen leider nicht wirklich möglich. Die Autobahn hier ist leider begrenzt auf 130 km/h, also wieder nichts mit Vollgas. Immer wieder ein paar Kilometer beschleunigt Alex seinen schicken Flitzer, mal auf 200, mal darüber hinaus, dann wieder schnell auf 130 km/h. Mehr geht grad wieder nicht, denn: „da, schon wieder einer, ich krieg gleich nen Anfall. Hey, fahr rüber Opa." Etwas zornig bremst Alex runter, wieder einmal versucht einer mit 80 auf der 3. Spur seinen Vorgänger zu überholen. Unfassbar sowas. Alex kriegt sich wieder ein und wechselt auf die 2. Spur.

Das Handy klingelt. „Alexander Abel, Abel Trading, guten Tag?" „Ach, mein Junge, endlich erreiche ich Dich." „Hallo Mutter." „Ich habe schon den ganzen Morgen und gestern Abend angerufen, aber Du bist nicht rangegangen, wo steckst Du nur, warst Du über Nacht bei Deiner neuen Freundin?" „Oh Gott Mutter, bitte lass das. Nein, ich war mit Robert zum Dinner und danach im Bett, zu Hause, in meiner Wohnung, alleine. Und den AB habe ich nicht mehr abgehört. Ich nehme an Du hast nur darauf angerufen?" „Ja, nicht auf dem Handy, das mag ich nicht so gern." Alex schüttelt den Kopf, so modern und aufgeschlossen seine Mutter Konstanze ist, mit Technik hat sie's einfach überhaupt nicht. Sie denkt noch immer, dass ein Anruf auf dem Handy ein Vermögen kostet – für den Anrufer. Obwohl sie finanziell überhaupt nichts zu befürchten hat. Alex stammt aus einer gut situierten, finanziell abgesicherten Familie. Sein Vater ist bei einem Autounfall verstorben, als Alex gerade 8 Jahre alt war. Bereits vorher, aber seit diesem Unfall extrem, ist er der Mittelpunkt und der Lebensinhalt seiner Mutter. Einer der Gründe, warum Alex sich entschloss, die Laufbahn an der Börse zu wählen und nicht die in der familienei-

genen Bank einzusteigen. Dies hatte sein Cousin Raffael über-
nommen, der versteht noch immer nicht, wie sich Alex „solch eine
Steilvorlage" durch die Lappen gehen lassen konnte. Alex ist nach
wie vor an der Bank beteiligt, hat und wollte aber kein Mitspra-
cherecht. Alles ist gut, so wie es ist. Ausserdem wollte er zurück
in die Stadt. Als Kind war er einen Grossteil seines jungen Lebens
auf dem Landsitz am Starnberger See, nur selten in der Stadtwoh-
nung seiner Eltern. Alex hat die Stadt immer gemocht und es hat
ihn nach seinem Studium dahin zurückgezogen.

„Alexander ich komme gleich zur Sache, hör zu: Onkel Nikolai
(der Vater von Cousin Raffael) feiert ja kommende Woche seinen
65. Geburtstag. Gundula (Onkel Nikolai's Frau) und ich haben be-
schlossen, dass wir auf unserem Landsitz am See ein Überra-
schungsfest ihm zu Ehren ausrichten, na, was sagst Du?" „Ja, gute
Idee, sicher freut er sich sehr. Macht das. Ich nehme an, ich soll
kommen ja, willst Du darauf hinaus?" „Ja, natürlich, unbedingt,
diese Frage stellt sich gar nicht. Ich nehme an für Deine Onkel bist
Du bereit auch evtl. Termine zu verschieben!" „Natürlich Mutter,
natürlich. Ok, Tag, Uhrzeit, welche Kleidung?" „Nächste Woche,
Freitag, 18:00 Uhr ist Eröffnung, Snacks werden den ganzen
Abend über gereicht. Das Grillbüffet als Hauptspeise ist für 20:00
Uhr geplant. Und wegen der Kleidung: ja doch etwas schicker,
also Du kannst Deinen Anzug einfach anlassen", Konstanze lacht.
„Ach und noch was Alexander Anatolij: Du bringst SIE mit!
Basta!"

Aus reinem Selbstschutz hat Alexander seine Mutter bereits seit
Monaten im Glauben gelassen, er habe eine neue Partnerin. Aus
einer anfänglich wagen Vermutung heraus wurde für Konstanze
eine offensichtliche Tatsache: sie hatte auf dem Flur seines Lofts
ein besticktes Taschentuch gefunden, eine Woche später lange
Haare an seinem Jackett entdeckt, es folgte Beweis auf Beweis. Davor hatte sie ihn bereits wochenlang gelöchert, ihm abendliche
Treffen unterstellt. Die Wahrheit war, dass Alexander abends

manchmal einfach keine Lust hatte, mit seiner Mutter die üblichen Gespräche über Ehe und Kinder zu führen. Er hatte das Telefon einfach klingeln lassen. Konstanze wünscht sich seit Jahren nichts mehr als eine stabile Partnerschaft für „ihren Jungen" und natürlich auch ein paar Enkelkinderchen. „Mutter das wird nicht funktionieren, Du weisst, Jennifer ist noch beschäftigter als ich, durch ihren Beruf als Stewardess ist sie ständig unterwegs, noch mehr seit 2 Ihrer Kolleginnen in den Mutterschutz gingen."

Ein schlechtes Gewissen? Nein, das hat Alex nicht. Seine Mutter war neugierig aber glücklich und er hatte – mehr oder weniger – seine Ruhe. „Wir reden nochmal, ich rufe Dich nächste Woche noch ein paar Mal an Alexander. Bitte melde Dich noch kurz telefonisch bei Raffael. Er hat bereits ein Geschenk besorgt und möchte noch eine Überraschung vorbereiten, wozu er Deine Hilfe benötigt." „Ok, mache ich." „Nun gut mein Junge, dann bis nächste Woche." „Alles klar Mum, machs gut."

Das Autotelefon wählt bereits die Nummer von Raffael, als Alexander zu sich selbst sagt „ach, ich könnt gleich noch tanken fahren." An der nächsten Möglichkeit fährt er ab. Raffael hebt ab und beide sprechen über die geplante Überraschung zum Geburtstag am kommenden Freitag.

Schnellen Schrittes und mit einer bereits halb gefutterten Mini-Rolle gefüllter Doppelkekse in der Hand, steuert Romina auf ihr Auto zu. Hercules steht schwanzwedelnd zwischen Ballon, Blumen und anderen Utensilien am Fenster des Wagens und freut sich. „Da ist die Romina schon wieder mein süsser Schatz, gleich geht's weiter, ich denke Du verstehst mich gut, nach dem ganzen Stress brauchte ich eine kleine Portion Zucker, denn bis wir den Geburtstagskuchen anschneiden, dauert es noch ein bisschen."

Der Geruch des Kuchens machte sie schon die ganze Zeit über wahnsinnig. Der ganze Wagen duftete wie eine Konditorei. Ein

Traum aus Rührteig, Vanille, Buttercreme und Schokolade. Fett und Zucker = Glück und Liebe. Pures Vergnügen. Aber, sie hat durchgehalten. Vorerst müssen die Doppelkekse ausreichen. Romina steigt ein, steigt nochmal aus, steckt Hercules zurück in sein Körbchen, nimmt Platz und legt sich den Gurt an. „So, nun geht's los", sagt Romina, in den Rückspiegel zum gespannten Wattebausch schauend. Als der Wagen auch nach dem dritten Zünden nicht anspringen will, dreht sich Romina Richtung Rückbank und sagt: „Hercules, jetzt haben wir ein Problem." Das hat sie wirklich. Zwar steht sie nicht im „Nirgendwo", aber dennoch verlassen: Vor ein paar Monaten hat Romina die Mitgliedschaft im ADAC gekündigt, weil sie so gut wie nie fährt. In der Stadt ist doch meist alles mit Bus und Bahn erreichbar, selbst, wenn sie es eilig hat. Die Autofahrt zum Hotel diese Woche war eine Ausnahme, aber auch das hätte sie besser sein lassen, dann wäre sie nicht mit dem Aufzug stecken geblieben (wegen der Tiefgarage). Nun gut, es ist, wie es ist. Romina steigt aus dem Wagen und öffnet die Motorhaube, warum weiss sie eigentlich auch nicht, aber das macht man halt so. Kabel, Schmutz, oh, heiss… Keine Ahnung, was das alles ist, naja, zumindest den Wischwasserbehälter kann ich identifizieren.

Gerade als sie ihre Schwester Caro anrufen möchte, hört sie im Hintergrund ein freundliches: „Guten Tag, brauchen Sie Hilfe?"

Alexander hat den Porsche vollgetankt und läuft zum Wagen, als er eine offene Motorhaube an einem, sehr milde ausgedrückt, etwas heruntergekommen Fahrzeug erkennt. Aufgrund des Aufklebers auf der Heckscheibe „think pink", vermutet er eine weibliche Person. Alexander ist seit seiner frühen Jugend mit Leib und Seele Oldtimer Bastler und kennt sich ziemlich gut mit der KFZ-Technik aus. Auf dem Landsitz seiner Mutter stehen insgesamt 3 Fahrzeuge: ein VW Käfer, ein Porsche Targa und der Mercedes seines verstorbenen Vaters. Wenn er hin und wieder dort ist, dann verbringt er die meiste Zeit des Tages (und der Nacht) in der alten

Scheune und restauriert. Die Arbeit an den Fahrzeugen ist das komplette Gegenteil zur Börse. Macht ihm aber mindestens genau so viel Spass.

Beim Umdrehen stösst sich Romina den Kopf an der Motorhaube an, es macht einen ziemlichen Schlag. Hercules fängt auf der Rückbank an zu bellen und kratzt an der Autotür. Die Blicke der Beiden treffen sich. Zweimal weit aufgerissene Augen, zweimal ungläubiges Kopfschütteln. Zwei Menschen, ein Satz: „Äh, kennen wir uns nicht?" „Oh mein Gott, Sie sind der Supersportler..." „Ja, so sieht man sich wieder", antwortet Alex irritiert, kommt aber gleich zum Wesentlichen: „so, dann lassen Sie den Supersportler mal nachsehen, was dem guten Stück fehlt. Haben Sie da schon jemals Öl nachgefüllt? Wie lange haben sie ihn schon?" „Nein und 2 Jahre", antwortet Romina. Eigentlich müsste sie sich über seine Hilfe freuen, aber muss es denn gerade DER sein?

Hercules kläfft ohne Ende, Alex ist extrem genervt. „Ist das ihr Hund? Warum lassen Sie ihn nicht raus?" Ja, stimmt eigentlich überlegt Romi. Sie öffnet die Tür und nimmt den süssen, kleinen Hercules auf ihren Arm. „Na bitte, schon ist Ruhe." Alex tätschelt Hercules das Köpfchen und Hercules knurrt Alex giftig an. Leise flüstert Romi dem Hündchen ins Ohr: „hast recht, ich mag ihn auch nicht." „Ist das ihr Hund? Dann machen Sie ja vielleicht doch demnächst Sport, wenn er grösser ist." Ein bisschen lästern kann sich Alex nicht verkneifen. „Ha, witzig. Nein, das ist Hercules. Meine Nichte feiert heute ihren 9. Geburtstag und bekommt den besten Freund der Welt, sie weiss nichts und sie ahnt nichts, ihre Eltern natürlich schon. Das wird eine riesige Überraschung." „Ich habe leider auch eine Überraschung für Sie", aus Alex Miene kann man ein klein wenig Mitleid erkennen. „Mit diesem Wagen fahren Sie nirgendswo mehr hin. Nicht heute und auch sonst nicht. Der Motor ist komplett hinüber."

Es trifft Romina wie ein Schlag ins Gesicht. Vorsichtig setzt sie Hercules ab und lässt sich neben ihn auf den Boden sinken. Dass es gerade heute passiert, ist schon schlimm genug. Alles war exakt geplant, alles hat mega-gut geklappt – bis jetzt. Und erschwerend kommt hinzu, dass sich Romina momentan kein Ersatzfahrzeug leisten kann. Ja, ihre Eltern haben genug Geld und jetzt noch das Erbe der entfernten Verwandten, aber sie hat nie Geld von ihren Eltern genommen, selbst, wenn es fast gar nicht mehr ging. Dazu ist sie zu stolz.

Vorallem auch, weil ihre Eltern mit ihrem Entschluss nach der 11. Klasse vom Gymnasium abzugehen um Erzieherin zu werden, statt, wie Schwester Caro und ihr Vater, Jura zu studieren, überhaupt nicht einverstanden waren. Diesen Entschluss verstehen sie bis heute nicht. Romina aber würde alles wieder genauso machen.

„Wir lassen das Fahrzeug hier stehen", schlägt Alex vor, „Sie müssten sich dann in den kommenden Tagen einen Abschleppdienst beauftragen, direkt zum Schrottplatz am besten. Oder Sie schalten kurzfristig eine Annonce in den Kleinanzeigen. Fahrzeug zu verschenken – defekt oder sowas in der Art." „Ja, das ist gut, das mache ich gleich nachher bei meiner Schwester. Danke für Ihre Hilfe – Alexander, richtig?". Ja, Sie waren Romina?" Romina nickt traurig. „Ok Romina, wie kommen Sie nun zu Ihrer Nichte auf den Geburtstag, wo müssen Sie hin?" „Ich muss nach Puchheim, meine Familie wohnt dort. Es ist nicht mehr weit, 20 km, aber meine Eltern sind nicht da, meine Schwester ist mit meiner Nichte heute Morgen im Erlebnisbad und mein Schwager, er ist Richter am Landgericht, ist bis heute Nachmittag auf einer Tagung." „Ok, das ist nicht weit. Wissen Sie was, wir schauen, dass wir ihr ganzes Zeug in mein Auto laden und ich bringe Sie hin. Mehr Platz war in ihrem Wagen auch nicht für das ganze Zeug mitsamt dem Hund." „Pfuhl, ist das ihr Ernst? Also, ich weiss nicht, ob ich das annehmen kann?" „Na sonst hätte ich es Ihnen nicht angeboten. Auf geht's, kommen Sie, wir laden um, ich hole meinen Wagen."

Als Alex mit dem „krassen Schlitten" auf sie zurollt, glaubt sie ihren Augen nicht zu trauen. „Wow Hercules, was eine Karre, nun wirst Du aber mal richtig standesgemäss nach Hause gebracht."

Zuschauern bietet sich ein groteskes Szenario: Während Alex zum Auto lief, hat Romina bereits ihre Sachen ausgeladen. Da steht sie nun, vor ihrer Schrottkarre, mit Hercules auf dem Arm, umringt von all ihrem Gerümpel samt Sahnehäubchen: einem schwebendem Einhornballon über alle dem. Alex rollt im wohl saubersten Auto, dass Romina jemals gesehen hat, auf sie zu. Öffnet die Türen und den Gepäckraum, der ist dort, wo bei Romina's Wagen der Motor war, und fängt an einzuladen. Romina steht wortlos daneben. „Na los, wollen sie mit in den Kofferraum oder doch vorne einsteigen? Was machen wir mit dem Hund? „Mh", Romina überlegt, „ich denke Hercules und sein Körbchen passen auch noch auf den Notsitz, da ist er auch relativ sicher, schieben Sie die Rosen und den Ballon zur Seite. Die Torte nehme ich auf den Schoss, ansonsten ist sie ganz hinüber, für die Schokolade ist es ohnehin schon zu warm." „Gut, dann setzen Sie sich, anschnallen bitte, ich gebe Ihnen gleich die Torte." Hercules wird auf der Notbank verstaut und sitzt nun sicher in seinem Körbchen. Los geht die Fahrt.

„Geben Sie mir die Adresse fürs Navi. Oh Mist, wir haben einen Karton vergessen, ich drehe noch schnell um, zum Glück waren wir noch nicht auf der Auffahrt." Mit einer sachten Wendung, bei der ganzen Ladung ist Vorschicht geboten, sieht Romina, dass sie, neben Hercules, das Wichtigste überhaupt übersehen hat: die Kiste Blubberbrause. Ein Wochenende bei der Schwester ohne Sekt? Nie und nimmer. Gut, man könnte dort auch welchen kaufen, aber Romina liebt diese Marke und die gibt es derzeit nur in einem Laden in der Münchner Innenstadt. Halt, nein, was ist das? Romina sieht den Müllwagen, er hält, einen Mann, der motiviert und voller Elan von der Rampe springt, die Tonne leert, diese wieder an ihren Platz stellt, sich nochmals umdreht, den vollen Sekt-Karton schnappt und mit voller Power in die Müllpresse wirft. „Nein, nein, nein, das darf doch nicht wahr sein, oh mein Gott, haben Sie das gesehen? Der ganze Sekt, das waren 50 EUR, weg, einfach weg. Ist der blöd oder was? Sowas muss man doch merken." Romina ist fix und fertig. Alex versucht sie zu beruhigen. „Ja, das versteh ich auch nicht, zumindest guckt man mal rein, ich denke die Kiste war ja auch nicht grade leicht. Der Mülllaster ist weg, egal wie, die Flaschen wären eh hin. Ich schlage vor, wir fahren noch kurz an einem Laden vorbei und sie decken sich neu ein." „Wirklich, das wäre so nett, es tut mir leid, jetzt fahren sie mich schon nach Puchheim und dann noch ein Umweg." „Das macht mir nichts aus, ich hole gleich noch Kaffee, bin die ganze Woche zu nichts gekommen, sonst habe ich am Wochenende keinen zu Hause und je nachdem, wie sich die Kurse insgesamt dieses Wochenende entwickeln, ich habe dann so gut wie keine Zeit Besorgungen zu machen." „Prima, dann machen wir das. Danke. Sind Sie Aktienhändler oder sowas?" „Ja, oder wie mich der Kleine meiner Cousine beschrieb: der Alex ist ein Spekulatius an der Börse." Beide fangen schallend an zu lachen. Hercules bellt schwanzwedelnd mit. So viel Humor hätte sie dem Schnösel gar nicht zugetraut. Ok, vielleicht war er ja auch keiner, immerhin fährt er sie, mitsamt des nahezu kompletten Hausstandes, zu ihrer Bagasche – und noch dazu in den Supermarkt. Gut, das wohl nicht ganz uneigennützig, wegen des Kaffees. Was der wohl trinkt? Sicher nicht das Angebot für 3,59 EUR, evtl. ein super-veganer Hochland-Bio-Arabica, Fair Trade und in sich selbst recyceltem Material verpackt, 25,90 EUR á 200 Gramm, oder vielleicht den mit aus getrockneter Katzenkacke? Kennt ihr nicht? Na dann googelt mal. Aber ne, den gibt es nicht im Supermarkt.

Ein paar Minuten später steuert Alexander den Parkplatz des Lebensmittelladens an. „So, da sind wir, sollen wir nacheinander gehen, wegen dieser schnarchenden Wolke dahinten?" „Ne, schon ok, Hercules schläft, wenn wir nur die Fenster einen kleinen Spalt öffnen könnten bitte, wir sind ja gleich wieder da." Schnell werden im Geschäft die jeweiligen Regale angesteuert und beide Treffen sich auf dem Weg zur Kasse. „Schauen Sie mal, da vorne gibt es Floristensträusse, wollen Sie nicht lieber so einen nehmen, ich meine der im Auto sieht aus wie selbst gepflückt und ehrlich gesagt schon ziemlich mitgenommen." Etwas irritiert antwortet Romina: „die Rosen habe ich heute tatsächlich selbst gepflückt und auch dafür bezahlt. Mir gefällt der Strauss und er ist überhaupt nicht mitgenommen." Stille. Keiner sagt was. Derweil in der Kassenschlange weiter vorne: Ein schätzungsweise 10 Jahre alter Junge steht mit seiner Mutter, davor eine junge Frau, sichtlich gestresst. Das Kind hampelt ständig vor und zurück und summt dabei. Der Einkaufswagen rollt vor, bis er ans Gesäss der Frau stösst. „Jetzt reicht's mir mit dem frechen Balk, halten Sie ihr Kind mal unter Kontrolle, ich glaub's geht los." Heftiges Geschrei und Schuldzuweisungen fallen, die Kassiererin mittendrin statt nur dabei, aber nicht fähig etwas zu sagen.

Ein paar Sekunden später beruhigt sich die Situation. Die junge Frau bezahlt, wünscht der Kassiererin einen schönen Tag und der ungezogene Junge rammt ihr mit voller Wucht den Einkaufswagen ans Schienbein. „Ohjeee, das wars, jetzt eskaliert's", sagt Romina zu Alex. Der junge lacht schadenfroh und rotzfrech. Anstatt sich bei der jungen Dame zu entschuldigen, nimmt die Mutter ihren Sohn noch in Schutz: „unser Sohn geniesst eine anti-autoritäre Erziehung. „Boah, ich glaub jetzt hätt ich ihm mitsamt der Mutter eine reingesemmelt", sagt Romina, eigentlich zu sich selbst, aber einstimmiges Nicken in der gesamten Schlagen bestätigt sie in ihrer Meinung. Alex, sonst immer ruhig und besonnen, alle Situationen kontrollierend, kämpft sich nun mit hochrotem Kopf in der Schlange nach vorne. Er nimmt einen Becher Buttermilch vom

Kassenband, öffnet den foliierten Deckel und schüttet dem Bengel die volle Ladung über den Kopf. Totenstille im Raum. Alex fügt hinzu: „wehrte Dame, auch ich wurde anti-autoritär erzogen." Drückt der zu Stein erstarrten Mutter den leeren Becher in die Hand und geht zu seinem Platz in der Schlange zurück. Als er wieder neben Romina steht, lächelt er zufrieden. Romina starrt ihn mit grossen Augen und offenem Mund ungläubig an. Mutter und Sohn verlassen wutentbrannt den Laden „das wird ein Nachspiel haben, das sage ich ihnen." Der tropfende Junge weint bitterlich.

Die ganze Schlange klatscht Beifall. Ein Mann sagt: „das war höchste Zeit, vielleicht überdenkt diese dämliche Nuss jetzt mal ihre Erziehungsmethodik." Die Frau neben ihm kontert: „welche Erziehungsmethodik?" Erneut schallendes Gelächter. Eine Angestellte des Supermarktes kümmert sich derweil auf die riesige Buttermilchpfütze auf dem Boden. Romina und Alex eilen gemeinsam hin. „Warten sie, wir machen das", sagt Alex. Die junge Dame, das Opfer des Bengels, hatte der Angestellten bereits mit einem Lappen und dem Wischer geholfen. Sie steht auf: „ich danke Ihnen, das war einfach spitze, ihre Reaktion, unbezahlbar. Vorallem die Gesichter. Ich hoffe das war diesem Pimpf mal eine Lehre und der Mutter auch." „Schon gut, ich hasse solche Eltern, eigentlich können die Kinder ja nichts dazu, sie werden so erzogen, aber ein gewisses Maß an Anstand sollte auch ohne Erziehung in jedem selbst vorhanden sein", sagte Alex. Die junge Frau, die sich als Dolores vorstellt, stimmt zu. Das Geplänkel zwischen Beiden geht dann noch ein paar weitere Minuten, Romina steht wie ein Trottel daneben und zieht sich das Spektakel rein. Fühlt sich aber irgendwie total fehl am Platz.

Hinzu kommt, dass sie sich, verglichen mit dieser Dolores, vorkommt, wie ein schlecht gekleidetes Nilpferd im Breton Shirt. Wie so oft trug sie ihr Jeans-Latzkleid über dem schon etwas verwaschenen, aber heiss geliebten gestreiften Shirt, dazu Camel-Boots und Leggings. Hatte die überhaupt schonmal etwas gegessen? Feste Nahrung wohl noch nie, die letzte Flasche bei Mama ist auch schon lange her. Ein Knochengerippe, kein Gramm Fett an der, noch weniger, negativ Fett. Die Haut im Gesicht, ohne Poren, ohne Pickel, kein Haar zuviel an den Augenbrauen. Die Nase, sicher vom Chirurgen. Die Brüste sowieso. Der Overall, den sie trägt, passt ihr wie auf den Leib geschneidert. Was wohl in der vorgeht, wenn sie vor einem Regal voll mit Schoko-Keksen steht? Gar nichts? Das kann es nicht geben. Unmöglich, undenkbar. Dolores gibt Alex ihre Visitenkarte: „wenn Sie mal einen Anwalt brauchen" und zwinkert ihm lächelnd zu. Nun steht Alexander da wie ein Trottel, mit der Visitenkarte in der Hand, dazu ziemlich dämlich grinsend und der hinternwackelnden Dolores hinterher schauend, wie sie das Geschäft verlässt. Bevor sie in ihr Auto einsteigt, wirft sie schwungvoll ihr volles, prächtiges, splissfreies, schwarzes Haar zur Seite, dann rauscht sie in ihrem sauteuren Sportflitzer davon.

Was hatte die eigentlich gekauft? Abführtee vielleicht, oder Mineralwasser zum Haarewaschen. Widerlich, diese Modepuppe. Als Alex allmählich wieder zu sich kommt, dreht er sich zu Romina um: „ah, da sind sie ja, so können wir gehen?" Nickend dreht sich Romina um und läuft in Richtung Ausgang, Alexander schwebt hinterher. „Boah, was ein oberflächlicher Typ", sagt sie zu sich selbst. „Egal, Hauptsache er bringt mich zu meiner Family."

5 – Ein Häufchen Glück

Ein paar Minuten später zurück im Porsche. Hercules hat draussen noch schnell Pipi gemacht und weiter geht die Fahrt, in ca. 15 Minuten werden sie ankommen.

Nachdem sie die ersten Minuten noch über den Vorfall im Supermarkt gelacht haben, herrscht nun peinliche Stille. Was spricht man mit einem Menschen, mit dem man alleine ist und den man eigentlich gar nicht kennt? Romina beobachtet ein paar Kühe auf der Weide, an der sie gerade vorbeifahren, Alex blickt auf einen Mann, der gerade seine Angel in einen kleinen Weiher wirft, als die Beiden urplötzlich ein erschreckend lauter Knall aus ihren Gedanken reisst. Alex tritt mit voller Wucht auf die Bremse, Romina wirft vor Schreck die Torte hoch, ein Glück war Hercules angeschnallt, wo ist er, wie geht es ihm? Dies sind Romina's erste Gedanken. Aber was war passiert? Als der Wagen steht, schauen sich beide wieder einmal mit grossen Augen an, gleichzeitig drehen sie ihre Köpfe auf die Rückbank: Hercules, da sitzt er in seinem Körbchen, vor Angst geweitete Augen … und daneben, ein Häufchen, nein, für so einen kleinen Hund eher ein riesiger Haufen Kacke. „Ohhh mein Gott"… Alex ist ausser sich, er ist kreidebleich, Romina ahnt bereits, dass er kurz vorm Explodieren ist.

Was war passiert? Nun der Einhorn Luftballon hatte sich in den Rosen verhakt, eine der Dornen hatte ihn zum Platzen gebracht, naja und den Rest kennen wir ja jetzt. „Sind sie total bescheuert? Haben Sie den Luftballon an die Rosen gebunden?" „Nein, natürlich nicht, denken sie ich bin behämmert oder was?" antwortet Romina entzürnt.

Halten Sie mal die Luft an, sie haben meine Sachen zusammengeschoben, als sie Platz für Ihren Kaffee gesucht haben." „Ja und warum wohl? Weil mein ganzes Auto voll mit ihrem Mist ist", sagt Alex. Romina steigt aus: „das höre ich mir nicht längere an, ich habe sie nicht um all das gebeten, aber bitte, leeren Sie mir doch auch eine Buttermilch über, vielleicht geht es Ihnen dann besser!" Ein paar Sekunden später haben sich beide etwas beruhigt. Romina wiegt Hercules auf Ihrem Arm hin und her, setzt ihn ab und versucht notdürftig den stinkenden Haufen auf dem Rücksitz mit Taschentüchern und den Einweghandschuhen aus dem Erst-Hilfe-Kasten zu entfernen. „Ein Glück haben Sie Ledersitze." „Ja, als hätte ich es geahnt", meint Alex zu Romina und verrollt die Augen. „So, besser geht es jetzt leider nicht, lassen Sie uns weiterfahren Alex, in rund 10 Minuten sind wir bei meiner Schwester, da können sie sich waschen und ich kümmere mich um ihr Auto." „Ja, das ist dringend nötig, schauen sie sich mein Hemd und mein Gesicht an! Achja und NEIN, um mein Auto kümmere ich mich selbst, danke." In diesem Augenblick sieht Romina, dass die Schokotorte den Weg über sein Gesicht zu seinem Hemd genommen hat, wie auch immer die Torte dort gelandet ist. Wahrscheinlich sind noch Brocken heruntergefallen, die an der Decke des Autos klebten. Als sie in den nächsten Ort fahren, hält Alex noch an einer Bäckerei an und kauft eine neue Torte für Nele, die von Romina klebt schliesslich an seinem Cabrioverdeck und zum Grossteil an ihm selbst.

6 – Die Sippe und das Schicksal

Zehn Minuten später, Punkt 14:00 Uhr. Frisch bestückt mit Schokotorte, den Blumen und der Blubberbrause, erreichen Alex und Romina endlich ihr Ziel. Alex ist überrascht, als er mit seinem Wagen in den Hof von Romina's Schwester Caro einfährt. Ein gepflegtes, grosses Einfamilienhaus empfängt freundlich seine Gäste, der liebevoll gestaltete Vorgarten sticht besonders ins Auge. Auch wenn Alex nicht auf Schnörkel steht, es wirkt alles sehr harmonisch hier, sehr liebevoll und einladend. Ob die Schwester genauso verpeilt ist wie Romina? Naja, abwarten, meistens sind Geschwister komplett verschieden. Seltsam: er kennt weder ihren Nachnamen noch weiss er sonst irgendetwas über sie und nun geht er mit zu ihrer Familie. Aber was solls, er bleibt nicht lange, rasch waschen und weiter geht's, endlich ab nach Hause.

Kaum waren sie in den Hof eingefahren, kommt auch schon der kleine Wirbelwind namens Nele aus der Tür gerannt, dahinter die Mutter Caro, schnell hält sie Nele fest, darf sie doch ihren Hercules noch nicht gleich sehen, sonst ist die ganze Überraschung hin. Caro greift Nele's Arm, beide schauen zum Auto und bleiben mit offenem Mund stehen: „boaaahhhhhh", schreit Nele lauthals heraus, „Tante Romi, was ist denn da passiert? Hast Du Dein Auto ausgetauscht? Oder Du hast einen Chauffeur? Juhu, wir machen einen Ausflug!" „So Nele, Du gehst jetzt mal rein und wartest auf uns, Du willst Dich doch von Deinen Geschenken überraschen lassen, oder?" Nickend und dabei auch etwas schmollend macht Nele kehrt und geht zurück ins Haus. Caro schaut ihrer Tochter nach, bis diese ausser Sichtweite ist und läuft dann aufgeregt und ebenfalls platzend vor Neugierde auf Romina und Alex zu. Mit ihrem bezauberndsten Lächeln streckt sie Alexander ihre Hand entgegen: „Guten Tag, ich bin Caroline, Romina's

Schwester." Bevor Alexander antworten kann, meldet sich Romina zu Wort: „Das ist Alexander, seinen Nachnamen kenne ich nicht, er hat mir aus der Patsche geholfen und falls Du weiter fragen willst: nein, wir haben nichts miteinander und werden nichts miteinander haben, ich weiss weder seinen Nachnamen, noch wo er wohnt, noch sonst irgendetwas. Alexander hat mir netterweise aus einer sackdämlichen Lage geholfen und mich hierher gebracht. Wieder offene Münder, dieses Mal von Caro und Alex. Romina's Worte kamen wie Kanonenfeuer, damit hatte keiner gerechnet.

Man muss wissen dass Romina es leid war, sich ständig über ihr wirklich glückliches Single-Dasein rechtfertigen zu müssen. Weder hatte sie Bekanntschaften, noch One-Night-Stands, noch sonst irgendwelche, denkbaren, sexuellen Beziehungen mit Männern und hatte dies in der nächsten Zeit auch nicht auf ihrem Plan. Stirnrunzelnd wendet sich Caro an Alex: „Sie müssen entschuldigen, manchmal ist sie einfach seltsam." Beide lachen amüsiert. „So, na dann kommt ihr Beiden, oder wollt ihr hier Wurzeln schlagen? Was Dir Romina oder euch heute passiert ist, kannst Du ja drinnen erzählen. Jetzt gibt's erstmal ne Erfrischung und einen Snack, ist schon alles vorbereitet. Alexander, ein Unglück sehe ich Ihnen sofort an, wenn Sie möchten, gehen Sie ins Bad und machen sich frisch, ich gebe Ihnen Handtücher und ein Poloshirt von meinem Mann. Ihr Hemd stecke ich schnell in die Maschine, bei dem Wetter ist es ratz-fatz wieder trocken." Alex lächelt zwar, aber eigentlich hatte er ja nicht vor so lange zu bleiben. Wiederum möchte er auch nicht mit diesen versifften Klamotten zurückfahren. Nun gut. Er lächelt, dankt und wackelt Romina und Caro hinterher. Hercules ist derweil in einem kleinen Gehege auf dem Rasen und ruht sich von den Strapazen der heutigen Fahrten aus. Noch ein paar Minuten, dann würden sie ihn Nele zeigen. Caro holt schnell ein paar frische Sachen und schiebt Alex ziemlich forsch ins Familien-Bad im Obergeschoss, schliesst schnell die Tür und hüpft hinab in die Küche, in der Hoffnung, dass ihr Romina in der Zwischenzeit alles erzählt. Ein toller Typ, dieser Alex, dazu das Auto, ein sehr charmantes Lächeln, wohl geformter Körper, sportlich, aber nicht zu muskulös, für Caro auf Anhieb sympathisch, wo sie den wohl aufgerissen hat? Da sie alles bestreitet ist sich Caro sicher, dass Alex ihrer Schwester insgeheim doch sehr gut gefällt, aber das würde sie sich nichtmal selbst eingestehen. „So, komm her Schwesterlein, lass Dich drücken und erzähl, wo Du diesen Fang gemacht hast." „Haha, bist Du witzig." Eine kurze Umarmung und ein paar Minütchen später ist Caro auf dem aktuellen Stand. Ihr Fazit: „Romina, merkst Du das denn nicht, das ist Schicksal, irgendetwas oder irgendwer hat auch zusammengeführt, solche Zufälle gibt es nicht, ihr seid für einander bestimmt." „Oh Gott Caro, BITTE, hör damit auf. Ich geb ja zu, er sieht nicht schlecht aus, aber irgendwie ist er maskulin und feminin zu gleich. Guck mal auf seine Hände, ich glaube die sind manikürt?" „Was erwartest Du, wir leben nicht mehr im Mittelalter, mit Pferdekacke unter den Nägeln. Das ist ein rundum gepflegter und unheimlich attraktiver Mann, das kannst Du nicht leugnen Romina!" Romi dreht sich um und schenkt sich ein Glas vom frisch gepressten Grapefruit-Saft ein. „Warte doch, bis Alexander kommt, das ist doch unhöflich." Erst recht nimmt Romina einen ordentlichen Schluck, atmet tief aus und sagt:" ahhhh, das war gut." „Komm, lass uns nach Hercules sehen, Nele habe ich noch für eine halbe Stunde zur Nachbarin geschickt, die töpfert gerade, Nele mag das gerne und wir haben noch Zeit zur Vorbereitung und zum Quatschen."

Als die beiden Frauen gerade vergnügt mit dem Welpen spielen, kommt der mittlerweile frisch gewaschene und sauber angezogenen Alexander hinzu. „Ah Alexander, da sind sie ja, ist alles ok bei Ihnen? Ich sehe das Shirt passt ihnen perfekt." „Ja, haben Sie vielen Dank, alles prima. So, ich werde mich jetzt auf den Rückweg machen, das Shirt lasse ich Ihnen selbstverständlich gewaschen wieder zukommen." Caro denkt sich: oh nein, der muss bleiben, sonst verläuft sich das mit den Beiden im Sand. „Nein, kommt gar nicht in Frage, sie haben weder etwas getrunken, noch gegessen, sie bleiben noch ein kleines Weilchen und stärken sich, ich hole gleich ein Tablett aus der Küche, es ist doch schon alles für Sie vorbereitet. Setzen Sie sich doch bitte dahinten in den Pavillon, gedeckt ist schon, Romina, komm, geh mit ihm." Oh nein denkt Romina, was hat Caro nun wieder vor. Ok, was sie bezweckt war klar. Romina wäre es ehrlich gesagt am Liebsten gewesen, er wäre gleich gefahren. Irgendwie ist ihr alles unangenehm, das mit dem Herfahren sowieso, aber diese Sauerei im Wagen noch dazu, einfach nur peinlich. Alex und Romina sitzen im Gartenpavillon und starren an die Terrasse in der Hoffnung, Caro möge doch bald mit dem besagten Tablett kommen und diese peinliche Stille durchbrechen. Aber vermutlich würde sich Caro noch ein bisschen mehr Zeit nehmen, in der Hoffnung die Beiden finden in ein interessantes Gespräch.

„So, Sie sind also in diesem Ort aufgewachsen?" „Ja, 3 Strassen weiter befindet sich mein Elternhaus. Ich habe hier bis zu meinem 22. Lebensjahr gewohnt, dann bin ich nach München." „Aber es ist schon ein gewaltiger Unterschied zur Stadt", merkt Alex an. „Hier die Stille und in München, in einigen Teilen, Lärm und Hektik?" „Ja, aber das Lebhafte macht mir nichts aus, ich mag Beides sehr gerne. So gut es geht verbringe ich meine Wochenenden oder einen Tag am Wochenende hier auf dem Land, entweder bei Caro oder bei meinen Eltern, je nachdem, wer gerade weniger nervt." Beide lachen. „Diesbezüglich kann ich gut mithalten", sagt Alex. „Sie haben ja noch Ihre Schwester, aber ich bin als Einzelkind und stehe total im Fokus bei meiner Mutter." Sie wohnt zwar die meiste Zeit des Jahres am Starnberger See und ich bin, aufgrund der Arbeit, eher selten dort." Aber sie ruft täglich an, meistens sogar mehrmals." „Und was will Sie dann von Ihnen? Benötigt Sie Hilfe oder macht Sie sich immerwährend Sorgen um Sie?" „Nein, Enkelkinder." Beide lachen schallend los.

In der Zwischenzeit steht Caro mit dem überladenen Tablett am hinter dem Vorhang am Küchenfenster und beobachtet die Beiden. Was sie sich wohl erzählen, die Mimik spricht Bände. Ah nein, doch nicht, jetzt lachen sie endlich miteinander, puh, ein Glück, hatte sie doch den richtigen Riecher, das passt doch sowas von mit den Beiden. „Oh mein Gott, ja, ich weiss genau, was Sie meinen Alexander. Thema Nummer 1 bei meiner Familie und mir, schon seit Jahren: Heirat, Kinder usw. Caro samt unserer Eltern, es nervt so unglaublich." „Ja, ich bin dieses Thema auch mehr als leid. Aber das kriegen wir aus denen nicht mehr raus." „Ah, da kommt ja unsere Erfrischung". Caro stellt das Tablett auf dem Tisch ab und verteilt Snacks und Getränke. „So, zugreifen, und zwar ordentlich ihr Beiden. Ich bin gleich zurück, hole Nele bei Gerda (die Nachbarin) und dann geht's auch schon los mit der Geburtstagsparty. Macht euch bereit für den Riesenschrei unserer kleinen Maus, wenn Sie ihr herziges Hündchen sieht."

Ein paar Minuten später läuft Caro mit Nele an der Hand in den Garten. Nele hat eine Augenbinde auf und kann es kaum abwarten, ihr besonderes Geschenk zu sehen. Niemals hätte sie an einen Hund gedacht, war es doch schon jeher ihr grösster Wunsch, aber ihre Eltern waren immer dagegen. Alex und Romina haben in den letzten 20 Minuten noch den Innenraum des Porsches grob vom Schmutz befreit und das Verdeck geöffnet (wegen des Häufchen-Geruches und den gereinigten, nun feuchten Sitzen), als Caro zur Bescherung ruft. Romina wendet sich an Alex und sagt: „oh ich bin so gespannt, warten Sie ab, Nele wird durchdrehen vor Freude." Nun stehen alle hinter Nele, nur noch 2 Meter trennen Sie von ihrem kleinen Schatz, Caro nimmt Nele die Augenbinde ab – und dann – nichts, kein Jubelschrei, kein Freudentanz, kein wildes durch die Gegend Gehupfe – einfach nichts. Statt, wie vermutet, schreiend und mit offenen Armen auf Hercules zu zu rennen, fällt Nele mit ihren Knien ins Gras und weint bitterlich, sie hätte mit allem gerechnet, mit wirklich allem, einem neuen Fahrrad, einem Aufenthalt im Jugendcamp in den Sommerferien, einem kleinen Pool, aber niemals damit. Die 3 Erwachsenen, Alex eigentlich unbeteiligt, aber selbst extrem überrascht über die Reaktion des Kindes, starren wie gebannt auf das Geburtstagskind und „ihr Geschenk". Auf einmal streckt Nele ihre Arme aus und der etwas verschreckte Hercules läuft auf sie zu, spring auf ihre Knie und schleckt schwanzwedelnd die Freudentränchen von ihrem Gesicht. Keinen der Erwachsenen lässt das Szenario kalt. Vor lauter Rührung greift Romina mit ihren beiden Händen Alexander am Arm, fast selbstverständlich erwidert er diese Berührung und tätschelt unbewusst ihre Hände. Gerade als sich Romina ihre Freudenträne aus dem Gesicht wischen will, bemerkt sie ihren Fauxpas. Ihr Hände stecken unter Alexanders Hand – an seinem Arm – oh mein Gott, schnell zieht sie beide Hände weg und fügt hinzu: „oh, entschuldigen Sie bitte, dies war durch die Situation bedingt". Alexander, ebenfalls etwas irritiert, über die unbewusste Berührung, fügt hinzu: „ich bitte Sie, ist doch kein Ding." Romina zwinkert Alex kurz zu und kniet sich dann zu Nele und Hercules und drückt Beide herzlich. Auch Caro wischt sich ein Tränchen aus dem Auge und sagt: „so ihr Lieben, das war mal eine Freude. Also Nele, durch deinen doch etwas extrem verzögerten Gefühlsausbruch hast Du uns einen ordentlichen Schrecken eingejagt." Als Nele gerade aufstehen will, fällt sie wieder vor lauter Glück auf die Knie zurück und weint erneut, dieses Mal aber Hercules fest an sich gedrückt. „Aber nun alle rein", befiehlt Caro, „die anderen Gäste treffen gleich ein."

Zusammen mit den Gästen verbringen alle wundervolle Stunden zusammen. Seit der Geschenkübergabe an Nele sind bereits 3 Stunden vergangen. Alexander wollte eigentlich nur kurz die Sitze seines Wagens durch die Sonne trocknen lassen und sich dann auf den Heimweg machen. Aber nun war er immer noch da und eigentlich gefiel ihm dieser Kindergeburtstag ganz gut. Er hat zeitweise sogar vergessen die Kurse auf dem Handy zu checken.

Dafür hatte er sich von Caro noch extra das WLAN Passwort geben lassen. Alex schaut auf die Uhr: „oh, bereits kurz vor 17:00 Uhr, jetzt muss ich aber los."

Indes ist auch Romi's Schwager Richard von der Arbeit nach Hause gekommen, hat gleich seine Grillschürze umgeschnallt und läuft mit Grillbesteck und Würstchen direkt auf Alex zu: „Alexander bitte, auf ein Stündchen kommt's doch nicht mehr an, bleiben sie doch bitte noch zum Essen, ich fange gleich an zu Grillen, die Kiddies haben auch schon ordentlich Hunger, nicht wahr Kinder?" Richard lacht, die Kinder nicken. „Übrigens steht Ihnen das Polo-Shirt sehr gut. Es passt mir seit Jahren nicht mehr richtig, ich muss dringend mal wieder mehr Sport treiben. Wie motivieren Sie sich?"

Abgelenkt durch sein liebstes Thema „Sport" folgt Alex Richard Richtung Grill wie ein Schosshündchen. Während sich die beiden Männer angeregt unterhalten, wendet sich Caro an Romi: „komm, hilf mir mal schnell, wir holen die Nudelsalat aus der Küche, Teller und Besteck sind schon draussen." „Alles klar Caro, komme." Als die beiden Frauen in der Küche noch das restliche Dressing über die verschiedenen Salate kippen, stichelt Caro erneut: „na und, gefällt er Dir jetzt besser als heute Vormittag?" „Du bist blöd Caro, er ist netter als am Vormittag, das ist aber auch schon alles."

Alex hat in der Zwischenzeit ein Brötchen mit Würstchen in der Hand und steht weiterhin mit Richard am Grill, leider hört man nicht, über was sie reden, aber es scheint amüsant zu sein, beide lachen und Richard klopft Alex sogar auf die Schuler, wie „best Buddies". Romi schüttet ihr Glas Sekt auf Ex runter und schenkt sich gleich noch einen ein. Eine weitere halbe Stunde später, die Kinder sind satt und die Mami's packen bereits zusammen, haben sich Richard und Alex hinten in den Gartenpavillon verzogen und führen eine angeregte Unterhaltung. Romi steht in der Küche und räumt die Spülmaschine ein, als sie sieht, wie Caro zu den beiden Männern läuft.

Caro erkundigt sich: „na ihr Beiden? Da haben sich ja Zwei gesucht und gefunden." Die Männer schmunzeln. Richard antwortet: „ja, Zufälle gibt's, wir haben 2 gemeinsame Bekannte, wie wir gerade herausgefunden haben, eigentlich hätten wir uns schon mehrmals bei verschiedenen Events über den Weg laufen müssen. Alexander hat mich wieder zum Sport motiviert Caro, nächste Woche geht's los. In der Mittagspause gehe ich zum Spinning." „Richard bitte, Du kannst doch nicht von Null auf 100, Du hast seit Jahren so gut wie keinen Sport gemacht, deine 15 Minuten Jogging alle paar Wochen kannst Du vergessen." „Ich probier's einfach und wenn Hercules etwas grösser ist, drehe ich mit ihm abends meine Runden." Alex antwortet: „das wird nichts Richard, glaub mir, grösser wird er nicht." Die beiden Männer klatschen sich ab und lachen. Caro schüttelt schmunzelnd den Kopf und wendet sich ab. „Ah Caro", ruft Richard ihr nach, „wenn Du nachher ins Haus gehst, hol doch bitte mal den Ordner mit den Aktienfonds, wir haben hier einen Experten, Alexander arbeitet an der Börse und er würde einen Blick drauf werfen." „Jup, alles klaro, mach ich." „So, jetzt muss ich aber wirklich los." Alexander steht auf und schaut auf die Uhr, „wow, bereits kurz vor 20 Uhr, hab ich nicht mit gerechnet. War ein tolles Gespräch mit Dir, Richard, freue mich auf nächste Woche im Fitnessstudio!" „Ja, prima wird das. Ich muss mal schauen, ich glaub ich hab gar keine richtigen Sport-Klamotten mehr. Gut, warte, ich bringe Dich noch zur Tür. Wir gehen durchs Haus, dann können sich die Mädels noch von Dir verabschieden."

„So, da sind wir, Alexander tritt den Heimweg an." Caro wendet sich an Alex und reicht ihm die Hand: „Alexander, es hat mich sehr gefreut, Sie kennen zu lernen. Kommen Sie gut nach Hause, ich hoffe ihr Wagen ist wieder nahezu sauber und vor allem trocken." Romina steht derweil ziemlich unbeteiligt daneben. „Caroline, ich habe zu danken, danke für Ihre Gastfreundschaft, den „Waschservice" meiner Klamotten und das leckere Essen. Es war für mich ein total unverhoffter, toller Tag, den ich bei und mit Ihnen verbringen durfte, sie haben ein tolles zu Hause. Bis bald." Romi's Gedanken kreisen: „was meint der mit „bis bald? Jetzt wirklich „best Buddies" oder was...!?" „Romina, ich wünsche Ihnen ein schönes Wochenende bei Ihrer Familie, lassen sie mich wissen, wenn ich sie am Sonntag wieder eine Fahrgelegenheit brauchen, ich bin dann sowieso bei meiner Mutter in Starnberg und könnte sich auf dem Heimweg mitnehmen zurück in die Stadt." Alex lächelt verschmitzt, man könnte meinen, er wäre leicht angeheitert von dem ganzen Bier. Er wirkt nicht mehr ganz so steif, vielleicht ist es auch das Outfit, etwas legerer steht ihm fast besser, denkt Romi, als sie ihn so betrachtet.

Auf dem Weg nach draussen sieht Alexander Richard's Whiskey-Bar und es ist um ihn geschehen: „Richard, Du hast mir während unseres doch so ausführlichen Gesprächs nicht verraten, dass Du ein Whiskey-Liebhaber bist, wie ich Deiner Sammlung entnehmen kann." „Warte, das ist nur ein kleiner Teil, ich habe eine Art „Männer-Zimmer", dort gibt's die richtig guten Sachen." Caro wirft ein: „ja, Sie müssen wissen Alexander, das war mal eine Art Bügel- und Abstellkammer, bis es Richard Stück für Stück erobert hat." Schmunzelnd gehen die Männer ins Whiskey-Zimmer und schliessen die Tür. Romi sagt zu Caro: „ohje, das kann länger dauern. Aber was will der denn noch trinken, ich meine der hatte schon genug Bier und jetzt noch Whiskey, der muss doch noch fahren!" „Das macht doch nichts Romi, zur Not schläft er hier, wir haben doch genug Platz." Bitte nicht auch das noch, denkt Romi. Nach diesem Tag will sie eigentlich einfach nur ihre Ruhe und morgen früh erst recht. Nele und ihr Hercules kriegen von alledem nichts mehr mit. Zusammen liegen sie schlafend auf der Couch. Hercules war sogar so müde, dass er nicht einmal mehr sein Schüsselchen mit dem leckeren Welpenfutter gefressen hat.

Es kommt, wie vermutet: Stunden später kommen Alex und Richard ziemlich angeheitert aus dem Zimmer. „Ich habe Alexander gerade verboten zu fahren, er schläft hier!" Alexander will gerade etwas einwerfen, als ihm Richard ins Wort fällt: „Keine Widerrede, das letzte Glas war zu viel. Du bleibst ein paar Stunden hier, wir haben genug Platz und morgen früh fährst Du dann in aller Ruhe nach Hause." Romi sagt: „das hat sich Caro schon gedacht. Kommen Sie Alexander, ich zeige Ihnen Ihr Bett."

15 Minuten später liegen alle in ihren Betten. Alexander hat sich noch schnell seiner Hose entledigt und ist wie ein Stein ins frisch bezogene Gästebett gefallen. 2 Zimmer weiter starrt Romi gerade noch auf ihr Handy und beantworteten noch ein paar Nachrichten ihrer Freunde. Sie fühlt sich irgendwie nicht wohl, irgendetwas ist komisch, kalt, ungewohnt. Nein, lass das bitte, bitte nicht wahr sein, Romi spring aus dem Bett: „oh nein, ich hab meine Kuschelsocken vergessen!" Als sie weiter nachdenkt fällt ihr ein, dass sie die Socken als Puffer zwischen die Sektflaschen im Karton gestopft hatte und ja genau, es handelt sich um den Karton, welcher der Müllabfuhr an der Autobahn-Raststätte zum Opfer gefallen ist. Sie weiss nicht, wann sie zum letzten Mal ohne ihre geliebten Kuschelsocken geschlafen hat, zumindest zum Einschlafen braucht sie sie. Klar, sie hat mehrere davon, aber nicht alle sind gleichermassen kuschelig. Sie hat sie immer an, auch wie jetzt, bei wärmeren Temperaturen, schläft immer mit ihnen ein. Morgens liegen die Socken oft neben dem Bett, sie erinnert sich aber nie daran, sie ausgezogen zu haben.

Romi lässt sich zurück aufs Bett fallen, da meldet sich die Blase. Ne, bitte nicht, ich will schlafen, na gut, geh ich halt nochmal schnell Pipi, hoffentlich muss ich dann heute Nacht nicht nochmal raus. Die Gästezimmer liegen in der oberen Etage im ausgebauten Speicher. Alles ist sehr neu und schön aber die Decke und die Balken sind selbst für Romi mit 1,60 Körpergrösse sehr niedrig. An manchen Stellen muss auch sie aufpassen, sich nicht den Kopf zu stossen. Romi läuft ins Bad, ohne Kuschelsocken, barfuss, als sich auf etwas tritt.

Romi erschrickt sich, erstarrt, ahnend, was unter ihren Füssen liegt. Sie hebt den linken Fuss hoch und die Nachtleuchten im Flur offenbaren das Massaker: eine ultrafette, haarige, schwarze Spinne war das Opfer ihrer nackten Füsse geworden. Romi's Adrenalin-Spiegel steigt ins Unermessliche, sie hat eine Spinnen-Phobie und einen panischen Ekel vor den Tieren, den sie sich selbst nicht erklären kann. In Ihren Ohren fängt es an zu pfeifen, sie schwitzt und friert gleichzeitig, ihr ohrenbetäubender Schrei hallt durch das komplette Haus.

Romi rennt nach rechts, nach links, weiss nicht wo hin, da endlich, das Bad, schnell dreht sie das Wasser auf und hängt ihren Fuss übers Waschbecken. Mit viel Wasser und Seife schrubbt sie ihre Fusssohle so lange, bis es weh tut. Durch den Schrei aus süssen und alkoholisierten Träumen erweckt, schrickt Alex auf und stösst sich dabei dermassen den Kopf an einem Holzbalken, dass er ein paar Sekunden nur Sternchen sieht. Ein paar Sekunden später, wurde ihm wieder bewussst, wo er war und wunderte sich über seine Schlafposition: statt wie normal im Bett zu liegen, war Alexander irgendwie eine 180° Grad Drehung gelungen, deshalb hat er sich auch den Kopf am Balken gestossen, was eigentlich unmöglich ist. Alexander, in Boxershorts und Hermes-Socken, geht schlaft- und noch immer etwas betrunken zum Flur und sagt: „was war los, wer hat so geschrien, oder hab ich das geträumt?" Die Antwort hat sich erübrigt, als er sieht, dass Richard, Caro und Nele die Treppe hochkommen. Caro läuft ins Bad zu Romi und schaut nach dem Rechten. Bewaffnet mit Toilettenpapier kommt sie zurück und wischt die Spinne oder eben das, was von dem armen Tierchen übrig ist, weg. „Ah, der Rest hängt in den Ritzen der Holzdiele, da muss ich morgen nochmal ran", sagt Caro. Romi wird nur beim Gedanken daran schon wieder schwindelig. Sie wendet sich an die Männer und sagt: „alles ok bei mir, sorry, ich wollte niemanden wecken, aber als ich zur Toilette wollte, bin ich auf eine Spinne getreten. „So, nun gehen alle wieder zurück ins Bettchen, Nele, ab geht's, leg Dich schlafen."

„Caro ich geh nochmal kurz in die Küche, ich muss erst noch runterkommen." „Alles klar Romi, ruf mich, wenn Du mich brauchst." „Ich begleite Sie noch kurz zur Küche, ich brauche einen ordentlichen Schluck Wasser, zieh mir nur noch schnell meine Hosen über", sagt Alexander.

7 – Erstens kommt es anders...

R omi steht schon unten in der Küche, als Alexander, nun wieder in Hosen gekleidet, die Treppe herunter kommt. Das Holz knarzt, ein nerviges und heimeliges Geräusch zugleich. Alex nimmt die letzte Stufe, voller Elan visiert er das Glas Wasser an, das Romi schon für ihn bereitgestellt hat, als es einen wahnsinnigen Rums macht.

Was war passiert? Aus Romi's Perspektive war Folgendes zu erkennen: die letzte Stufe engelsgleich hinter sich lassend, tritt Alexander auf eines von Hercules quietschendem Hundespielzeug, vor Schreck spring Alexander ein paar Schritte nach vorne, landet auf einer voll Pippi triefenden Welpenwindel, die ihn weitere 2 Meter nach vorne befördert. Alex verliert zuerst einen Teil seiner Hose und dann das Gleichgewicht und geht zu Boden. Hercules, seinen Plüschfreund beschützend, rennt zum auf dem Boden liegenden Alex und beisst ihm mit der vollen Kraft seiner schnuckligen, spitzen Milchzähnchen in den nun fast plotten Hintern.

Romi umsorgt Alexander sofort: „um Gottes Willen, wie geht es Ihnen, haben Sie sich verletzt?" Natürlich ist es Alexander peinlich, aber passiert ist passiert. „Es ist alles ok mit mir, danke, aber mein Kopf tut höllisch weh, ich habe ihn mir davor schon die Stirn oben am Balken angestossen." „Ah, ok", sagt Romi, „das erklärt Ihre Platzwunde!" „Bitte was? Eine Platzwunde?" Alexander rennt sofort ins Bad um sich im Spiegel zu betrachten, Romi rennt hinterher, er ist viel zu schnell aufgestanden. Kaum im Bad angekommen sieht Alex das Blut an seiner Stirn und wird ohnmächtig. Romi kann ihn gerade noch irgendwie abfangen, bevor er nochmals mit voller Wucht auf dem Boden aufschlägt. Sofort ruft Romi nach Ihrer Schwester und Ihrem Schwager. Klein Hercules schaut dem Schauspiel aus sicherer Entfernung in der Ecke stehend zu.

„Caro, Richie, kommt sofort, Alexander ist ohnmächtig." Keine gefühlte Sekunde später stehen beide im Badezimmer. Richard nimmt sich sofort Alexander an und beruhigt Romi, Caro holt derweil eine Decke für Alex. Eine halbe Stunde später: Alexander liegt zugedeckt und mit Eis auf dem Schädel auf der Couch. Als er wach wird sieht er zuerst das riesige Gesicht von Richard vor sich, der sich erkundigt: „Mensch Alexander, was machste denn? Wie geht es Dir?" Alex weiss gerade mal überhaupt nichts, er spürt nur seinen Kopf, es hämmert und es trommelt, er fühlt sich erbärmlich und irgendwas ist da auch noch an seinem Hintern, fühlt sich an wie lauter kleine Nadelstiche. „Wo bin ich?" Richard sagt zu Caro und Romi: „oh Mist, ich glaube er hat eine Gehirnerschütterung, die Platzwunde muss auch geklammert werden. Alexander, ich bin Richard, Du hast heute Romina zu uns auf Neles Geburtstag gebracht und wolltest hier schlafen." „Romina?" Alexander steht völlig neben sich. Richard sagt: „versuche aufzustehen, ich stütze Dich, wir bringen Dich jetzt ins Krankenhaus."

Im Krankenhaus angekommen wird Alexander erstversorgt, die Platzwunde genäht. Nachdem sich der Arzt ein Bild seines geistigen Zustands gemacht hat entscheidet er, dass Alexander die Nacht hier verbringen muss, er hat eine leichte Gehirnerschütterung. Romina sagt derweil zur assistierenden Krankenschwester: „ähm, ich glaube er wurde von unserem Welpen in den Po gebissen, würden sie dort bitte mal nachschauen, wir haben uns alle nicht getraut die Wunde zu desinfizieren. Außerdem weiss ich nicht, wie es um seine Tetanus-Impfung bestellt ist.

Die nette Schwester fackelt nicht lange, dreht Alexander mit einem gekonnten Griff zur Seite und schaut sich die Rückseite seines doch wirklich wohl geformten Körpers an: „ach Gottchen, was haben Sie denn für ein Hündchen, wie süss, das sieht aus wie die Impfstempel von früher, kennen Sie das noch?" Und zum Arzt: „Harry, guck Dir das mal an, er wurde gebissen, wohl von einer Maus." Arzt und Schwester, auf den nackten Hintern schauend, lachen sich schlapp.

Romi ist mittlerweile nicht mehr wirklich zum Lachen zumute. Was ein verfickter Scheisstag, denkt sie sich. 2 Stunden später liegt Alexander in einem Krankenzimmer. Richard fährt gerade mit Caro und Nele nach Hause. Romi kommt mit einer Tasse Automatenkaffe zurück, es ist mittlerweile 3 Uhr in der Nacht, als gerade der Arzt nach ihm sieht. „Herr Abel, hallo, Herr Abel, wie geht es Ihnen?" Wieder frägt Alexander: „wo bin ich?" „Sie sind im Krankenhaus, sie hatten einen kleinen häuslichen Unfall und haben eine Gehirnerschütterung." Alexander antwortet: „aha." Der Arzt fragt weiter: „wo ist ihre Frau, ich muss noch etwas mit ihr besprechen." „Meine Frau?" „Schon gut Herr Abel, ich suche sie und bin gleich zurück." Draussen auf dem Gang trifft der Arzt Romina: „Frau Abel, ich würde Ihren Mann noch weitere 2 Tage zur Beobachtung hier behalten, sein Zustand hat sich noch nicht verbessert, erfahrungsgemäss wird dies noch mindestens 24 Stunden andauern. Auch die Wunden müssen weiter versorgt werden." „Oh Hr. Dr. Blocher, ich bin nicht die Frau von Hr. Abel, aber schon ok, ich kümmere mich um alles." „Achso, tut mir leid, ich habe ihn eben schon auf Sie angesprochen und er hat nicht so recht verstanden, ich dachte es liegt an seiner Amnesie." Beide lachen.

Romi geht zurück in Alexander's Krankenzimmer. Er schläft. Sie setzt sich mit ihrem Kaffee neben sein Bett und betrachtet ihn ausführlich. So sieht er ja schon ganz nett aus, friedlich schlafend, mit den Blessuren im Gesicht sogar etwas sympathischer, nicht mehr so geleckt und aalglatt. Ein paar Schlückchen Kaffee später, öffnet Alexander endlich die Augen, dieses Mal schaut er nicht mehr ganz so wirr drein. „Hallo Alexander, ich bin Romina, ich habe sie hergebracht. Wie geht es Ihnen?" „Hallo, äh, ja, ich weiss, Richard hat uns hierher gefahren, aber was war nochmal passiert?" In dem Moment wird die Tür aufgerissen und die burschikose Krankenschwester kommt herein. „So Herr Abel, jetzt wollen wir uns mal Ihre Wunden ansehen." Wieder dreht sie Alexander mit ihrem geschulten Griff zur Seite und zieht die Boxershorts nach unten. „Das muss ja ein Riesenvieh gewesen sein, den Bissspuren nach zu urteilen?" Romi versucht ihr Lachen zu verbergen, aber sie kugelt sich fast und die Lachtränchen verraten alles. Alexander versteht noch nicht so ganz, was er da am Hintern hat. Romi wird es ihm später erklären. Nach der Versorgung der Wunden und ein paar weiteren Witzchen geht die Krankenschwester amüsiert aus dem Zimmer, beim Schliessen der Tür dreht sie sich zu Romi und zwinkert ihr nochmal fröhlich zu. Romi nimmt sich wieder einen Stuhl und schiebt ihn in die Nähe von Alexanders Krankenbett.

„So Alexander, jetzt nochmal. Wie geht es Ihnen?" „Danke, ich denke ok?" Ganz sicher ist sich Alex noch nicht, sein Hirn ist wie vernebelt. „Alexander es tut mir alles so wahnsinnig leid! Wissen Sie, eigentlich ist alles meine Schuld, hätten sie mich nicht gefahren und hätte ich nicht meine Kuschelsocken im Karton vergessen, wäre all das nicht passiert und Sie lägen nicht hier." Alexander antwortet: „Ich hatte einen tollen Tag und Abend bei Ihrer Familie Romina, da gibt es nichts zu entschuldigen und für all das können sie rein gar nichts, das ist einfach nur blöd gelaufen, das ist alles. Ich hätte nur eine Bitte an Sie: ich nehme an, wir sind in München im Krankenhaus? Von hier aus ist es nicht weit bis zu meiner Wohnung.

Würden Sie mir evtl. ein paar Sachen bringen? Meine Mutter macht immer aus allem ein Drama. Wenn sie mich so sieht, macht sie schon einen Platz im Familiengrab frei, ich denke Sie verstehen. Deshalb soll sie auf keinen Fall wissen, dass ich hier bin." „Ohje, ja, natürlich, natürlich, ich kümmere mich sofort darum Alexander und ja, wie recht sie haben, ich kenne das nur zu gut. Was brauchen Sie?" Romina notiert auf ihrem Handy wie folgt:

„also, zuerstmal das Übliche wie frische Wäsche, bitte, schauen Sie einfach in die schwarze Kommode im Schlafzimmer, Boxershorts, Socken, Polo's und Sporthosen. Am Wichtigsten: mein Tablet und mein Ladekabel fürs Handy. Beides finden Sie in der Küche auf dem Tresen. Das Ladekabel ist evtl. noch in der Steckdose." Alexander gibt Romi seine Adresse und sie macht sich auf den Weg zu seiner Wohnung. Nur ein paar Bus-Stationen weiter steht sie vor dem grossen, verspiegelten, ultramodernen Haus mit mehreren Etagenwohnungen. Alexander hat das Loft. Hat sie sich fast gedacht. Mit einem PIN kommt sie durch die Sicherheitsschranke, der Aufzug funktioniert einwandfrei und binnen Sekunden steht sie bereits in seiner Wohnung. Der Aufzug endet direkt dort. WOW! „Alter, wie abgefahren ist das denn bitte?" Eine Maisonetten-Loft-Wohnung. Inmitten des Raumes scheint eine Treppe zu schweben, die beide Stockwerke miteinander verbindet. Die schwarze Hochglanzküche darunter wurde vermutlich noch nie benutzt. Romi streift durch den Raum, inspiziert die Küche: „kein Dunstabzug, oh man, die ist im Herd integriert, ist ja krass." Romi hat in Ihrer Bude nur einen Pseudo-Abzug, der ist zwar da, hat aber keine Öffnung nach draussen. Sie öffnet den Kühlschrank und was sieht sie? Nichts: Wasser, 2 Äpfel, Kaffeepulver (sicher das teure, mit der Katzenkacke) und ein angebrochener 6er Pack Bier. Mehr als die Hälfte der Küchenschränke sind einfach nur leer. Cremige Doppelkekse gibt es auch keine. War so gut wie klar. Einige Zeit und mehrere Räume, Schränke, Kommoden und Schubladen später, packt Romi gerade Alexanders Wäsche aus seiner Kommode in den Reisetrolley und geht dann nochmal sorgsam ihre Liste durch, ob sie auch an alles gedacht hat. In diesem Moment hört sie, wie sich die Tür des Fahrstuhls öffnet und läuft nach vorne. Vermutlich die Putzfrau, denkt sie, ich geh mal nachschauen, nicht dass sich noch jemand wegen mir erschrickt. Aus dem Fahrstuhl kommt eine attraktive, um die 60-jährige Dame gestürmt. Vollbepackt mit Paketen, Einkaufstüten und 2 Reisetaschen. Voller Elan läuft sie in Richtung Küche, als ihr Romi von der anderen Seite entgegenläuft. „Guten Tag, bitte erschrecken Sie nicht, ich bin nur hier um Sachen für Alexander zu holen." Die schicke Dame ruft laut: „neeeiin, es gibt sie wirklich, ich kann es gar nicht glauben! Kommen Sie her Kindchen, lassen Sie sich drücken, was bin ich froh." Romi kapiert rein gar nichts. Nach der ziemlich heftigen Umarmung stellt sich die Frau als Konstanze vor. „Ich bin die Mutter von Alexander, liebe Jennifer." Romi will gerade den Mund aufmachen, da legt Konstanze nach: „dass es Sie wahrhaftig gibt, ich habe es nicht für möglich gehalten." Ausser sich vor Freude fängt Konstanze an die Einkäufe in den Kühlschrank zu räumen. „Ich räume die Sachen noch schnell in den Kühlschrank und dann trinken wir erstmal einen Kaffee zusammen. Unser erster Plausch, ach wie schön."

Romi versteht nun besser. Vermutlich hört Konstanze bereits die sehnlichst erwarteten Enkelkinder übers gewachste Parkett flitzen. Was soll sie tun? Klarstellen, dass sie nicht Jennifer ist? Konstanze scheint eine sehr liebe Frau zu sein, auch wenn ihr Sohn von ihr genervt ist. Nein, sie sagt lieber nichts und spielt erstmal mit. Alexander hat nicht umsonst sie, Romi, gebeten die Sachen aus seiner Wohnung zu holen.

Während Konstanze den Kühlschrank füllt, holt Romi den fertig gepackten Trolley aus dem Ankleidezimmer und versteckt ihn unter der Treppe. Irgendwie ein bisschen schade, dass Konstanze jetzt da ist, Romi hätte gern noch ein bisschen die Räume inspiziert. In so einer krassen Bude ist man ja schliesslich nicht jeden Tag.

Zurück in der Küche steht Konstanze schon mit 2 frischen Tassen Kaffee da. „Kommen Sie meine Liebe, wir gehen einen Sprung auf die Terrasse, herrlich ist es heute, nicht zu warm, nicht zu kalt, perfekt!" Die Terrasse erinnert eher an eine Bar mit Lounge, nur eben zu für Hause. Der Jacuzzi übertrifft alles. Das ist ja wie im Urlaub hier. Aber Romi kann sich nicht vorstellen, dass Alex hier richtig „lebt". Alles sieht total unbenutzt und neu aus.

„Es tut mir leid Jennifer, sie wissen ja hier gibt es keinen Zucker und keine Milch, wir müssen schwarz trinken. Er will auch nicht, dass ich etwas kaufe, es stünde nur rum sagt Alexander. Kurz nachdem er hier eingezogen ist, habe ich ihm eine Grünpflanze mitgebracht, das hat ihm nicht gefallen, er hat sie auf den Balkon verfrachtet und dort ist das arme Ding jämmerlich eingegangen. Kein Wunder Kindchen, dass in diesem kalten Loch keine persönlichen Dinge von Ihnen zu finden sind. Ich würde mich hier auch nicht wohl fühlen. Es wirkt steril und kalt. Ich kann gar nicht verstehen, dass ihm das gefällt. Alexander ist sehr resistent, alles muss unverändert bleiben. Wenn die Putzfrau beim Saugen den Hocker von rechts nach links schiebt, stellt er ihn umgehend zurück. An Ihrer Stelle würde ich mich hier auch nicht häuslich einrichten. Deshalb ist Alexander wohl oft bei Ihnen, ich habe auch noch nie ein zweites Kopfkissen hier gesehen."

Konstanze hat alles fest im Griff, denkt Romi und muss etwas schmunzeln. „Trinken Sie ihren Kaffee auch schwarz?" Romi antwortet lächelnd: „nein, am liebsten mit Zucker, Süßstoff und Milch, besser noch Kaffeesahne, oder richtige Sahne, lecker. Am allerbesten ist natürlich ein italienischer Cappuccino." „Ah, ich merke, wir verstehen uns, süss und sahnig, für mich auch das Beste", antwortet Konstanze. „Kennen Sie die kleine Kaffee-Bar an der Ecke zur Förster-Strasse? Hat vor 1 Jahr aufgemacht und die rennen dem die Bude ein, wird von einem echten Barista geführt, der hat auch sämtliche Auszeichnungen an der Wand hängen. Sogar ein paar Spieler vom FC Bayern sind dort Stammgast." „Interessant Liebes, nein, kenne ich nicht, leider bin ich nur noch selten in der Stadt, im Winter des Öfteren, aber im Sommer verbringe ich die meiste Zeit in meinem Garten. Ich pflanze Obst und Gemüse und seit neustem versuche ich mich sogar im Züchten von Obstbäumen. Alexander kommt selten raus aufs Land, er ist immer zu beschäftigt aber jetzt hat er ja Sie meine Liebe, ich freue mich so. Lassen Sie uns doch mal zusammen zum diesem Barista gehen, nächste, oder auch übernächste Woche, ich bin ausnahmsweise mehrfach in der Stadt." Konstanze holt eine Visitenkarte aus ihrer Handtasche (die farblich zu den Pumps passt) und stösst mit dem Ellenbogen den Kaffee vom Tisch. Romina springt auf: „bleiben Sie sitzen Konstanze, ich hole ein Handtuch." Jetzt zahlt es sich aus, dass Romi vorhin zur Spionin wurde, sie weiss genau, wo was zu finden ist. „Sie kennen sich ja schon gut aus meine Liebe." Konstanze grinst fröhlich. „Hab ich mir's doch gedacht, dass sie öfter hier sind, Alexander sagt immer, er wäre bei Ihnen. Ich denke er hatte Angst, dass ich unverhofft vorbeischaue, ich habe keine Ahnung, warum er so ein Geheimnis um ihre Beziehung macht. Sie sind doch nicht verheiratet oder anderweitig vergeben? Ich hoffe auch ihre Beziehung zu meinem Sohn ist nicht ausschliesslich sexueller Natur! Alexander braucht eine tiefe, liebevolle und auch freundschaftliche Stütze im Leben, so wie sie mein Mann, sein Vater, für mich war."

Romi ist völlig irritiert, die Bäckchen werden rot, sie stottert: „äh, nein, nein, überhaupt nicht, nein." Oh lieber Gott erlöse mich aus dieser Peinlichkeit…. So, nun gut, da Sie wohl auch eine ernsthafte Beziehung in Betracht ziehen meine liebe Jennifer, würde ich mich ausserordentlich freuen, wenn sie der Geburtstagsfeier meines Schwagers am kommenden Freitag beiwohnen. Wir richten die Feier in meinem Haus am Starnberger See aus und ich würde mich überaus freuen Sie dort zu empfangen und unserer Familie vorzustellen. Ich habe Alexander bereits darauf angesprochen, aber vermutlich hat er Ihnen nichts gesagt. Ich weiss, als Stewardess sind sie viel unterwegs, aber vielleicht können Sie es einrichten." Romi muss innerlich etwas lachen, Stewardess also, das hat er ja geschickt angestellt, die ist nie da, hahaha, verstehe. Mittlerweile hat Romi wieder etwas an Coolness gewonnen und antwortet spontan: „Oh, ich freue mich, ich freue mich wirklich sehr Konstanze, es wäre mir eine Ehre bei Ihrer Feierlichkeit anwesend zu sein. Allerdings muss ich erst noch den Terminplan durchgehen und mich mit meinen Kollegen abstimmen." „Das ist sehr schön, ich freue mich. Und bitte sagen Sie mir direkt Bescheid, nicht über Alexander." Beide Frauen lachen.

Zurück im Krankenhaus möchte Romi Alexander von ihrem Zusammentreffen mit seiner Mutter erzählen. Aber wo soll sie anfangen, dass sie völlig überrumpelt wurde und nichts dementiert hat? „Guten Tag Alexander. Geht es Ihnen etwas besser? Ich bringe Ihnen Ihre Sachen." „Oh das ist toll, vielen Dank, dass sie sich die Zeit genommen haben. Konnten Sie alles finden?" „Äh ja, äh, ich denke ich habe alles eingepackt." „Der Arzt sagt ich soll noch eine Nacht bleiben, dann geht's ab nach Hause." „Das freut mich sehr. Es ist mir alles so unangenehm." „Romina bitte, das hatten wir doch schon. Nichts davon ist Ihre Schuld." Romi wagt einen Sprung in Richtung Konstanze: „naja also, als ich eben in Ihrer Wohnung war… da.. ähm, naja also da habe ich Ihre Konstanze, also ihre Mutter getroffen." Puh, jetzt ist es raus. Erstmal warten, was er sagt, dann kommt das Nächste: die Einladung zum Geburtstag. „Was wollte sie?" „Sie hat Ihre Wäsche gebracht und ein paar Einkäufe in den Kühlschrank geräumt." „Die Wäsche…ja, sie nimmt immer die Wäsche mit um wieder zu kommen, Sie verstehen…" Romi nickt, Beide schmunzeln. „Und den Kühlschrank bestückt Sie auch eher aus Eigeninteresse, nur die Kaffeesahne habe ich ihr strikt verboten, ich trinke das Zeug nicht und es gammelt widerlich vor sich hin." „Verstehe", antwortet Romi. „Alexander, da ist noch was. Also um es kurz zu machen: Ihre Mutter hat mich zu einer Geburtstagsfeier kommenden Freitag eingeladen. Sie denkt ich heisse Jennifer und bin Stewardess und … ihre Lebensgefährtin." Die peinliche Aussage bzgl. „Beziehung zu meinem Sohn nicht nur rein sexuell…" behält Romi lieber für sich, Alexander würde vermutlich leicht ausflippen. „Ach herrje, wirklich?" Alexander schüttelt den Kopf und kneift die Augen zusammen, der Kopf tut noch immer höllisch weh. „Sie kann es einfach nicht lassen. Einmal hat sie sich sogar an meine Haushaltshilfe „rangemacht", sie hatte sie in Verdacht." Grosses Gelächter ist zu hören. „Haben Sie es richtig gestellt Romina?".

Romina's Bäckchen färben sich wieder ein klein wenig rosa, es ist ihr alles peinlich, wo ist sie da bloß reingeraten, Mist!

„Nein, es tut mir so leid Alexander, aber ich konnte nicht, ich weiss nicht weshalb. Irgendwie tat sie mir leid, sie hat sich so gefreut." „Verstehe, es ist auch schwer, meine Mutter im Redefluss zu unterbrechen, fast unmöglich. Achso, bevor ichs' vergesse, sie haben ihr Handy auf der Fensterbank liegen lassen, es hat ständig vibriert, vielleicht was Wichtiges." „Ah da ist es, ich hab es schon gesucht, hatte vermutet es liegt bei Caro und Richard im Auto. OK prima, ich schau gleich mal nach, sicher wollen sich die Beiden nach Ihnen erkundigen." Ohweee, was war passiert? 15 Anrufe in Abwesenheit, 3 Chat-Nachrichten, 2 Sprachnachrichten. Romi geht kurz aus dem Zimmer um die Nachrichten abzuhören und ggf. zurück zu rufen. Mit einer niederschmetternden Nachricht kommt sie ein paar Minuten später zurück ins Krankenzimmer. Alexander sieht ihr Gesicht, auch wenn Romi ihre Enttäuschung zu verbergen versucht.

„Na, schlechte Nachrichten." „Nein, alles gut." Romi lächelt, sichtlich angestrengt. „Kommen Sie, ich seh's Ihnen an, was ist los?" „Naja also wir richten diesen Mittwoch wieder ein Speeddating aus, die Gruppe ist vollständig, wir waren sogar überbucht. Auch diesen Date-Abend wollten wir, wie gewohnt, im Bavarian City Hotel abhalten, unsere Reservierungsanfrage vor 5 Monaten wurde, aufgrund der Auslastung durch die aktuell stattfindende Reisemesse, abgelehnt. Dank der guten Geschäftsbeziehung mit dem Manager des Bavarian City, hatten wir, mit seiner Hilfe im Reuss-Palais noch den letzten freien Konferenzraum bekommen, sogar zu den üblichen Konditionen. Aufgrund eines Wasserschadens ist jetzt aber der komplette linke Flügel geschlossen. Meine Kollegen versuchen seit Stunden Ersatz zu finden, haben sogar bei der Stadt nach einem freien Besprechungszimmer angefragt. Ohne Erfolg. Das ist ein riesiger Mist, sowas hatten wir noch nie. Wenn wir heute keinen Ersatz finden, müssen wir das Speeddate absagen, alles andere wäre zu kurzfristig für unsere Teilnehmer und unprofessionell noch dazu."

Alexander, ganz der Geschäftsmann, hakt ein: „Ok, um wie viele Personen geht es?" Muss es ein Hotel sein oder welche Lokalität kommt noch in Frage? Ein Café? Eine Art Schulungszentrum?" „Das spielt eigentlich keine Rolle, selbst wenn es keine Bewirtung geben sollte, das stellen wir kurzfristig selbst auf die Beine", antwortet Romi. „Gut, lassen Sie mich kurz telefonieren, ich habe ein paar Geschäftskontakte, die sind mir noch was schuldig", sagt Alexander schmunzelnd bereits mit dem Handy am Ohr. „Wow, also schon mal danke für Ihre Mühe. Das wäre natürlich unsere Rettung. Ich räume derweil mal Ihre Sachen ins Bad."

Romi hört gespannt mit, als Alexander einen Geschäftspartner nach dem anderen abtelefoniert. Hier und da ein bisschen Small Talk, Wetter, Aktienkurse, Weltwirtschaft, Dollar. Dann geht's ums Wesentliche, die Gespräche verlaufen alle gleich, Floskeln am Anfang, Floskeln am Ende. Als Sie Alexanders Rasierer in der Hand hält, betrachtet sie ihn durch den Türschlitz, wie er da so in seinem Bett liegt. Der Bartansatz, den er jetzt durch den Krankenhausaufenthalt trägt, steht ihm eigentlich sogar ganz gut. Vielleicht sagt sie es ihm nachher. Als Alexander auflegt, geht Romi gespannt zurück zum Krankenbett. „Volltreffer liebe Romina!" Kennen Sie das „Blues Inn" in der Südstadt? Ich arbeite seit Jahren mit dem Eigentümer im Bereich Hedgefonds, er ist ein sehr verlässlicher Geschäftspartner. Und da diese Einschätzung vermutlich auf Gegenseitigkeit beruht, macht er ihr Speeddating am Mittwochabend gerne möglich. Sie können sich den Raum vorab schon ansehen, bzgl. der Ausrichtung der Tische etc. Und am Mittwoch können Sie bereits ab 16:00 Uhr mit den Vorbereitungen beginnen, der Raum ist dann frei und gereinigt. Service-Personal würde auch zur Verfügung stehen, für evtl. Snacks und Getränke." Romi muss sich setzen. „Oh mein Gott, das ist ja grossartig." Während des Satzes steht sie auf und drückt, voll überschwänglicher Erleichterung, den im Bett sitzenden Alexander ganz fest an sich. „Wie kann ich Ihnen danken, sie haben uns den Hintern gerettet. Ich muss gleich mein Team informieren, juhu!" Alexander freut sich mit ihr. Und eigentlich freut er sich auch für sich selbst, denn es ist wieder einmal bewiesen, dass seine Kunden ihm Vertrauen entgegenbringen. Romi und ihr Team werden dort keine Probleme machen, die Leute, die er an dem Abend im Bavarian City gesehen hat, machten auf ihn einen äussert seriösen Eindruck, mehr als Romi zu diesem Zeitpunkt, die ihm als knallrote Farbkugel in Erinnerung geblieben ist. „Auf Ihre Frage zu antworten, wie Sie mir danken können: Ich weiss nicht, ob ich das wirklich von Ihnen verlangen kann, sicher haben Sie auch schon anderweitig Termine, aber wären Sie evtl. bereit, mich tatsächlich zur Geburtstagsfeier meines Onkels kommenden Freitag zu begleiten?" Romi muss sich wieder setzen und schluckt kräftig. Bevor Sie antworten kann, fügt Alex hinzu: „meine Mutter kennen Sie ja jetzt und glauben Sie mir, meine Verwandten sind nur halb so schlimm." Beide lachen, Romi's Scham schwindet allmählich." Ausserdem kommen sicherlich noch 50 weitere Gäste, die auch ich nicht kenne." Romi scheint etwas beruhigt. „Ok, also wenn Sie meinen, begleite ich Sie sehr gerne auf Ihre Familienfeier, ich habe nichts vor. Ich freue mich, wenn ich Ihnen damit helfen kann, nach alle dem." „Prima, also abgemacht?" Romi nickt. „Sie werden sehen, wahrscheinlich wird es sogar ganz nett. Das Haus meiner Mutter liegt direkt am Starnberger See, achja und dort werden wir auch übernachten. Es gibt mehrere Gästezimmer. Am Samstag nach dem Frühstück bringe ich Sie selbstverständlich zurück nach München."

„Ok Alexander, dann sage ich Ihrer Mutter Bescheid. Sie hat mich darum gebeten, dass ich mich direkt bei ihr melde." „Ja, das denke ich mir, machen sie das." „Und kann ich etwas vorbereiten, einen Kuchen oder Salat und was ist mit Geschenken?" „Nein, es kommt ein Party-Service, vielen Dank, nicht nötig und ums Geschenk kümmere ich mich. Danke, dass Sie mir diesen Gefallen tun. Das befriedigt meine Mutter ungemein und sie lässt mich hoffentlich endlich in Ruhe mit dem Beziehungsmist." Da ahnt Alex noch nicht, dass alles noch schlimmer für ihn kommt. Denn Konstanze hat Jennifer, alias Romi, sofort in ihr Herz geschlossen und sieht, wie Romi bereits vermutet hatte, schon die Enkelkinderchen inmitten ihrer selbstgezüchteten Obstbäume durch den Garten flitzen.

Kaum ist Romi aus der Tür, klingelt Alexander's Mobiltelefon. „Mutter, Hallo." „Mein Junge, wo steckst Du denn? „Ich bin unterwegs, hatte einen Geschäftstermin ausserhalb und den Rückweg verbinde ich noch mit weiteren Terminen." Alexander sagt dies vorsorglich. „Alexander, ich habe endlich Deine Jennifer kennengelernt. Was ein tolles Mädchen, ich freue mich so für Dich. Auch wenn ich sehr enttäuscht von Dir bin, dass Du sie mir so lange vorenthalten hast. Wären wir uns nicht zufällig über den Weg gelaufen, hätte das wohl noch Jahre gedauert." Alexander verstummt am anderen Ende der Leitung. „Wo habt ihr Beiden euch denn eigentlich kennen gelernt? Das hatte ich Jennifer vorhin ganz vergessen zu fragen.

Aber lass gut sein, Du erzählst mir ja sowieso nichts, ich frage Jennifer, wenn sie am Freitag kommt. Sie hat mich gerade angerufen und zugesagt, ich freue mich sehr auf euch Beide. Ich „warne" unseren engsten Familienkreis schon vor, nicht, dass sie die arme Jennifer anstarren. Sie kennen Dich seit Jahren nur ledig.

Ach mein guter Junge, wie schön, ich freue mich so für Dich und auch für mich. Jennifer ist wirklich herzallerliebst. Die gefällt mir mal richtig gut, da ist mal ordentlich was dran, nicht so ein wandelndes Rippchen! Hätt ich Dir gar nicht zugetraut!" Oh mein Gott, das kann ja heiter werden, denkt Alexander. „Alles klar

Mutter, wir werden am Freitag, wie abgemacht, gegen 19 Uhr eintreffen." „Was? Kommt ihr nicht schon früher, dann haben wir ja gar keine Zeit mehr für uns? Ich dachte Jennifer und Du und ich, also wir 3 trinken noch gemütlich einen Tee im Garten, bevor die Gäste eintreffen?" „Das wird denke ich nicht möglich sein, weder bei Jennifer noch bei mir." „Wir reden nochmal Alexander, ich rufe Dich am Mittwoch nochmal an." „Ok Mum, bis dann, machs gut!"

Ziemlich erledigt legt Alexander auf. Was hat er sich da nur eingebrockt. Irgendwie läuft gerade alles aus den Fugen. Eigentlich hatte er gehofft, sich nach einer Stunde von der Party in seine Werkstatt zu verziehen um an seinen geliebten Oldtimern zu basteln. Auf der Party hätte ihn ohnehin niemand vermisst, die Leute sind zu sehr mit sich selbst beschäftigt und er hätte seine Ruhe gehabt. Aber nun ist Romina dabei und sie kann und will er nicht alleine in der „Löwenhöhle" zurücklassen.

8 – Los geht's

W eitere Tage sind vergangen. Es ist Freitag. Der Partyfreitag. Romi hat bereits gestern Abend ihre Tasche gepackt und mehrfach die „ich nehme mit" Liste kontrolliert. Alles drin! An alles gedacht! Derzeit findet sie sich selbst total organisiert. Es fühlt sich gut an. Und irgendwie freut sie sich sogar auf den heutigen Abend. Konstanze ist sehr nett, Romi mag sie sehr, auch wenn die beiden Frauen noch nicht viel mehr als Zeit als bei dem kurzen Plausch bei tiefschwarzem Kaffee auf einer sterilen Dachterrasse miteinander verbracht haben. Und die Location für die Feier muss, den Erzählungen von Konstanze und sogar Alexander nach zu urteilen, traumhaft gelegen sein. Direkt am See. Oh, da fällt ihr ein, Badesachen, die pack ich noch ein, evtl. drehe ich noch eine kleine Runde im See, bevor wir am Samstag wieder zurückfahren. Alexander wird Romi um 16:00 Uhr vor Ihrer Wohnung abholen, +/- 15 Minuten. Wie er wohl, bei so einem gesellschaftlichen Anlass auftritt? Sie kann es sich gar nicht vorstellen. Er wirkt immer so steif und desinteressiert. Ausser bei Richard und Caro, da war er auf einmal ein ganz anderer, wirkte wie ausgewechselt, gelassen, fröhlich, locker. Den 3 Tage Bart hat er sicher auch im Krankenhaus gelassen und die Shirts, unter denen sich die offen gestanden doch sehr ansprechenden Muskeln abgezeichnet hatten, gegen die schnöden Banker Hemden samt Krawatte und Einstecktuch eingetauscht. Das steht ihm auch sehr gut, klar. Aber der andere Alexander hatte Romi irgendwie besser gefallen. Es ist kurz vor 14:00 Uhr, noch eine halbe Stunde dann hat Romi Feierabend. Normal arbeitet sie an Freitagen nur bis 12, aber da eine Kollegin krank ist, betreut sie die Kinder noch ein paar Stündchen länger. Ist nicht anstrengend heute, alle Kiddies sind recht lieb, keiner schreit unnötig durch die Gegend. Romi liebt Kinder, vor allem natürlich ihre Nichte Nele mitsamt dem kleinen Hercules, auch wenn sie noch immer keine eigenen möchte.

Alexander tut derweil sein Liebstes: im Büro vor den Bildschirmen hocken, Kurse checken, telefonieren, Trades öffnen, Trades schliessen, freuen, ärgern, weitermachen. Er schaut kurz auf die Uhr, 14:30 Uhr, um 16 Uhr wird er Romi abholen. Ok, dann wird er jetzt kurz nach Hause fahren und noch für ein halbes Stündchen aufs Laufband, das macht ihn etwas relaxter, wenn er nachher bei seiner Mutter ist. Sie ist wirklich lieb und immer besorgt. Aber sie nervt ihn einfach. Und die Verwandtschaft? Dito. Leider. Heute wird Romi im Mittelpunkt stehen, nicht er. Aber das Kinder-Thema wird sicher ganz oben auf der Liste stehen. „In Deinem Alter war ich schon 3-facher Vater und habe eine Bank geleitet, blau bla." Abwarten, vielleicht wird's gar nicht so schlimm. Und wenn doch, dann muss Romi halt mit in die Werkstatt.

Sogar 5 Minuten früher, also um 15:55 Uhr, sieht Romi von ihrem Küchenfenster aus, wie Alexander's Porsche in ihre Strasse einbiegt. Dieses Auto ist nicht zu übersehen. Sie schliesst das Fenster und macht sich auf den Weg nach unten. Die Tasche hat sie bereits vor der Wohnungstür abgestellt. Im Treppenhaus, auf dem Weg nach unten, überkommt sie mit einem Mal ein mulmiges Gefühl. Irgendwie fühlt sie sich „ihrer Aufgabe" nicht gewachsen. Was, wenn sie sich verplappert, wenn sie Alexander noch mehr in die Bredouille bringt? Oh man, was macht sie nur. Wäre das alles doch bloss nicht passiert.

Unten angekommen, öffnet sie die grosse Tür und sieht Alexander. Wie erwartet, trägt er einen Anzug mit den zugehörigen „Toppings". Der Bart ist ab. Das Gesicht nun wieder glatt wie ein Kinder-Hintern. Hoffentlich stinkt das Auto nicht mehr so nach Hundekacke. Diese Gerüche setzen sich ja bekanntlich ewig fest. „Ah, da sind sie ja, guten Tag Romina." „Hallo Alexander, wie geht es Ihnen, sie sehen besser aus, als noch vor ein paar Tagen im Krankenhaus." Eigentlich findet Romi nicht, dass er besser aussieht, nur gesünder eben. „Geht mir besser, danke. Die Klammern in meinem Hintern kneifen etwas, aber sonst geht's." Romina wartet, ob Alexander lacht. Aber nein, kein Lachen, es war sein Ernst. Dabei findet es Romina immer noch urkomisch und muss ihre Lippen zusammenpressen, um nicht loszuprusten.

Ganz Gentleman greift Alexander gleich nach Ihrer Reisetasche und verstaut sie im Wagen. Die Beifahrer Tür ist bereits geöffnet, Romina steigt in den Wagen. Alexander schliesst den Kofferraum und steigt ebenfalls hinein. Bis jetzt kann Romina keine Spur von Hundekacke-Geruch erkennen, ein Glück. „Ihr Wagen ist wieder wie neu Alexander, prima, das freut mich sehr, war ich doch die Verursacherin des ganzen Übels." „Nein, Sie haben nur bedingt Anteil an allem, es war eine Reihe unglücklicher Umstände", beruhigt sie Alexander. Nach ein paar Minuten verlassen sie die Stadt in Richtung Autobahn. „In rund 30 Minuten sind wir in Starnberg", sagt Alexander. „Meine Mutter empfängt uns mit Tee im Garten." „Oh, das ist aber nett von Konstanze. Ich bin gespannt auf ihren Garten, sie hat mir erzählt, dass sie sich im Züchten von Obstbäumen versucht. Auch die Rosen würde ich sehr gerne sehen." „Werden Sie Romina, Mutter führt sie wahrscheinlich länger rum, wie Ihnen lieb ist." Beide lachen. „Achso, meine Mutter wollte wissen, wie und wo wir uns kennen gelernt haben." „Und, wie haben wir uns kennen gelernt? Was haben Sie geantwortet?" „Gar nichts. Sie hat mich mal wieder nicht zu Wort kommen lassen und ist dann zum Entschluss gekommen, Sie zu fragen, da sie von mir ja sowieso nichts erfährt. Ich habe mir überlegt wir sagen ich habe Sie am Flughafen nach einem Ladekabel gefragt und so sind wir ins Gespräch gekommen." „Ok, nicht sehr romantisch, aber einverstanden." Alexander schaut Romi etwas verdutzt von der Seite an, sagt aber nichts weiter dazu. „So, das ist die eine Sache, aber was machen wir mit ihrem Namen? Ich meine Romi und Jennifer haben so gar nichts gemeinsam." „Ja, da habe ich mir auch schon meine Gedanken gemacht. Mh, wir könnten evtl. sagen, dass alle meine Freunde und Familie mich Romi nennen, weil ich die gleichen Haare wie die Schneider in den

Sissi-Filmen habe." „Tja, mh, das macht Zuweilen mehr Sinn als alles andere. OK, bis mir etwas Besseres einfällt, bleiben wir dabei. Und noch was, wegen der Verwandtschaft: es sind alles liebe Leute, das meine ich wirklich, aber sie können einem ganz schön auf die Nerven gehen", sagt Alexander. „Ja ich kenne das, so ist das mit den lieben Verwandten." Ja, aber da ist noch etwas", legt Alex nach. „Die Seite meines Vaters ist russischer Herkunft. Alle sind schon lange Zeit hier in Deutschland, die meisten hier geboren. Dennoch leben sie die Traditionen und dazu gehört nun mal: Wodka! Und die trinken nicht nur einen und auch keinen mit Lemon, da gehen ganze Flaschen drauf, pur. Deshalb, bitte, trinken sie nicht bei jeder Runde mit. Vermutlich werden sie extrem dazu animiert, aber glauben Sie mir, die verstehen was vom Feiern. Nach 2 Flaschen steht mein Cousin noch immer verankert wie ein Baum auf dem Tisch als hätte er nichts als Wasser getrunken und grölt fröhlich deutsche Schlager." Romi lacht. „Wirklich? Super, ich lache mich kaputt. Entschuldigen Sie bitte Alexander, aber ich hatte angenommen, das wird eher ein etwas strengeres Festbankett mit Tischkärtchen, Platzordnung und Smoking-Pflicht. Ehrlich gesagt: ich habe ein Abendkleid dabei, das wollte ich heute Abend tragen. Eigentlich muss ich es auch tragen, denn etwas Anderes habe ich nicht mit. Hätte ich das gewusst, hätte ich lieber mein festtagstaugliches Dirndl mitgenommen, das habe ich auch damals auf der Hochzeit meiner Schwester getragen. Edel, elegant und doch regional." „Overdressed gibt es bei Mutters Festen nicht, glauben Sie mir Romina, Sie können ohne Bedenken ihr Abendkleid tragen." Im Insgeheimen hofft Alexander darauf, dass es nicht wieder eine Art Ganzkörperkondom in knallrot ist, Romi hatte darin leider ausgesehen, wie ein riesiges, rotes, geplatztes Knallbonbon. „Auf jeden Fall hoffe ich, es wird nicht zu anstrengend für Sie und Sie können sich auch ein bisschen amüsieren. Zumindest so viel kann ich sagen: der Caterer ist erstklassig. Sie werden nicht hungrig zu Bett gehen." „Na das ist Musik in meinen Ohren", sagt Romina lächelnd.

9 – Mitten im Paradies

Konstanze steht bereits nervös oben auf der grossen Treppe, als Alexander und Romina in den gekiesten Hof einfahren. Die Pappelallee davor, sowie das grosse Tor am Eingang des Grundstücks waren sehr beeindruckend für Romina. Das Anwesen, ja, es ist wirklich ein Anwesen, wirkt, wie aus einem Rosamunde Pilcher Film. Nur eben in Deutschland. Und Romi war nicht Teil einer Liebesgeschichte zwischen Intrigen und Verrat. Sie war einfach nur Gast auf einer Feier, wo sie niemanden kannte, ausser Alexander und seiner Mutter. In diesem Moment beschloss Romi, diesen Abend einfach zu geniessen. Es war herrlich hier und das Wetter spielte auch mit. Nicht zu heiss, nicht zu kalt, perfekt für diese Jahreszeit und perfekt dafür, ihr Abendkleid zu tragen, welches sich wunderbar in dieses Ambiente einschmiegen würde. „Da seid ihr ja endlich Kinder." Sichtlich erleichtert, dass Alexander Jennifer alias Romi wirklich mitgebracht hat, läuft Konstanze schnurstracks mit offenen Armen auf Romina zu, die gerade mit einem Stein in ihren Schuhen kämpft. Noch nicht richtig aufgerichtet, spürt Romi bereits die herzliche, kräftige Begrüssung von Alexanders Mutter. Alex steht daneben und ist etwas irritiert, denn normalerweise war er das Opfer der herzlichen Liebkosungen seiner Mutter, aber gerade hatte sie ihn noch nicht einmal angesehen. Ihre Blicke und Ihre Fürsorge galten ausschliesslich Romi.

Konstanze führt Romi, eingehakt in ihren Arm, durch das riesige Gutshaus. Zu jedem Raum gibt es eine Geschichte, die Konstanze voller Begeisterung erzählt. Auch alte Porträts an den Wänden erzählen von vergangenen Zeiten und früheren Besitzern des Landguts. An einer Stelle zeigt Sie Romi das kaputte Parkett, hier hat Alexander als Kind mit einem Schraubenzieher versucht die Holzstücke voneinander zu trennen. „Wissen Sie Jennifer, ich habe das alles so gelassen, es sind Erinnerungen, lustige Erinnerungen an seine Kindheit, die Kindheit geht sowieso viel zu schnell vorüber. In dem Moment damals, war ich doch etwas wütend, aber das verblasst und heute schaue ich auf dieses Stückchen Boden und sehe meinen kleinen Alexander mit dem Schraubenzieher werkeln und muss lächeln." Romi nickt und lächelt ebenso. Alexander begleitet die Damen nicht bei Ihrem Rundgang, er hat sich gleich in seine Oldtimer-Scheune verzogen, trotz Anzug und Krawatte. Alexander möchte heute nicht an den Fahrzeugen schrauben, er liebt es einfach nur hier zu sein. Alleine schon dieser Geruch, herrlich. Es bringt ihm ein Stück seiner Kindheit zurück und erinnert ihn an seinen geliebten Vater. Das grosse Scheunentor geht auf und Konstanze stürmt, immer noch mit Romi am Arm, in die Werkstatt. Alexander sitzt in einem der Oldtimer und geniesst die Ruhe. Bis eben. Eben. „Sehen Sie Jennifer und das ist Alexander's Männerhöhle hier." Die Frauen lachen. „So mein Junge und nun komm, der Tee ist fertig, wir gehen noch auf die Terrasse und geniessen die Ruhe, bis die Gäste eintreffen. Sicher möchtet ihr euch auch noch kurz frisch machen, Jennifer, Sie wissen ja jetzt, wo alles ist, fühlen Sie sich wie zu Hause. Ihr Zimmer ist direkt neben Alexander's, ich verstehe gut, dass sie zeitweise das getrennte Schlafen bevorzugen, Alexander's Vater hatte auch Probleme mit dem Schnarchen, die Leitragenden sind dann immer wir Frauen." Romi lächelt kopfnickend und rollt mit den Augen, also würde sie verstehen. Zum Glück war den Beiden das noch eingefallen, denn eigentlich hatte Konstanze das grosse Gästezimmer als gemeinsames Schlafzimmer richten lassen. Nun haben sie getrennte Zimmer. Die Terrasse liegt direkt hinter der riesigen Wohnküche mit den grossen Sprossenfenstern. Der Garten erstreckt sich hunderte Meter weit nach Westen, die Rosen grenzen an die Terrasse, von weitem kann Romi die Obstbäume sehen. Mann ist das schön hier. Ein Paradies. Kein Wunder kommt Konstanze nur noch selten in die Stadt. Romi versteht nicht so ganz, warum Alexander nicht jedes Wochenende hier verbringt. Wäre es ihr zu Hause, sie würde es kaum

abwarten können, an den Wochenenden wieder hierher zurück-
zukommen. Klar, er ist oft genervt von seiner Mutter, aber dieses
Grundstück hat eine solche Weite, dass man sich wirklich aus
dem Weg gehen kann, wenn man seine Ruhe haben will. Auch im
Haus.

„Schmeckt Ihnen der Tee?" „Ja Konstanze, danke, sehr fein und
lecker, dieser spezielle Kandis, den sie mir gegeben haben, macht
den Geschmack irgendwie noch weicher." „Richtig, genau so
habe ich das auch empfunden. Alexander, Du weisst ja gar nicht,
was Du verpasst. Aber trink Du nur Deinen schwarzen Kaffee,
wie langweilig." Alexander verkneift sich jeglichen Kommentar
und nimmt absichtlich genüsslich einen Schluck seines Kaffees.
Alexander mag Schwarztee nicht sonderlich und schon dreimal
nicht gesüsst. Konstanze und Romi reden ohne Punkt und
Komma. Da haben sich ja Zwei gefunden, denkt sich Alex. Über
was reden sie jetzt? Alexander hört nicht andauernd zu, es ist ihm
zu viel, dieses Weiber-Getratsche. Er checkt die Kurse auf der
Handy-App, geht kurz nach unten in den Garten und krault Kater
Theodor, macht ein Telefonat und setzt sich wieder. Ah, jetzt geht
es ums Essen. Wohl der Beiden liebstes Thema, denkt Alex und
schüttelt innerlich den Kopf. Auch Mutter würde ein bisschen
Sport nicht schaden. Stattdessen hat sie wöchentlich ihre Haus-
frauenrunde hier zum Yoga im Garten, samt hochqualifizierter
Trainerin. Und was gibt es im Anschluss? Kuchen und Kaffee. Na
Mahlzeit. Jetzt auch wieder. Zum Tee reicht Mutter Scones,
Spritzgebäck und feinste belgische Trüffel, die ihr Nachbar Horst
aus dem Urlaub mitgebracht hat. Und heute Abend? Geht's wei-
ter. Essen, trinken, essen, trinken. Das macht die Welt glücklich.
Alexander ist gutem Essen in keinster Weise abgeneigt. Er ist nur
der Meinung man sollte Maß halten und sich sportlich betätigen.
Man kann sich den ein oder anderen Griff zum Ungesunden mehr
erlauben und man fühlt sich einfach super, dank Sport. Richard,
Romi's Schwager, ist auch wieder „angefixt", dank Alexander.
Richard geht nun wieder regelmässig ins Studio und trainiert

seine Rückenmuskulatur wegen der Bandscheibe, das Spinning war doch zu extrem für ihn. Aber er trainiert fleissig seine Ausdauer und dreht mit dem süssen Hercules seine abendlichen Runden.

„So Kinder, ich würde vorschlagen wir machen uns fertig für den Abend, in 45 Minuten treffen die Gäste ein." Romy hofft, dass sie nach all den süssen Leckereien noch in ihr schönes Abendkleid passt. „Oh Konstanze, ich weiss nicht, ob das Abendkleid so eine gute Idee war, nach all den Köstlichkeiten, die Sie zum Tee gereicht haben." „Keine Angst mein Kind, ich denke wir haben in Etwa die gleiche Grösse, sollte es Probleme geben: ich habe unzählig viel von dieser Bauch-Weg Wäsche." Romi und Konstanze lachen herzlich.

Oben im Zimmer angekommen, schlüpft Romi in ihr wunderschönes Abendkleid, dann frischt sie ihr Make-up auf und erst danach schaut sie sich im Spiegel an. Und das, was sie darin sieht, verwundert sie selbst: schon lange hat sie sich nicht mehr so herausgeputzt. Hier passt wieder der Satz: Kleider machen Leute. Ok und ein bisschen Schminke hier und da tut sein Übriges. Das Abendkleid war ein Traum aus Spitz, Satin und Chiffon. Dunkelblau, marine, navy, sowas in der Art. Schlicht aber sehr elegant. Aber auch Second-Hand. Langarm (Romi hasst schulterfrei) und knöchellang. Nur der Duft noch Mottenkugeln war etwas störend. Also, noch eine Ladung Parfum, ein paar Minuten vorm offenen Fenster und ja, nun geht's. Es wird, es wird.

Es klopft an der Tür. „Romina, sind Sie fertig? Ich gehe schon nach unten, Sie können nachkommen, ich warte in der Empfangshalle auf Sie." „Ja Alexander bitte, ich brauche noch 2 Minuten, dann komme ich nach."

Noch schnell Pipi, ein kurzer Blick in den Spiegel, rein in die Slingpumps, durchatmen und los geht's! Romi hatte dieses Kleid vor Jahren gekauft, als sie von ihrem dämlichen Ex zu einer Hochzeit von Freunden nach England eingeladen war. Das Motto war: „Royal-Flair". Das Kleid war perfekt dafür. Nur leider hatte sich die Sache mit dem Trottel noch vor dieser Hochzeit erledigt. Das schöne Kleid verbrachte seitdem in Romi's Schrank ein tristes Dasein. Im Hof und in der Halle herrscht schon reges Treiben, was Romi in ihrem Zimmer bereits hören konnte. Die Servicekräfte des Catering's huschen umher, der ein oder andere Wagen wird geparkt und Konstanze hört man in voller Pracht. Die Rolle der Gastgeberin scheint ihr wie auf den Leib geschneidert. Sicher hat sie, als sie noch jünger war, rauschende Feste gegeben. Hier oder woanders. Alleine das Gebäck zum Tee, ein Traum. Diese Frau hat Geschmack. Romi freut sich schon auf das Essen, vorallem die Snacks und das Dessert. Nur nicht so viel Trinken, diese Schuhe halten einem evtl. Wackler nicht stand.

Romi nimmt die erste Stufe der grossen Treppe und schaut hinunter. So viele Menschen, Blumen, Geschenke, Sekt, Wein, Häppchen. Sie schaut beim Herunterlaufen ins bunte Treiben und merkt nicht, dass…. Alexander steht derweil unten an der Bar und lässt sich den zweiten Whiskey einschenken. Er dreht sich um und: sieht wie ein blauer Engel die Treppe hinunterschwebt. Er schaut sie an. Sein Blick wandert mit jedem ihrer Schritte mit. Von oben scheinen ein paar Sonnenstrahlen auf Romi's rotbraune Haare. Das Chiffon ihres Kleides schmiegt sich sanft um ihre Taille. Alexander starrt immer noch wie gebannt. Romi wird am Ende der Treppe von Konstanze empfangen und gleich von weiteren Gästen „belagert". Alexander dreht sich zur Bar, nimmt einen ordentlichen Schluck Whiskey und kommt wieder zu sich. Er wirft sich sein Sakko um den Arm und läuft in Richtung Romina und Mutter, greift beim Vorbeigehen zwei Gläser Sekt vom Tablett der Bedienung und reicht eines davon Romi. „Ah, da sind Sie ja. Ich habe Ihnen eine kleine Auflockerung mitgebracht, hier bitte." Romi nimmt dankbar das Glas an sich. „Ich denke wir sollten jetzt mal ganz schnell zum Du übergehen", sagt Alexander,

„die Story kauft uns sonst keiner ab." Romi lacht. „Ja, gerne."
Romi setzt zum Anstossen an: „Romina, sehr erfreut." „Alexander und dito." Soll er oder soll er nicht. Gerne würde er ihr sagen, was er denkt: dass sie ganz zauberhaft aussieht an diesem Abend. Romi kommt ihm zuvor: „Du hast Deine Krawatte nicht an. Vergessen oder absichtlich weggelassen? Egal wie, sieht gut aus so."
„Äh" gerade als Alexander antworten möchte und Romi ebenfalls ein Kompliment machen möchte, platzt ihm Konstanze ins Wort und zieht Onkel Nikolai (das Geburtstagskind des heutigen Abends) am Arm in Richtung Romi: „Das ist unsere liebe Jennifer, Nikolai." Romi lächelt, reicht Onkel Nikolai freundlich die Hand und gratuliert ihm von Herzen. Alexander platzt dazwischen: „so jetzt mal an alle bitte, einen kurzen Moment. Also, Jennifer wird von ihrer Familie und Freunden seit ihrer Jugend Romina genannt, fragt nicht nach dem Grund, aber bitte tut das auch." Konstanze antwortet: „wie schön, das gefällt mir so viel besser, es passt noch viel besser zu Ihnen mein Kind, es ist so viel lieblicher, Jennifer klingt im Vergleich irgendwie so hart. Aber warum habt ihr mir das nicht schon heute Mittag gesagt, oder noch besser Jennifer äh Romina bei unserem ersten Treffen? Ich muss das gleich klarstellen, unsere Verwandten sind sonst total verwirrt oder sie denken Du bist jetzt zum Womanizer geworden Alexander." Alle lachen, ausser Alex, der rollt mit den Augen. Zwei Stunden und ein paar Kennenlernrunden später, trifft auch endlich Cousin Raffael mit dem Geschenk ein.

Von hinten schleicht er sich an Romi heran und sagt: „je später der Abend, umso schöner die Gäste" und macht einen leichten, galanten Knicks. „Guten Tag meine Gnädigste, darf ich mich vorstellen, ich bin Raffael Abel, Abel Consors Bankhaus, geschäftsführender Eigner. Darf ich fragen, mit wem mich das Universum an diesem traumhaften Sommerabend beglückt?" Romi schaut etwas dämlich drein, so etwas hat sie noch nie erlebt. Cousin Raffael, ganz der Charmeur, ist auch rein optisch echt nicht zu verachten, wenn sein Geschwafel auch etwas übertrieben ist, nicht mehr zeitgemäss. Aber sie befindet sich hier ja auch in etwas feinerer Gesellschaft. Romi streckt Raffael ihre Hand entgegen und möchte sich gerade vorstellen, als Konstanze und Alexander sich wie 2 donnernde Kanonengeschosse dazwischendrängen: „Stopp, äh, hallo und guten Abend Raffael mein Junge." Vor Aufregung kommt Konstanze leicht ins Stottern, ihre Nerven flattern etwas. „Das ist Romina uns sie gehört jetzt zu uns!" Bestimmt mit dem Kopf nickend und für eine Sekunde etwas garstig dreinblickend, schaut sie Raffael unentwegt an. Die Blicke sagen alles und Raffael versteht: „oh, das tut mir wahnsinnig leid meine Teuerste. Ich hatte keine Ahnung, dass Sie… und ich hätte auch niemals vermutet, dass eine Frau wie Sie mit so einem schnöden Börsentrottel wie meinem geschätzten Cousin liiert sein könnte." Raffael lacht seine Beleidigung gegen Alexander charmant weg und gibt Alex einen kräftigen Stoss in die Rippen: „nix für Ungut mein Bester hahaha." Dreht sich zu Romi und flüstert ihr, unter strenger Beobachtung von Konstanze, ins Ohr: „ich hätte wirklich alles erwartet, als man mir sagte, Alexander würde am heutigen Abend mit einer Dame erscheinen. Ich dachte an eine Hostess oder eine Kollegin, die das Spiel mitspielt, ich weiss, dass Konstanze keine Ruhe gibt. Aber mit Ihnen habe ich nicht gerechnet. WOW!" Zwinkert Romi zu und sagt: „ich bin beeindruckt Alexander."

Raffael geht in Richtung Bar, Alexander nimmt gleich seinen Platz neben Romina ein. Konstanze wird gerade vom Catering wegen organisatorischer Fragen belagert. „Entschuldige bitte, Raffa kann manchmal seltsam sein." Romi findet Raffael eigentlich sehr angenehm, sympathisch, humorvoll und offen und denkt da hat er wohl recht, der Alexander, ganz das Gegenteil zu ihm selbst, der wehrte Cousin.

Mit einem vollen Glas in der Hand, kommt Raffael zurück und quetscht sich zwischen Romi und Alexander. „Arbeiten Sie auch an der Börse Romina?" „Oh nein", antwortet Romi kopfschüttelnd.

Konstanze geht gleich dazwischen, obwohl sie eigentlich mit der Koordination des Service abgelenkt sein müsste: „nein, Romina arbeitet als Stewardess." „Das ist ein toller Job", sagt Raffael, „man kann reisen, trifft viele verschiedenen Menschen, sieht die Welt und wird noch dafür bezahlt. Ich beneide Sie etwas. Ich bin in der gleichen Branche wie Alexander tätig, aber im Gegensatz zu ihm, arbeite ich mit „echtem" Geld." Alexander rollt genervt mit den Augen. Romina versteht nicht ganz und schaut Raffael fragend an. Alexander stellt klar: „Romi Du weisst ich arbeite an der Börse, allerdings liegt mein Gebiet nicht alleine auf Aktien, Rohstoffen und Devisen. Ich bin spezialisiert auf den Handel mit Kryptowährungen." Jetzt rollt Raffael mit den Augen und schüttelt den Kopf. Romi frägt: „was sind Kryptowährungen?" „Nun, Sie haben sicherlich schon einmal etwas von einem „Bitcoin" gehört?" „Ja, habe ich, aber ich habe noch nie einen gesehen." Raffael lacht herzerfrischend, mit Romi's Antwort sieht er seine Ansichten über den Kryptomarkt als bestätigt und sagt: „korrekt! Sehen Sie, Sie konnten noch nie einen sehen, da es keine Prägungen gibt. Es handelt sich um fiktives Geld, de facto existiert es überhaupt nicht." Noch bevor Alexander antworten kann, schiebt Konstanze einen Herrn mittleren Alters in die Mitte des Dreiergespanns: „meine liebe Romina, darf ich bekannt machen, das ist mein langjähriger Nachbar Horst, er bewohnt das Haus mit dem langen Steg rechts von unserem." Romi schüttelt Horst die Hand. „Guten Tag, dann waren die leckeren Pralinen von Ihnen, die wir heute Mittag zum Tee genascht haben?" „Oh ja, wie schön, Konstanze hat sie davon kosten lassen, ich bin verwundert, denn normalerweise bewacht sie diese Pralinen mit ihrem Leben." Alle lachen, sogar Alexander. „Wenn wir demnächst wieder nach Belgien fahren, bringen wir äh…ich Ihnen auch eine Auswahl zum Testen mit." Wer während dieses Satzes genau hingesehen hat, konnte die Reaktion von Konstanze beim Fallen des Wortes „wir" bemerken: ein leichtes Räuspern und einen kleinen Tritt ans Schienbein erinnerten Horst daran, dass Geheimnis zu bewahren. Was allerdings kein Geheimnis ist, dass Horst seit bereits mehr als 2 Jahrzehnten unsterblich in Konstanze verliebt ist. Jeder Fremde bemerkt das alleine nur daran, wie er Konstanze ansieht, was er für Sie empfindet. Er vergöttert Sie regelrecht. Die Heiratsanträge, die er ihr in den letzten Jahren immer und immer wieder gemacht hat, reichen für 1000 Leben. Aber Konstanze hat den armen Horst immer abgewiesen. Seit 2 Jahren gab es jetzt keinen erneuten Antrag mehr. Dennoch hat all das die freundschaftliche (oder ist da doch mehr?) Beziehung, die die Beiden miteinander hegen, nicht erschüttert.

„Raffael, wie ist Dein Plan für die Überraschung an Deinen Vater nachher?", frägt Konstanze. Romi wirft ein: „um was für eine Überraschung handelt es sich denn eigentlich?" „Ok passt auf", sagt Raffael, „ich habe mir Folgendes überlegt: Der Vater bekommt ein Motorrad mit Seitenwagen, Baujahr 1958, dafür schwärmt er schon sein ganzen Leben. Keine Ahnung, warum er sich nie selbst eins gekauft hat. Alexander hat ein sehr gepflegtes Exemplar über einen Händler aufgetrieben. Es ist perfekt." „Ja", sagt Alexander, „ihr hättet es eigentlich sehen müssen, es steht zwischen den beiden Oldtimern in meiner Werkstatt", an Romi uns eine Mutter gerichtet. Aber vor lauter Pralinen und Keksen und Geschnatter haben die Zwei nix mitbekommen, denkt Alex insgeheim. „Romina, ich hätte eine Frage an Sie." Raffael dreht sich zu ihr und sagt weiter: „Ich fahre das gute Stück nachher aus Alexander's Schuppen (der Werkstatt), Konstanze geht dann mit Vater und den Gästen vors Haus um die Geschenkübergabe abzuwarten. Um die Präsentation dieses Schmuckstück nochmals aufzuwerten wäre es einfach ganz wunderbar, wenn Sie sich in den Seitenwagen setzen würden und dann mit mir gemeinsam das Geschenk sozusagen überreichen. Ehrlich gesagt, hatte ich meine Mutter gebeten, aber sie sträubt sich. Erstens hat sie Angst vorm Motorradfahren und zweitens und drittens um ihre Frisur und ausserdem müsste sie dann ihren Hund, den Pedro, für 2 Minuten aus den Augen lassen." Romi freut sich und sagt: „aber sicher doch, sehr, sehr gerne sogar, ich freue mich, ich bin noch nie in einem Seitenwagen gesessen oder mitgefahren." Konstanze schaut etwas angesäuert und irgendwas scheint Alexander auch nicht zu passen. Er schaut gerade ziemlich grimmig in den Raum und nimmt mal wieder einen kräftigen Schluck seines mittlerweile warm gewordenen Whiskeys.

Romi und Raffael haben sich mittlerweile auf den Weg zu Scheune gemacht und schlendern fröhlich über den warmen Kies des Gartenweges. Dort angekommen nimmt Raffael die Plane vom Motorrad. „Oh, wow Raffael, das ist nun wirklich ein Schmuckstück. Ich verstehe nichts von Motorrädern und schon gar nicht von Oldtimern, aber rein optisch haut mich das Teil absolut weg!" Raffael lacht lauthals. „Sie werden sehen, wahrscheinlich gefällt es Ihnen so gut, dass Sie nachher gar nicht mehr aussteigen wollen." „Ja, das könnte sogar sein", sagt Romina. „Mein Vater ist leidenschaftlicher Oldtimer-Liebhaber, allerdings Autos, er fährt einen alten Mercedes, fragen sie mich aber nicht nach dem Baujahr." „Ah, das ist ja wunderbar, dann wird sich ihr Vater ja ganz blendend mit Alexander verstehen. Denn Sie wissen ja, wenn Alex für etwas brennt, dann sind es seine Oldtimer. Ok, und die Börse und der Porsche und achja, ich hoffe am allermeisten brennt er hoffentlich für Sie", sagt Raffael und wischt mit der Hand noch etwas Staub vom Sitz des Beiwagens. „So meine Gnädigste, darf ich bitten?" Galant reicht Raffael Romi die Hand und hilft ihr beim Einstieg in den Seitenwagen, ohne dass das schöne Kleid in Mitleidenschaft gezogen wird. Raffael steigt auf und fragt Romi: „so, kann's losgehen Romina?" „Aber sowas von!"

Gemütlich tuckern die Beiden raus aus der Scheune, rein in die Party. Die ganzen Gäste haben sich im grossen Hof vor dem Haus versammelt und warten mindestens genauso gespannt wie das Geburtstagskind auf die Überraschung. Von Weitem hört man das Tuckern des schönen, alten Motorrades. Onkel Henry steht mit seiner Frau Gundula aufgeregt neben Konstanze und Horst. Alexander steht vorne am Tor und sieht die Beiden von Weitem.

Romi's rotbraune Haare flattern während der Fahrt, das seidige Chiffon ihres Kleides wiegt sich im Wind. Alex sieht, wie Romi zu Raffael aufsieht und sich über irgendetwas zu amüsieren scheint. Raffael redet und redet. Was die Beiden wohl quatschen? Also eines muss er seinem Cousin ja lassen, denkt sich Alex, mit Frauen kann der echt gut, das war schon immer so. Früher, als die Beiden abends zusammen weg sind, dauerte es nie lange, bis Raffael einen Schwarm Frauen an seiner Seite hatte. Und das hatte absolut nichts mit Geld zu tun. Denn damit hat er nie geprahlt. Im Gegenteil. Und Alexander? Ja, wie es immer schon war. Meistens hat er das Schauspiel von der Bar aus betrachtet. Als er älter wurde, kamen manchmal Frauen auf ihn zu. Mit denen hat er dann, je nach Lust und Laune die Nacht verbracht, aber eigentlich nie was Ernstes. Eine längere Beziehung hatte er, aber die ging vor 4 Jahren in die Brüche. Ein halbes Jahr, nachdem er bei ihr eingezogen war, erhielt er auf seinem Tablett ständig Werbevorschläge für Babybetten und Tapeten für Kinderzimmer.... Es hat etwas gedauert, aber dann war ihm alles klar. Diese Frau wollte ihn festnageln, jetzt und sofort Kinder, ein Eigenheim usw. das ganze Prozedere und darauf hat Alexander nun wirklich gar keine Lust. Wie er später erfahren hat, hat Laura keine 11 Monate nach der Trennung einen Sohn zur Welt gebracht. Da hat er nochmal richtig Glück gehabt, das hätte böse ins Auge gehen können. Alles in Allem war Alexander doch sehr zufrieden mit seinem Leben. Nur, dass Mutter eben manchmal nervt, aber im Grunde liebt er sie doch sehr.

Romi und Raffael fahren ungeachtet an Alexander vorbei und winken den Gästen zu. Onkel Henry ist sprachlos und wirft sich vor Freude die Hände übers Gesicht. Alexander rennt dem Motorrad hinterher. Ein kleiner Stein, aufgewirbelt durch den Fahrtwind, trifft seine Stirn. Raffael bremst die Maschine direkt vor den Gästen, Onkel Henry steigt die Stufen hinab und nimmt sein Geschenk in Augenschein und sagt „meine Güte Kinder, ich kann es nicht glauben. Ein Prachtstück. Ich habe ja wirklich mit Allem gerechnet. Aber nicht mit so einer Überraschung. Einfach unglaublich ist das." In dem Moment springt Mops Pedro in den Beiwagen auf Romi's Schoss und leckt ihr mit voller Wonne übers Gesicht. Pedro ist der Hund von Raffaels Mutter Gundula. Eine süsse, etwas speckige Töle mit einem XXL-Perlenhalsband. Romi lacht sich derweil über die unfreiwillige Wäsche kaputt. Henry dreht sich wieder zu den Gästen und dankt allen herzlichst. Es wäre das schönste Geschenk, dass er in seinem Leben bekommen hatte. Er geht zurück zum Motorrad und herzt seinen Sohn Raffael und hilft Romi, ganz der Gentleman wie auch sein Sohn, aus dem Beiwagen auszusteigen, samt Pedro. Wie heute Abend schon des Öfteren, steht Alexander ziemlich unbeholfen daneben. Konstanze richtet sich an ihre Gäste und bitte alle zu Tisch: „meine Lieben, dass Buffet wäre angerichtet, bitte kommt alle herein, esst und trinkt und geniesst diesen wunderschönen Abend." Hungrig stürmen die Gäste das Buffet. Romi steht zuerst nur sprachlos da und schaut auf die vielen Tische mit den unzähligen Platten darauf. Fisch, Muscheln, Kaviar, oh, da hinten, sind das etwas Austern? Austern hat Romi noch nie gegessen. Sie muss sie nachher kosten. Aber da hinten, Platten mit gefüllten Pilzen, Anti-Pasti Variationen, kalte und warme Speisen.... Und sie meint hinten in der Küche hätte sie auf dem bereitgestellten Servierwagen bereits die ersten Dessertvariationen entdeckt. Oh meine Güte, was ist es schön hier. Wohlig lächelt Romi in sich hinein. Sie weiss gar nicht, wo sie zuerst hin stürmen soll. Aber dann: „kommen Sie Romina, immer der Masse nach", lacht Raffael und Romi folgt ihm. Alexander spurtet hinterher. Allerdings nicht wegen der Köstlichkeiten. Irgendwie ist er heute „abgemeldet". Bei seiner Mutter sowieso seit Romi da ist, aber auch bei den Verwandten, ja, vorallem bei den Verwandten. Selbst Tante Gundula hat sich nicht um sein Befinden erkundigt. Dabei ist Alexander ihr liebster Lieblingsneffe. Sie wollte nur wissen, wo Alexander, diese bezaubernde Person (Romi) kennen gelernt hat. Bei der Arbeit wohl kaum. Zum Glück wurden sie rechtzeitig unterbrochen. Er hasst es, zu Lügen, auch wenn dies hier wirklich eine notwendige Notlüge ist.

Auch nach einer Stunde ist das Buffet nicht geleert. Die Gäste können gar nicht so schnell futtern, wie durch den Service nachgelegt wird. Romi hat sich die Auster bis zum Ende aufgehoben. Danach folgt nur noch das Dessert. Ihren Teller in der einen Hand, fasst sie mit der anderen Hand die Auster und schlürft sie aus. Das hat sie sich bei den anderen Gästen abgeschaut, die machten es so, wie Romi es auch aus dem TV kennt. "Boah, pfui Teufel", sagt Romi zu sich selbst. Zum Glück ist sie gerade alleine, die ersten und auch wohl einzigen Sekunden des abends ohne „Belagerung". Aber das macht ihr nichts aus. Die Leute hier sind alle so nett! Bis auf Alexander, der schaut mal wieder miesepetrig drein und hockt an der Bar und tippt irgendetwas auf dem Handy. Ok, also Austern sind nicht Romi's Fall, soviel steht fest. Den Geschmack kriegt sie einfach nicht mehr aus ihrem Mund, da hilft auch das kleine Stückchen Mohnkuchen im Nachgang nicht.

Romi bemerkt Hände auf ihren Schultern und zack, findet sich sie inmitten einer Polonaise wieder, die sich zu typischem, deutschen Schlager durch die Räume schlängelt. Vorbei am Buffet, an der Band, durch den Hof und wieder zurück ins Haus und vorbei an Alexander. Der Kopf der Truppe legt einen ungeplanten Stopp ein, die Gruppe läuft aufeinander auf. Auf einem Tisch stehen bereits befüllte Gläser mit Wodka. Jeder fasst ein Glas. Raffael reicht Romi ein Glas und fragt: „hier Romina, Sie trinken doch Wodka?" Es war eine Frage ohne erwartete Antwort. Eigentlich trinkt Romi keinen Wodka, ok, mal nen Wodka-Lemon, aber das ist wirklich die Ausnahme. Sie verträgt ihn nicht sonderlich gut, keine Ahnung warum. Aber komm, denkt sie sich, einer geht, setzt das Glas an und haut den Wodka runter. Der schmeckt ja nach gar nix… oh.. aber brennt gut. Raffael reisst ihr das Glas aus der Hand und weiter geht die Fahrt. Mittlerweile singen schon die Hälfte der Teilnehmer die Lieder der Band mit. Mal mehr, mal weniger gut. Aber immer lustig. In der Kurve entdeckt Romi Konstanze ganz vorne am Schlangenkopf, auch sie singt fleissig mit und der Horst, der hängt schon ziemlich in den Seilen. Würde er nicht von vorne und hinten gestützt, alleine stehen könnte der nicht mehr. Romi muss lachen. „So und jetzt alle: Wahnsinn, warum schickst Du mich in die Hölle", schreit der Sänger von der Bühne und das Echo folgt sofort: „Hölle, Hölle, Hölle." Von Horst kommt die letzte „Hölle" ein paar Sekunden später und er legt nochmal nach: „Hölle, Hölle, Hölle." In dem Moment erreicht Alexander seine Mutter, Romi sieht, wie er heftig gestikulierend mit ihr spricht. Romi hört ein „jaja mein Junge, ist ja gut" und sieht wie Konstanze den schwankenden Horst aus der tanzenden Schlange auf einen am Fenster stehenden Stuhl platziert. Horst scheint glücklich zu sein, er strahlt übers ganze Gesicht und singt immer mal wieder ein paar Worte mit. Romi verlässt ihren Platz in der Schlange um zu Horst und Konstanze zu gehen. Alexander kommt von links mit einer Flasche Wasser. Konstanze schenkt ein und reicht Horst das Glas. „Nein, meine Liebe, aber doch noch kein Wasser für mich. Es geht mir blendend. Ich möchte weiter tanzen." „Nein, basta, Du bleibst jetzt mal 5 Minuten hier hocken und ruhst Dich aus. Die Band macht sowieso gleich eine Pause. Und danach werden wir im Garten weiterfeiern. Der Service hat schon alles bereitgestellt. Schau mal nach draussen, die schönen Lichterketten und die ganzen Kerzen in den Windlichtern." Horst gibt nach, trinkt einen Schluck seines Wassers, verzieht kurz die Mundwinkel nach unten und schaut für einen Moment etwas beleidigt in den Raum. Konstanze sagt zu Romi:" ach wissen Sie meine Gute, der Horst, er verträgt einfach nichts, aber immer und immer wieder muss er vom Wodka trinken. Mit Rotwein hat er keine Probleme, aber harte Sachen gehen halt mal gar nicht." Auch Tante Gundula kommt um nach Horst zu sehen: „meine Güte Horst, ist denn alles in Ordnung mit Ihnen? Haben Sie sich bei dem, doch etwas bunten Treiben, verausgabt?" Horst schaut kurz auf, grinst und wird von seinem eigenen Hickser inklusive Rülpser überrumpelt und hält sich, peinlich berührt, die Hand vor den Mund und antwortet kurz: „Pardon." Bei der Frage von Gundula schwang ein klein wenig Kritik in Richtung Konstanze mit. Gundula mag ihre Schwägerin sehr gerne, allerdings teilt sie nicht immer ihre Ansichten.

Für Gundula ist Konstanze manchmal etwas zu wild für ihr doch bereits gesetztes Alter.

Alexander wendet sich an Romi: und, gefällt Dir der Abend bis jetzt?" Auch hier schwingt ein klein wenig Kritik mit, denn eigentlich hatte Alexander vermutet, Romi würde an diesem Abend nicht von seiner Seite weichen, die vielen fremden Leute usw. Aber das Gegenteil war der Fall, sie schien sich, auch ohne ihn, gut zu amüsieren, vorallem mit der lieben und leidigen Verwandtschaft. „Es gefällt mir ganz prima hier Alexander, Sie äh Du hast eine ganz wunderbare Familie. Und dieses Grundstück, einfach herrlich, ich fühle mich wie im Urlaub, es ist ein Paradies hier!" „Das freut mich sehr. Komm, wir gehen schon mal nach draussen, die haben auch die Bar nach draussen verlegt. Fast so galant wie sein werter Cousin bietet er Romi den Arm an und frägt: „darf ich bitten?" Romi hakt ein und bestätigt mit einem kurzen: „jup, gehma aussi!" In typisch, bayrischem Dialekt. Alexander muss schmunzeln. Der Geruch von Romi's süssem Parfum wirbelt um seine Nase, der zarte Stoff ihres Kleides streift hin und wieder seinen Arm. Unbemerkt und heimlich schaut Alexander Romi's Seitenprofil an. Romi merkt nichts, sie ist hoch konzentriert die Stufen mit dem Kleid und den Schuhen ohne peinliche Stolperer zu überwinden. Alexander sieht, dass Romi ein paar Sommersprossen auf der Nase hat. Ziemlich süss. Die Sommersprossen haben die gleiche Farbe wie ihre, in der Abendsonne rötlich schimmernden Haare. Die Szene wird rasch durch einen abartigen Lacher unterbrochen. Alexander und Romi drehen sich um: im Haus sehen Sie, wie Gundulas Mops Pedro, mit seinem perligen Halsband, rammelnd und hechelnd, an dem linken Bein seines Frauchens hängt und es sich ziemlich gut gehen lässt. Der unerwartete Lacher kam, von wem auch sonst, von Alexander's Mutter, die sichtlich amüsiert auf den Hund zeigt. Gundula schimpft derweil mit Pedro, der rennt weg und sucht sich vermutlich schon sein nächstes Opfer. „Ahhh, ein geiles Bild gerade eben", sagt Romi. „Ja, so ist es mit den verzogenen Kötern, wie man sie zieht, so hat man sie, sie hat ihm von Anfang an alles durchgehen lassen, Pedro hat null Respekt, vor niemandem."

Von Weitem hört man es Klirren. Oh weh, das waren wohl sehr viele Gläser, die zu Bruch gegangen sind. Was war geschehen? Pedro ist, auf der Suche nach dem nächsten Objekt seiner Begierde, mitten durch die Menschenmenge gerannt. Eine Dame hat sich erschreckt, macht einen Sprung zur Seite und rutscht auf einer feuchten Stelle aus. Beim Festhalten hat sie leider das volle Tablett der Servicekraft erwischt und nun liegt alles am Boden, mitsamt der Frau. Die Servicekraft steht ungläubig daneben und schaut sich den Scherbenhaufen an. Horst, der immer noch in seinem Sessel ausharrt, scheint auch etwas abgekriegt zu haben, er wischelt sich mit den Fingern übers Hosenbein und drückt mit einer Serviette darauf. Alexander rennt zurück vom Garten ins Haus um nachzusehen, was passiert ist. Romina hat immer noch das Schuhproblem und kommt eher etwas schleppend hinterher. Konstanze kommt in die Menge gelaufen und beruhigt ihre Gäste: „alles wieder in Ordnung meine Lieben, nichts ist geschehen, Irmgard geht es auch schon wieder gut, nicht wahr Irmgard?" Freundlich lächelnd nickt die nun wieder aufrechtstehende Dame Konstanze zu. Konstanze nimmt ein Glas und prostet ihren Gästen zu: „auf einen schönen Abend, wir freuen uns, dass ihr alle hier seid." Die Gäste prosten zurück und alles ist wie vorher. Überall verteilt stehen und sitzen Leute, reden, trinken, essen, lachen, manche lästern (man sieht es am Blick) und andere sitzen nur da und schauen dem Personal bei der Arbeit zu. Romi und Alex stehen zwischendrin. Alex nimmt 2 Gläser Sekt vom vorbeihuschenden Tablett und reicht eines Romi. „Hier, bitte, trink, das ist ja nicht zum Aushalten hier in dem Irrenhaus." Romi nimmt dankend das Glas und lacht. Was war das? Es war ihr als hätte gerade etwas ihr Bein gestreift. Na, war sicher der kleine Mops von gerade eben, sicher sucht er den Boden nach Krümeln ab. Da, schon wieder, Romi schaut nach unten und schiebt den Stoff ihres Kleides etwas zur Seite. Ein kleiner Junge kommt zum Vorschein, im Krabbelalter, er hat versucht sich unter ihrem Kleid zu verstecken. „Hallo Kleiner, na, wo ist denn Deine Mami?" Der kleine Hosenmatz lächelt verschmitzt und dreht sich zu Alexander, der sich gerade angeregt mit einem älteren Herrn über irgendwelche geplanten Regulierungen an der Börse unterhält. Der kleine Junge nimmt mit seiner Faust kräftig ein Stück von Alexanders Hose in die Hand und wischt sich voller Wonne seine voll Rotze triefende Nase daran ab.

Romi ist durch die Arbeit im Kinderhort einiges gewöhnt, aber das hatte sie bis dahin noch nicht erlebt. Ungeachtet von Alexanders Reaktion bricht Romi in schallendes Gelächter aus. Alexander schaut erschrocken auf den Fussboden, der kleine Junge lächelt ihn stolz an. Konstanze kommt, angestachelt durch Romi's Lachen, neugierig hinzu und schaut nach dem Rechten. Romi und Konstanze brauchen keine Worte, mit Tränen in den Augen zeigt Romi auf den Jungen und auf Alexander's verrotztes Hosenbein. Nun kugelt sich auch Konstanze vor Lachen. Alexander ist ausser sich vor Zorn: „schaut euch das an, wie ekelhaft ist das denn? Bähhh…" Konstanze nimmt den kleinen Scheisser, Franz, auf den Arm und trägt ihn zurück zu seiner Mutter. Romina versucht derweil Alex zu besänftigen. Ist doch nichts passiert, komm, geh nach oben und zieh Dir ne andere Hose an, ich wasche den Rotzfleck schnell mit etwas Wasser ab." Beim Wort „Rotzfleck" würgt Alexander heftigst und winkt ab.

Gerade als er sich kopfschüttelnd sein fast leeres Sektglas greifen will, tut es draussen einen heftigen Schlag. „Was war das?" sagt Romi zu Alex. „Ich habe keine Ahnung." „Es hörte sich an, wie ein Schuss Alexander?" „Ah, doch ja, ich glaube ich weiss, was los ist, komm mit." Romi und Alexander gehen in den Hof und siehe da: Onkel Henry fährt ziemlich beschwipst Kreise mit seinem neuen, alten Motorrad und freut sich wie ein kleines Kind. „Seht mal, ist das nicht herrlich? Der Wind, der Geruch, das ist Freiheit." Von hinten kommen Tante Gundula und Konstanze gerannt. Tante Gundula schreit den vorbeifahrenden Henry an, er solle sofort das Motorrad abstellen. Doch Onkel Henry hört nichts, das Motorrad ist irre laut, wenn man drauf sitzt. Mit einer riesigen Staubwolke fährt er an den beiden Damen vorbei und startet die Rund erneut. Gundula und Konstanze laufen ins Sichtfeld und winken Onkel Henry von weitem zu. Die Geste der Beiden ist unmissverständlich. Onkel Henry hat verstanden und rollt wieder zur grossen Treppe und stellt das Motorrad ab. „Was hast Du Dir dabei gedacht Henry?" sagt Gundula verärgert, „Du bist doch nicht mehr nüchtern und Du kennst das Motorrad überhaupt nicht." „Reg Dich ab Gundi, eigentlich wollte ich nur kurz den Motor starten, aber ich musste einfach ein paar Runden drehen." Kopfschüttelnd ermahnt Tante „Gundi" ihren Henry und beschwert sich noch über die Koseform ihres Namens, sie hasst „Gundi", es klingt nach einem alten Weib und sie hasst es, wenn Henry trinkt, er wird übermütig wie ein kleines Kind. „Gut, dann gehen wir alle wieder rein", sagt Konstanze etwas schmunzelnd über Onkel Henrys „Ausbruch". „Ja Konstanze, ich rufe nur noch Pedro, wo steckt dieser Hund bloss wieder? Pedro, Pedro mein zuckersüsser Mauseprinz, wo bist Du, komm zu Frauchen, ich habe lecker Feinerli für Dich. Pedrooo, Pedrooo?"

Da kommt Alexander eine Idee: wisst ihr, Pedro ist vorhin schon dem Motorrad hinterher gerannt, das hat ihm sichtlich Spass gemacht. Sicher hat er es eben wieder getan und vermutlich hat er sich erschrocken, als der Knall aus dem Auspuff kam und ist abgehauen, könnte doch sein, oder?" „Oh nein", sagt Romina, „der arme Pedro, hoffentlich ist ihm nichts passiert. Die Strasse ist ja zum Glück weit weg." „Bitte, helft mir doch meinen Pedro zu finden", bettelt Gundula mit Tränchen in den Augen. Onkel Henry nimmt die Hände seiner liebsten und tröstet sie: „wir werden ihn finden, unseren Pedro, glaub mir Gundi." Gundula ist tatsächlich tief getroffen, der kleine Mops ist ihr ein und alles. Sie schimpft noch nicht einmal, als Henry sie mal wieder Gundi nennt. „Ok

passt auf, ich schwinge mich auf das Motorrad und suche Pedro",
beruhigt Alexander seine Verwandten. „Klasse Idee Alexander,
ich komme mit im Beiwagen." „Wirklich Romina, bist Du sicher?"
„Jup!" „Ok, dann warte kurz hier, ich hole noch 2 Helme aus der
Werkstatt."

10 – Suche nach Pedro

Die anderen Gäste suchen auf dem Grundstück nach Pedro. Romina sitzt bereits im Beiwagen, als Alexander fragt: „Na, bereit?" „Klaro, los geht's, aber fahr bitte langsam, falls wir Pedro sehen, sonst erschrickt er sich gleich wieder." Alexander startet den Motor und gibt langsam Gas. Er hat das Teil gut im Griff, denkt Romi. Cousin Raffael hat ihr ja erzählt, dass Alexander begeisterter Motorradfahrer ist, auf allen Art von Maschinen. Romi fühlt sich sicher als Sozia und spürt den lauen Wind auf ihrer Haut. Etwas zögerlich und heimlich schaut sie aus dem Visier hoch zu Alexander, jedoch ohne den Kopf zu drehen. Die Augen sind so in Richtung Alexander gerichtet, dass sie bereits weh tun. Sie betrachtet ihn, vom Kopf abwärts: unter dem Hemd spiegeln sich nun wider leicht die Muskeln von Alexanders wohlgeformten und durchtrainierten Körper ab. Die Sehnen seiner Hand und seines Arms bewegen sich wenn er das Gas an- oder zurücknimmt. Der Wind spielt mit den feinen Härchen darauf. Sie kann ihn förmlich riechen. Er hat einen guten Geruch. Also nicht sein After Shave, das ist auch gut, aber nein, er riecht gut, einfach so halt, ihr wisst schon.

Alexander macht kurz langsamer und klappt sein Visier hoch und sagt: „Du schreist laut, wenn Du ihn siehst, ja?" „Natürlich, so laut ich kann!" Romi war schon lange nicht mehr am Starnberger See, schön ist es hier und der laue Sommerabend macht's perfekt. Die untergehende Sonne spiegelt sich im Wasser. Romantisch, sehr romantisch. Aber die Stechmücken? Ja, nervig. Als sie vor ein paar Jahren mit Freunden einen Grillabend am See verbracht hat, wurde sie beim Pipi machen mehrfach „überfallen": tausende und abertausende Stechmücken kamen in Schwärmen und stachen zu... an der bestimmten Stelle und am Hintern und – ach einfach überall. Romi schüttelt den Kopf, als sie daran denkt. Gerade da schaut Alexander runter zu ihr und hält das Motorrad an. „Ist alles in Ordnung mit Dir, fahre ich zu schnell? Du hast gerade den Kopf geschüttelt." „Oh ach das", Romi lacht, „nein ich hatte den See gesehen und mich an eine Art Stechmückenüberfall erinnert, das war vor Jahren, widerlich, wochenlang hatte ich Blessuren. Da hab ich gerade dran gedacht. Echt, hab ich den Kopf geschüttelt? Hab ich gar nicht gemerkt." In dem Moment passiert es: wie von Zauberhand taucht der vermisste Mops Pedro auf: rennend, ja sogar rasend mit seiner Perlenkette um den Hals von rechts aus dem Feld kommend über die Strasse hetzend, hechelnd. Flüchtend? Aber vor was? Da kommt er, ein Schwan, fast ein Strauss, ein Emu, ein riesiges Exemplar. Er jagt ihn. Pedro ist wohl zu nah an sein Revier gekommen. Schnatternd und schnaubend und unglaublich schnell watschelnd, rennt der Schwan dem armen Pedro hinterher. „Das gibt's jetzt nicht", sagt Alexander, „hast Du das gesehen?" Ohne zu Antworten schreit Romi Pedro hinterher. „Pedro, Pedrooooo… Alexander, komm, fahr los, wir müssen irgendwie den Schwan verjagen, aber pass auf, dass ihm nichts passiert!" Alexander fährt los, dem Schwan und dem gejagten Pedro hinterher. Auf der Höhe der Beiden hupt Alexander drauf los. Der Schwan macht einen Riesensatz in die andere Richtung, Pedro rennt noch ein Stückchen und bleibt dann stehen. Hupen kennt er, denn wenn Frauchen hupt, dann geht's ins Auto und Pedro darf mit auf grosse Tour. Und sein liebstes Reiseziel ist natürlich der Tierfutterladen in der Stadt. Dort gibt es in jedem Regal Probenständer und Pedro darf alles kosten. Er liebt das Autofahren. Vorallem in Frauchen's Cabriolet, die Ohren flattern so schön im Wind. Aber nun zurück zu unseren 3 Lieben. Der Schwan ist weg, endlich. Pedro hechelt so dermassen, dass er sich an Ort und Stelle hinlegt, er kommt noch nicht einmal, als Alexander und Romina ihn zu sich rufen. „Bleib sitzen Romina, ich hole Pedro und gebe ihn Dir in den Beiwagen, ich denke wir fahren schnell noch runter zum See, er soll noch was trinken und sich ausruhen." „Gute Idee Alexander." Alexander setzt Pedro auf Romi's Schoss ab, sie hält ihn ganz fest und Pedro leckt ihr voller Freude übers ganze Gesicht. Nun ist er sicher, er freut sich und wedelt mit seinem Stummelschwänzchen. „So, seid ihr bereit?", fragt Alexander, „dann fahren wir los". Romi gibt ihn ein Handzeichen und los geht's. Ein paar Minuten später kommen sie am Seeufer an. Alexander steigt ab und hilft Romi etwas unbeholfen aus dem Beiwagen. Vom Gentleman Charme seines Cousins oder dem seines Onkels hat er leider nichts abbekommen. Pedro rennt direkt zum Wasser und löscht seinen Durst. Romi zieht ihre Schuhe aus und stellt sie neben das Motorrad. Alexander tut es ihr gleich. Nun laufen beide barfuss auf dem kühlen Rasen. Ein paar Meter weiter vorne, am Seeufer, drücken sich ihre Füsse in den noch etwas warmen Sand. „Ah, ist das schön", sagt Romi, „wie das Wasser wohl ist? Ich könnt grad reinspringen." „Ja, ich auch. Komm, wir gehen ein bisschen mit den Füssen rein." Nachdem er den halben See leer gesoffen hat, wälzt Pedro sich glücklich im Sand. Romi und Alex stehen bis zu den Knöcheln im lauwarmen See, da merkt Romi, dass sie eigentlich irre Pipi muss… Sie drückt das Bläschen noch ein Weilchen zu, aber dann geht nix mehr, das lauwarme Wasser macht's noch schlimmer. „Alexander, ich bin gleich wieder da." „Alles ok bei Dir? Geht's Dir nicht gut?" „Alles bestens, warte kurz." „Was hast Du denn? Möchtest Du heim, wir können gleich fahren, ist doch kein Problem." Romi ist leicht genervt, die drückende Blase tut ihr Übriges. „Alexander, ich muss pinkeln, Herr Gott!" „Oh, natürlich, tut mir leid, ich warte, ich warte genau hier."

Romi rennt in Richtung eines kleinen Wäldchens. Tiefenentspannt und erleichtert kommt sie wieder heraus. Alexander steht noch immer stur an der Stelle im Wasser und schaut über den See. Wahrscheinlich war ihm das so unangenehm, dass er sich keinen Millimeter bewegt hat. „He, Alexander, kannst Dich umdrehen. Schau mal, da hinten, ein Kinderspielplatz mit Schaukeln, wie geil, das hab ich schon ewig nicht mehr gemacht, hast Du Bock drauf?" Alexander weiss nicht so recht... Schaukeln, in dem Alter? Na gut, ich machs, denkt er. „Ja, warte, ich komme." Pedro springt auf und rennt Alex hinterher, an der Schaukel angekommen wirft er sich voller Wonne in den Sand und wälzt sich erneut, bevor er sich rundum zufrieden zusammenrollt und ein Schläfchen macht." Alexander setzt sich neben Romi auf die Schaukel und schaut wie ein Depp. Romi's Schaukel wippt bereits vor und zurück, der Wind lässt wieder ihr schönes Kleid flattern. Der eingerollte Pedro schnarcht schon. Nach gefühltem Erreichen des Himmels kommt Romi langsam wieder dem Boden näher. Alexander wippt nur ein bisschen vor und zurück. Er kommt sich ein wenig dämlich vor. „Haaach", stöhnt Romi, „ist das schön, das hab ich ewig nicht mehr gemacht, obwohl ich fast täglich im Kinderhort mit den Kindern draussen bin." „Romi ich wollte mich bei Dir bedanken, dass Du das alles hier so mitmachst und dazu noch so authentisch." „Bitte Alexander und gern geschehen. Deine Familie macht es mir sehr einfach, authentisch zu sein. Ich habe mich nicht verstellt, ich war ich selbst und ich muss Dir ganz ehrlich sagen, dieser Abend hat mir bis jetzt einfach supergut gefallen, ich habe die Zeit wirklich genossen." „Das freut mich sehr zu hören", sagt Alexander. „Na, dann warte aber mal ab, zu späterer Stunde wird's noch heftiger mit der Wodka-Sauferei, es geht so lange bis einer auf der Bühne steht und anfängt russische Volkslieder zu trällern und die Band durchdreht, weil sie keiner der Noten beherrscht. Wenn man einigermassen nüchtern ist, kann man das Schauspiel richtig geniessen, es ist oftmals sehr amüsant. Einer, der immer singt, ist mein Onkel Henry, irgendwann zerrt ihn Tante Gundula dann von der Bühne und verfrachtet ihn ins Auto." Beide lachen. „Ohweee, der arme Onkel Henry", sagt Romi schmunzelnd. „Dann bin ich mal gespannt auf das Konzert nachher." Alexander grinst und nickt. „Mir tut nur Konstanz leid." Sie freut sich so über ihre „Schwiegertochter" und es tut mir fast weh, dass ich einen so lieben Menschen belügen soll." Ich glaube sie wäre die perfekte Schwiegermutter. Sie ist so herzlich und lustig." „Ja Romi, das stimmt schon, aber Mutter ist vorallem eins: neugierig." „Natürlich ist sie das, aber doch auch nur, weil sie Dich so liebt und einfach das Beste für Dich will, dass Du ein schönes Leben hast, mit einer Partnerin an Deiner Seite, die zu Dir passt, Alexander." „Ja und die ihr dutzende Enkelkinder schenkt, ich glaube das ist das Wichtigste für Mutter." „Du weisst ja Alex, ich kenne das nur zu gut, wir hattens ja schon drüber, also wir bei Caro und Richard in der Laube sassen. Ich dachte nach meinem letzten, naja ich nenns mal „Reinfall", mit Riccardo war zumindest für ein Jahr Schluss mit der Fragerei und vorallem versuchten Verkupplerei. Ich glaube jeder Mann zwischen 25 und 40 war ein hoffnungsvoller Kandidat für meine Eltern, auch für Caro. Die wurde sogar regelrecht von den Beiden angestiftet bzgl. ihrer Mandanten, sie hat ja als Rechtsanwältin guten Zulauf und da wäre dann auch sicher die ein oder andere „gute Partie" für mich dabei.

Denn und da kommt das nächste, grosse Thema, mit meinem Beruf, denn davon kann man ja nicht leben, da braucht man einen ordentlich verdienenden Mann. Boah ich sags Dir." Alexander lacht. „Ja, wie bei mir, nur umgekehrt. Mutter wartet, bis ich mir ein Hausmütterchen zulege und brav Enkelkinderchen zeuge. Am besten 3 von jeder Sorte. Aber es ist im Moment alles gut, so wie es ist. Ich gestalte mein Leben, wie es mir passt. Was ist mit Dir Romi?" „Ja, dito! Genauso so ist es bei mir auch. Eigentlich habe ich auch gar keine Zeit bzw. ich möchte mir derzeit die Zeit dafür nicht nehmen. Mein Job, meine Nebenjobs und natürlich die Speeddates nehmen schon viel Zeit in Anspruch, aber jede einzelne Tätigkeit macht mir riesig viel Spass. Klar, das kann sich ändern, aber ich vermute noch nicht so bald." „Du sagtest vorhin „Riccardo", war er ein Italiener?" „Jaein, Riccardo's Vater war Deutscher, seine Mutter Italienerin, von ihr hatte er auch das Temperament. Alles sehr liebe Menschen, wirklich, es hat halt einfach nicht sollen sein mit uns. Aber wie das war, pass auf. Grotesk, grotesker geht's nicht.

Wir, also meine Freunde und ich, machen das mit der Organisation der Speeddates ja schon ein paar Jahre. Es war vor knapp 3 Jahren, ein Abend wie jeder andere auch, alles organisiert, die ersten Teilnehmer waren schon da, der Service hatte die ersten Drinks gebracht. Ich hatte mal wieder mein Handy vergessen und Riccardo gebeten, es mir vorbei zu bringen, er wollte später sowieso noch in die Stadt auf ein Bier mit nem Kumpel. Tja, ich erzähle Dir jetzt die Kurzversion: an der Eingangstür zum Speeddate-Event ist er mit einer unserer Teilnehmerinnen zusammengestossen, dabei es muss ordentlich gefunkt haben. Mein Handy war auch kaputt, es ist beim diesem Zusammenstoss auf dem Boden gelandet, da war nichts mehr zu Retten. Bei den Beiden war es wirklich Liebe auf den ersten Blick. Aufgrund des kaputten Handys und evtl. Ersatzleistungen durch die Haftpflichtversicherung, haben sie Nummern ausgetauscht. Ja, das war's dann mit Riccardo und mir. Aber ich muss ihm lassen, er hat mich nie betrogen. Nicht nur, dass er es sagt, nein, ich glaube ihm. Er hat sich ehrlich und korrekt verhalten, was man in einer solchen Situation ja leider nicht die Regel ist. Zum Glück hatten wir getrennte Wohnungen. Er hat seine paar Sachen zusammengepackt und ist gegangen. Ich bin froh, dass er zuerst unsere Beziehung beendet hat, bevor er sie geschwängert hat. Allerdings war diese Info echt schlimm für mich, das hat weh getan, so richtig." „Oh man was, die wurde gleich schwanger? Das ist natürlich richtig übel, kann ich verstehen", antwortet Alexander. „Und jetzt, wie ist Dein Plan so für die nahe Zukunft Romi? So weiter machen und abwarten oder meldest Du Dich bei einem Speed-Dating Event an?" Beide lachen herzlich. „Gute Idee, wenn ich irgendwann doch noch Torschlusspanik bekomme, dann werde ich definitiv mein bester Kunde Alexander, so viel steht fest." „Apropos Speed-Date, Du wolltest mir noch ein Feedback geben, wegen der kurzfristig organisierten Location diese Woche, wart ihr zufrieden?" „Achja Alexander, nochmals herzlichsten Dank, Du hast uns sowas von den Hintern gerettet und nicht nur das, Du hast dazu beigetragen, dass Liebende zueinander finden." Romi lächelt verschmitzt.

„Ne, jetzt im Ernst, war klasse, eigentlich sogar perfekt. Der Raum, die Atmosphäre, die Snacks, Getränke, das Personal, alles hat perfekt harmoniert! Wir sind mit Thomas so verblieben, dass wir im kommenden Jahr abwechselnd die Termine im Bavarian Inn und bei ihm planen." „Der Thomas, ja, der ist ein Guter. Toll, das freut mich, so konnte ich wenigstens etwas in Vorleistung gehen. Ich hab ein ziemlich schlechtes Gewissen, dass Du hier dieses Wochenende verbringen musst. Sicher hattest du was Anderes geplant?"

„Alexander", antwortet Romina, „es ist alles in bester Ordnung, es ist, wie ich Dir gesagt habe, ich habe bis jetzt jede Minute hier genossen, Deine Familie ist grossartig, die Landschaft ein Traum und ich durfte sogar in einem Beiwagen mitfahren, zum ersten Mal in meinem Leben. Und nicht zur vergessen, das Schaukeln, das war der Höhepunkt", Romi lacht. „So Alexander, ich dreh noch eine kleine Runde und dann können wir los, Pedro will sicher zurück zu seinem Frauchen." „Ne, ich glaube dem Pedro gefällts hier ganz gut." Romi gibt nochmal Gas und schaukelt, dann nimmt sie die Bewegung zurück und die Schaukel pendelt langsamer und langsamer. Ein Stück ihres Kleides hat sich in der Kette der Schaukel verfangen. Alexander steht von seiner Schaukel auf und sagt: „warte, ich helf Dir, Dein Kleid hängt in der Schaukel fest." Romi sitzt gespannt da und schaut Alexander beim herausfriemeln des Stoffes zu. Wieder strömt sein Geruch in ihre Nase. „So, geschafft Romi, kannst aufstehen." Alexander sitzt noch immer in der Hocke vor der Schaukel und hebt die Ketten rechts und links fest, so dass Romi absteigen kann, ohne dass sich ihr Kleid nochmal in den Ketten verfängt, denn gerade so konnte Alex den Saum ihres Kleides noch retten. Als Romi aufsteht wird ihr urplötzlich speiübel. Sie hebt sich mit beiden Händen jeweils an der Schaukel fest und kotzt dem gerade sich erhebenden Alexander komplett über beide Oberschenkel. Beide schauen wie erstarrt. „Oh mein Gott, lass es nicht wahr sein", ruft Romi ungläubig in den Himmel. Was eine riesengrosse Scheisse, wie peinlich, oh

Gott, Alexander, es tut mir soooo wahnsinnig leid!" Romi's Gesicht ist weiss und rot gleichermassen. Sie schämt sich unheimlich, aber übel ist ihr nicht mehr, ok, wie auch, der komplette Mageninhalt hängt auf Alexander's Hose. Was eine Ultra-Blamage. „Das war die Auster, die ekelhafte, schlabbrige Auster!", ruft Romi laut, insgeheim sucht sie nach einer Entschuldigung für ihren mega-peinlichen Fauxpas. Alexander, mittlerweile wieder aufgerichtet und ungläubig an sich runterschauend, kämpft mit dem immer stärker werdenden Würgereiz. Wider Erwarten schaut er Romina lächelnd an und sagt verständnisvoll: „Romi, ich bitte Dich, das ist überhaupt kein Problem. Und ganz ehrlich: es wundert mich nicht, ich hasse Austern, kein Wunder also, dass Dir übel geworden ist, ich vermute allerdings, die Schauklerei hat ihr Übriges getan." Nun lachen Beide. Romi sagt: „es ist mir schrecklich peinlich Alexander, ich würde gerade am Liebsten in einem Loch im Boden versinken, oder mir hier im Sand einrollen, wie Pedro. Zuerst die Rotzpopel von dem Kleinen und dann noch das hier!" Bei dem Wort „Rotzpopel" ist es zu spät, Alexander schafft noch ein paar Schritte weg vom Schaukelgerüst in Richtung Büsche, aber kurz vorher sprudelt es buchstäblich aus ihm heraus. Ein heftiger Strahl und ein anschliessender, herzhafter Rülpser lassen Romi erahnen, was passiert war. „Alexander, oh mein Gott, ist alles in Ordnung?" „Alles bestens, bleib wo Du bist, komm nicht her!" Romi bleibt besorgt stehen, Mops Pedro allerdings läuft neugierig zu Alexander um nach dem Rechten zu sehen und macht sich erstmal genüsslich über den Kotzbrocken am Boden her. Hunde lieben Ausscheidungen jeglicher Art. Je mehr es stinkt, umso besser! „Oh nein, nicht das auch noch, Pedro, ab, hau ab hier, Romina, ruf ihn bitte zu Dir, schnell. Das gibt's doch grad alles gar nicht." Pedro rennt glücklich zu Romina und steht gespannt vor ihr. Vermutlich wartet er auf ein Leckerchen. Alexander entledigt sich derweil seiner verrotzten und verkotzten Hose und wirft sie in den Mülleimer auf dem Spielplatz. In seinen eng anliegenden Shorts kommt er auf Romina zu und sagt: „entschuldige bitte den Anblick, aber ich denke ich lasse die Hose gleich hier!" Wieder lachen Beide. Romi's Blick hängt geballt an Alexander's Hintern, als der sich umdreht um die Schlüssel vom Motorrad zu holen. Fest, knackig, perfekt. Die Form seines Körpers zeichnet sich unter der Wäsche ab. Er hat wirklich einen tollen Körper. Aber fast schon zu perfekt. Als Frau kriegt man da ziemliche Komplexe. Keine Delle, kein Fett an ihm. Wohlgeformt, muskulös aber nicht eklig muskulös, ihr wisst schon. Noch nicht einmal die Kotzeinlage von Beiden hemmt die gerade in Romi aufquallernde Erotik.

Alexander reisst sie aus ihren Gedanken. „Komm Romi, ich helf Dir beim Einsteigen in den Seitenwagen. Ich gebe Dir dann wieder den Pedro auf den Schoss, ok?" Romi nickt und stülpt sich schonmal den Helm über. Auf der Rückfahrt zum Landhaus atmet sie nochmal die schöne, laue Frühsommerluft ein. Ein bisschen riecht es nach Algen, ein bisschen nach Wald. Beides gibt es hier. Einfach herrlich. Pedro geniesst die Fahrt scheinbar ebenfalls und ganz besonders auf Romi's Schoss. Er stellt sich auf und hält seine Nase in die Luft und schnüffelt tausende, interessanter Gerüche. Gerade passieren die Drei das grosse Tor treffen im Hof vor dem Haus ein. „Geh doch Du mit Pedro schon rein und trink erstmal was, sag bitte der Mutter, ich bringe nur noch schnell das Motorrad in den Schuppen, heut fährt keiner mehr damit, Onkel Nikolai schon dreimal nicht, den lass ich heut nicht mehr drauf! Ich zieh mir dann noch ne Hose an und komme nach." „Alles klar Alexander, bin dann drinnen bzw. im Garten, Konstanze hat gesagt, sie möchte die Party nachher nach draussen verlagern, allerdings werde ich zuerst noch meine Zähne putzen, sobald ich Pedro bei seinem Frauchen abgeliefert habe." Alex nickt und fährt zum Schuppen um die Maschine wieder abzustellen. Keine 20 Minuten später, Romi ist bereits wieder Mittelpunkt von Alexander's Familie, trifft auch Alexander wieder im Garten ein. Er hat sich umgezogen und wie Romi vermutet, nicht nur dass, auch seine Haare sind neu gestylt. Durch den Helm sah er total zerzaust aus, aber süss zerzaust. Nun kommt er wieder geschniegelt daher, zu geschniegelt, wie immer halt.

„Ah, Alexander mein guter Junge", sagt Tante Gundula, „ich bin so froh, dass ihr mir meinen Pedro wieder unversehrt zurück gebracht habt! Wie kann ich euch danken?" „Tantchen, ist doch alles gut, wir sind froh, dass Du Deinen Pedro wieder hast und ihm nichts passieret ist", sagt Alexander. „Wo ist er überhaupt?" „Nunja das war doch alles sehr anstrengend für ihn. Konstanze hat vorgeschlagen, dass wir ihn und sein Körbchen nach Oben bringen, da hat er seine Ruhe." „Ah ok, ich war gerade oben", sagt Alexander, „er muss wirklich erledigt sein, sonst wäre er mir wieder an den Fersen geklebt." „Komm Alexander, trink erst mal einen!" Cousin Raffael überreicht Alexander ein Cocktailglas mit türkisfarbenem Getränk mit Fruchtdeko, Strohhalm und Schirmchen." Alex schaut das Getränk an und fragt: „was ist das denn für ein Gebräu? Da wird mir ja schon vom Hinschauen übel." „Also mir schmeckt es ganz ausgezeichnet Alexander", sagt Romi, während sie sich zwischen Raffael und Alexander schiebt." „Na dann, von mir aus: Romi, Raffael: Prost!" Alle 3 nehmen einen kräftigen Schluck durch den Strohhalm. „Ja, kann was", sagt Alexander und betrachtet das nun nur noch halb volle Glas. „Es heisst „Swimming-Pool", hat der Mann vom Cocktailstand gesagt. „Ja Raffa, da wär ich jetzt auch nicht drauf gekommen", antwortet Alexander und schaut augenrollend zu Romina, Romi lacht und sagt: „saulecker das Zeug, ich hab das früher ab und an mal getrunken aber mittlerweile sind Cocktails bei mir irgendwie in Vergessenheit geraten." „Moment, Romina, weisst Du eigentlich, dass Alexander während seines Studiums manchmal als Barkeeper tätig war?" Romi schaut überrascht zu Alexander. „Nein Raffael, das ist mir neu, das hat er mir nie erzählt!" „Aha, aha, na da gibt es bestimmt noch andere Schätze, die er Dir noch nicht erzählt hat, aber dafür hast Du jetzt ja mich!" Raffael legt freundschaftlich den Arm um Romina und sagt: „dann komm Liebes, wir gehen mal rein, Konstanze hat im grossen Sekretär in der Bibliothek alte Alben, dann kannst Du Dir das Prachtexemplar „Alexander" mal im Alter von 15 ansehen, mit Bartflaum und Socken in den Sandalen beim Usedom-Urlaub!" Romi und Raffael lachen beide und gehen gemeinsam die Treppe zur Bibliothek hoch. Alexander steht, mal wieder, etwas genervt da und schaut den Beiden nach. Naja, eigentlich schaut er nicht den Beiden nach, er betrachtet Romi's Hintern, wie sich der feine Stoff ihres Kleides bei jedem ihrer vorsichtigen Schritte (wegen der Schuhe) erst über die eine und dann über die andere Arschbacke schmiegt. „Mh, dafür, dass sie keinen Sport macht, ist er eigentlich ganz gut in Schuss, der Hintern", sagt Alexander zu sich selbst. Just in dem Moment kommt Konstanze: „ah, mein Alexander-Schatz, wo ist denn Deine Allerliebste? Ach nein, unsere Allerliebste, so ein Engelchen ist unsere Romina. Ich freue mich schon auf viele, viele ganz kleine Engelchen, die hoffentlich sehr, sehr bald durch diesen Garten hüpfen!" „Oh Gott Mutter, bitte! Was hast Du getrunken?" „Dieses blaue Getränk da, das war vielleicht lecker, ich habe hier schon meinen Dritten. Aber ich glaube dann mach ich mal ne Pause. Wo ist eigentlich der Horst?" „Das weiss doch ich nicht Mutter, wahrscheinlich hat er oben im Sessel seinen Rausch ausgeschlafen und ist nach Hause direkt in die Heia, ihr habt ihn ja ganz schön abgefüllt!" „Nein, haben wir nicht, wie Du weisst verträgt der Horst eigentlich fast gar nichts. Und er hat ungesehen in sich reingeschüttet." „Na Du bist aber auch nicht besser", sagt Alex zu Konstanze, „Du hast ja vorhin schon ordentlich zugelangt und jetzt noch 3 Cocktails!?" Alexander weiss, seine Mutter ist eigentlich gut „geeicht", sie verträgt ganz schön was, aber irgendwann reichts auch ihr. „Nein", sagt Konstanze, „ich glaube nicht, dass er nach Hause ist, wozu, sein ganzes Zeug ist doch eh hier." Ups….. Das war nicht geplant. „Äh….". „Wieso ist sein Zeug hier?" Ok, Männer kapieren manchmal wirklich gar nichts, wäre Romina hier, sie hätte gleich geschnallt was abgeht. Aber sie steht gerade dicht an dicht mit Raffael in einem Photoalbum blätternd am grossen Fenster und zeigt mit dem Finger auf ein Bild, sich kugelnd vor Lachen. „Ähm der ähm Horst, der kam heute von Belgien zurück und wollte mir nur schnell die Pralinen bringen und äh ja ähm und weil es so heiss war habe ich gesagt er solle doch einfach seine Koffer hier abstellen, es ging ja ohne hin gleich los mit dem Fest und so konnte er sich hier gleich noch frisch machen und ich hatte meinen Pralinennachschub sicher verstaut im Kühlschrank." „Ah, achso", sagt Alexander gutgläubig.

Nach ungefähr einer halben Stunde kommen Romi und Raffael wieder in den Garten, gut gelaunt und immer noch kichernd. Alexander passt das alles irgendwie gar nicht, auch Konstanze schaut etwas mürrisch zu den Beiden. Gerade als Romi und Raffael neben den anderen am Tisch Platz genommen haben, steht Alexander auf und sagt: so, ich verlasse euch, ich gehe ins Bett, es war eine anstrengende Woche und ich denke die Party neigt sich sowieso langsam dem Ende." „Oh wie schade", sagt Romi, „bleib doch noch ein kleines Weilchen Alexander, wir trinken noch etwas und dann werde ich auch schlafen gehen." „Na gut, was wollt ihr? Ich geh vorne zur Bar und bestelle uns noch ein paar Drinks zum Abschluss." „Mutter, Romina?" Fordernd schaut Alexander die beiden Frauen an. „Ich nehme noch ein Sektchen zum Abschluss Alexander", sagt Konstanze. „Ohja, für mich bitte auch Alexander", antwortet Romina.

Noch bevor Raffael den Mund öffnet, um auch seine „Bestellung" bei Alexander aufzugeben, ist der bereits auf dem Weg zur Bar. „Oh, da ist wohl jemand ein kleines bisschen eifersüchtig!", witzelt Raffael. Romi schmunzelt und Konstanze schaut vornehm zur Seite. Ein paar Minuten später trifft Alexander mit den Getränken ein und verteilt sie. „Ach Raffael, es tut mir leid, ich habe Dich vergessen, komm hol Dir noch schnell was, dann können wir zusammen anstossen", sagt Alexander gehässig zu seinem Cousin. Raffael, der bei Weitem mehr Spass versteht als Alexander und locker und leicht durch diese Welt geht, schüttelt mit dem

Kopf und sagt: „alles gut Alexander, trinkt ihr nur, ich hatte ehrlich gesagt auch schon genug." Wenn mein Cousin zu solchen Massnahmen greift, liegt ihm wohl wirklich viel an Romina, denkt sich Raffael. Vielleicht bin ich zu weit gegangen, gerade bei ihm, er nimmt immer alles ziemlich ernst. „So ihr Lieben, ich gehe noch kurz da hinten an den Tisch zu den Brandl's für ne Runde Small-Talk und danach geht's ab in die Heia!". „Ok Raffael, sagt Konstanze, dann schlaf gut mein Junge!" „Gute Nacht, auch von mir", sagt Romi. Alexander nickt nur kurz mit dem Kopf.

Die „kleine Familie" sitzt nun nur noch zu Dritt am Tisch und leert ihren Schlummertrunk. „Uah…" gähnt Romi müde in die Runde. „Oh, Verzeihung, aber ich bin tierisch müde!" „Ja, ich denke wir alle mein Kind", sagt Konstanze. „Kommt, lasst uns raufgehen und dann zu Bett! Morgen gibt's lecker Frühstück für uns alle." „Oh toll", sagt Romi und Alexander gibt mal wieder seinen Senf dazu: „wir haben ja heute noch nicht genug gegessen…" „Ach Junge, sei doch nicht immer so ein Griesgram, was hat man den sonst vom Leben, das Schönste ist doch die Freude am Essen." Alexander schüttelt den Kopf, Romi nickt Konstanze zu.

Die drei gehen über die grosse Treppe ins Obergeschoss, wo die Schlafzimmer liegen. Konstanze biegt ab um in ihr Zimmer zu kommen und sagt: „gute Nacht ihr Lieben, schlaft gut und bis morgen." „Guten Nacht Mutter", sagt Alexander. „Gute Nacht Konstanze und danke für heute, es war eine tolle, gelungene Party", antwortet Romina. „Danke mein Kind, das freut mich, ich hoffe Du kommst wieder!" Beide Frauen lachen, Konstanze schliesst die Tür zu ihrem Zimmer.

Romi und Alexander stehen nun etwas hilflos alleine auf dem Flur. „Ähm ja also Romina, dann auch von mir eine gute Nacht, ich hoffe Du wirst gut schlafen. Es ist sehr ruhig hier, sofern auch die letzten Gäste irgendwann den Heimweg antreten", sagt Alexander. Beide lachen. „Und nochmal, fühl Dich wie zu Hause, wenn Du etwas brauchst, hole es Dir einfach, oder sag mir Bescheid, dann bringe ich Dir alles. Wasser usw. hat meine Mutter schon ins Zimmer gestellt." „Alles klar Alexander, ich danke Dir, ich danke euch, es war ein wunderschöner Abend für mich, es ist ein Traum hier!" „Das freut mich. Ok, also dann, schlaf gut." „Ja, danke, schlaf Du auch gut Alexander, bis morgen früh. Achso, wann sollen wir morgen los?" „Mhhh", Alexander überlegt, „gegen 11:00 Uhr, wenn es Dir recht ist?" „Prima, machen wir so", antwortet Romi. „Dann treffen wir uns um 9:30 Uhr zum Frühstück unten, in Ordnung?" „Alles klar Alexander, 09:30 Uhr, dann bis morgen." Romi schliesst die Tür, Alexander geht ein paar Schritte weiter zu seinem Schlafzimmer und schliesst ebenfalls die Tür hinter sich. Beide stehen nun, jeweils in ihren Zimmern, angelehnt an der Tür und schnaufen erstmal tief durch. Alexander läuft anschliessend zu seinem Bett und lässt sich drauf fallen. Romi geht zu Ihrer Reisetasche um ihren Pyjama und die Kuschelsocken raus zu holen. Sie kramt und kramt, immer tiefer, hält den Pyjama längst in der Hand, aber wo sind die Kuschelsocken? Sie hatte sie ganz obendrauf getan. Vorallem: warum war in der Tasche eigentlich so eine Unordnung? Es gibt nur eine Erklärung: „Pedro!" Konstanze hatte Pedro nach oben gebracht, dass er seine Ruhe hat. Tante Gundula und Onkel Nikolai schlafen auch hier heute Nacht. Pedro muss also noch da sein. Romi öffnet die Tür ihres Zimmers und geht den langen Gang entlang in die Richtung, in der Nikolai und Gundula nächtigen. Und tatsächlich: in Pedro's Körbchen liegt ein Bündel zerfetzter Kuschelsocken, die mal dem Gesicht eines Hasen ähnelten. Nun sind nur noch Fetzen übrig. Von Pedro keine Spur, der liegt sicherlich seelenruhig schlummernd zwischen Herrchen und Frauchen.

Schon wieder schlafen ohne Kuschelsocken… Das gibt's doch nicht. Romi hat immer Socken zum Schlafen und natürlich am liebsten die richtig kuscheligen Kuschelsocken, egal wie warm es draussen ist. Auf dem Weg zurück zum Zimmer, die übrigen Fetzen in der Hand, kommt ihr Alexander entgegen: „ah, Romina, ist alles ok, kannst Du nicht schlafen?" „Naja eigentlich ist alles Bestens, aber schau mal, Pedro hat sich wohl über meine Kuschelsocken her gemacht, es ist nicht mehr viel davon übrig..." Alexander schaut das Corpus Delicti an und sagt lachend: „na da hat unser guter Pedro wohl ganze Arbeit geleistet! Warte, ich geb Dir ein Paar Socken von mir, komm mit." „Das ist ganz arg lieb Alexander, aber, naja, Du wirst das nicht verstehen, zum Schlafen brauche ich einfach diese Art von Kuschelsocken.... Ich trage dann lieber keine." „Gut, wie Du meinst, aber nicht, dass Du deshalb nicht schlafen kannst." Frauen sind komisch, denkt Alexander, wer soll das verstehen, jetzt kommt die schon wieder mit ihren Socken, draussen sind sicherlich noch 25 Grad C. „Ich hole mir in der Küche noch ein Wasser, brauchst Du noch was Romi, ausser den Kuschelsocken?" „Nein Alexander, vielen Dank, auch nochmal für das Angebot der Socken."

Wieder zurück im Zimmer geht Romi ins Bad und putzt ihre Zähne. Alexander tut das Gleiche, zur selben Zeit. Beide schrubben mit der Bürste ihre Zähne, nehmen einen Schluck Wasser, gurgeln und spülen, alles absolut synchron. Gleichzeitig verlassen sie das Bad und schalten das Licht aus, setzen sich aufs Bett und gähnen laut. Romi lässt ihre Oberkörper ins Bett fallen, Alexander schüttelt, ordentlich wie er ist, nochmal das Kissen auf, legt es in die Mitte der oberen Betthälfte und legt sich sanft darauf nieder. Und nun gehen in beiden Zimmern die Lichter aus. Aber die Augen Beider sind noch immer offen...Irgendwie kommen sie nicht zur Ruhe. Romi lässt den tollen Tag nochmal Revue passieren, angefangen von der wunderbaren Tee-Stunde mit Konstanze, bis hin zur Polonaise mit der Partygesellschaft und zu guter Letzt, die Kotzorgie mit Alexander am See. Romi muss lachen. Dann erinnert sie sich an den Moment, als sie im Beiwagen sass und Alexander betrachten konnte. Wie sich der Stoff seines Shirts über seine wohlgeformten, muskulösen Arme legte. Wie er aussah, als er verschwitzt und zerzaust den Helm abnahm und sein Geruch, Alexander riecht unglaublich gut, klar, auch nach Rasierwasser, aber nein, das meint Romi nicht, dieser typische, menschliche Geruch eben, ihr wisst schon. Langsam gehen Romi's Augen zu und sie schläft sanft ein. Ob sie wohl von Alexander träumt? Warten wir's ab. Alexander starrt an die dunkle Stuckdecke seines Zimmers. Auch seine Gedanken gelten dem vergangenen Tag. Ein toller Tag, anschliessend betrachtet. Ziemlich durcheinander, ja teilweise sogar etwas turbulent, aber alles in allem ganz passabel. Konstanze hat genervt wie immer, Cousin Raffael hat gegen ihn gestichelt, alles wie immer. Die Party für Onkel Nikolai war wirklich gelungen und zu guter Letzt war auch Mops Pedro wieder sicher bei seinem Frauchen angekommen. Und Romi, ja Romi hat es sogar gefallen. Sagt sie zumindest. Aber es schien so, als hätte sie auch den Abend mit seiner Familie wirklich genossen. Mit den nervigen Alten und dem aufdringlichen Cousin. Ein bisschen muss sogar Alexander schmunzeln. Langsam werden auch seine Augenlieder schwer und während er noch etwas mit dem Schlaf kämpft, sieht er nochmals Romi, die mit Raffael die Treppe zur Bibliothek hoch schreitet. Er sieht, wie der Stoff ihres Kleides im Wind weht, wie sie angestrengt und doch elegant einen Fuss vor den anderen setzt, um nicht auf der Treppe zu Stolpern, er riecht ihren Duft, den der Wind zu ihm trägt. Ein süsslicher Duft, kein anderer Duft würde zu Romi passen. Und darin ein Hauch ihres eigenen Duftes, Romi riecht gut, findet Alexander. Nach was? Nach Romi, ganz einfach. Und nun schlummert Alexander, noch den süssen Duft von Romi in der Nase, friedlich bis morgen früh.

11 – Zurück nach Hause

Der nächste Tag ist da. Auch ohne Wecker ist Romi bereits um 07:00 Uhr hellwach und fühlt sich einfach super. Die üblichen Blähungen vom gestrigen, ähm, naja nennen wir es schlicht und einfach Fressgelage, haben sich über Nacht wahrhaftig in Luft aufgelöst. Die Sonne scheint durch die dicken Brokat-Vorhänge ihres Gästezimmers und die Vögel begrüssen lauthals den neuen Tag. Romi steigt, ohne ihre geliebten Kuschelsocken, aus dem Bett und geht zum Fenster. Als sie die Vorhänge auseinander zieht, kann sie direkt auf den zauberhaften See blicken. Das Wasser ist noch ganz still, keine Schwimmer, keine Boote nur ganz weit da hinten kann sie etwas erkennen. Bestimmt Jemand, der noch vor dem ganzen Trubel die morgendliche Ruhe in der Natur geniessen möchte. Genau das machte ich jetzt auch, beschliesst Romi. Sie geht ins Bad, putzt die Zähne, springt unter die Dusche und zieht ihr legeres, blaues, knielanges und geblümtes Sommerkleid aus der Reisetasche. Dazu noch die neuen Stoffschuhe, die sie sich extra für dieses Kleid bestellt hat (Super-Sonderangebot, reduziert von 35,- EUR auf 22,- EUR und dann nochmal 20% Rabatt und achja, der Versand war aufgrund des Jubiläums des Onlineshops auch noch gratis, ein Wahnsinns-Schnäppchen). Den Strickcardigan noch um die Hüften gewickelt, so, fertig angezogen, Gürteltasche umgeschnallt und los geht's. Romi öffnet die Tür. Im Hause ist es mucks-mäuschen still, alle schlafe noch. Beim Betreten der Treppe knarzen die Holzbretter, Romi versucht auf Zehenspitzen herunter zu schleichen. Moment, was war das? Mh, es war ihr als ob sie ein Kichern gehört hätte und dann ein psssst... Klang irgendwie nach Konstanze und oh ja ach ja, da war doch was, der Horst. Romi war also doch nicht die Einzige in diesem Haus, die so früh wach ist. Aber wohl die Einzige, die ihr Bett verlassen hat.... Romi muss kichern, in sich hinein. Und läuft weiter. Leise schliesst sie die grosse Tür des Hauses und tritt in den schönen Hof. Vorbei an Alexander's Schrauberwerkstatt, passiert sie das Tor zum wundervollen Garten. Garten ist untertrieben, es ist wirklich eine Anlage. Die Obstbäume tragen bereits Früchte und Romi geniesst die ersten, warmen Strahlen der Sonne auf ihrer Haut an diesem Morgen.

Am See angekommen weht ein kleines, angenehmes Lüftchen. Sie zieht ihre Schuhe aus und läuft barfuss auf dem noch feuchten Gras. Alles riecht nach Sommer, nach Wärme, ja und irgendwie nach Geborgenheit, Familie, Glück. Was ist nur los mit ihr? Sogar Alexander war ihr nicht mehr ganz so fremd. Vom ersten Tag an schien er ihr eigentlich eher wie ein oberflächlicher, arroganter Schnösel, für nichts zu begeistern ausser für sein Aktien-Zeug und Autos. Ein ewig grimmig dreinschauender Griesgram ohne auch nur das kleineste Fitzelchen Humor. Seltsamerweise war er bei Richard, Romi's Schwager, von Anfang an anders. Die Beiden haben sich vermutlich gesucht und gefunden. Und irgendwie war das alles jetzt auch ein bisschen anders, zwischen ihr und Alexander. Seine ernsthafte, teilweise sogar bittere Art hat sich ein wenig gelockert. „Naja, warten wir mal den heutigen Tag ab", sagt Romi zu sich selbst. Sie setzt sich auf eine nahe am Ufer gelegene Bank und schaut raus auf den See. Sie zieht ihre Schuhe aus und stellt ihre Füsse ins noch feuchte Gras.

Von der Bank aus sieht sie, wie irgend so ein Sporttrottel wie bescheuert über den Trimm-Dich-Parcours läuft, vor und zurück, immer wieder, dann ist er weg, weitere 10 Minuten später, Romi steht gerade auf um zum Haus zurück zu laufen, ist er wieder da und das ganze Schauspiel wiederholt sich, vor und zurück, Liegestützte, Sprint, usw. Kopfschüttelnd und voller Vorfreude auf das wahrscheinlich überaus üppige Frühstück von Konstanze, zieht sie ihre Schuhe an und läuft los.

Der Sporttrottel war Alexander, was Romi allerdings nicht wusste. Alexander dreht noch eine weitere Jogging-Runde, sportelt noch einmal über den Trimm-Dich-Parcours und macht sich ausgepowert und zufrieden auf den Rückweg zum Haus. Als Alexander verschwitzt und noch etwas ausser Puste in die grosse Küche tritt um sich noch vor dem Duschen ein Wasser zu holen, trifft er bereits auf Romi und Konstanze. „Na guten Morgen ihr Beiden", sagt er, „alles klar bei euch? Romi, hast Du gut geschlafen?" „Das habe ich sie auch schon gefragt mein Junge, ja, hat sie, nicht wahr Romi mein Kind?" „Ja Konstanze und Alexander, ich danke euch, ich habe wunderbar geschlafen, auch ohne meine Kuschelsocken." „Achso ja", sagt Konstanze, „das hast Du mir ja erzählt, der Pedro, vor dem ist doch wirklich nichts sicher. Als sie ihn damals als Welpe mitgebracht haben, hat er mir das komplette Beet mit frisch gesteckten Blumenzwiebeln umgegraben." Alle lachen. Alexander trinkt. „So Alexander, jetzt hopp hopp, schwing Dich unter die Dusche, das Frühstück ist gleich fertig." „Ja, die Eier stocken schon Konstanze", sagt Romi, die Konstanze mit vollem Eifer bei der Vorbereitung des Frühstücks unterstützt. „Ja Mutter, aber Du weisst doch, ich esse sowieso nichts, aber ich leiste euch natürlich Gesellschaft und trinke meinen Kaffee. Wer ist noch hier?" „Also wir drei, dann Tante Gundula und Onkel Nikolai mit Pedro und der Horst kommt auch." „Ok, dann bis gleich." Alexander verschwindet nach oben. Romi überlegt: vermutlich ist Horst sogar noch im Haus…. und schmunzelt etwas. „Ach, der Junge, isst nichts am Morgen, schon als kleiner Junge musste ich ihm seinen Kakao fast reinzwängen. Ein grosser Esser war er noch nie und ein Geniesser schon gar nicht. Ich glaube er isst nur, weil er muss…Das ist bei uns anders, nicht war Kindchen, es ist so schön Dich hier zu haben. Was machen die Eier?" „Ich glaube, die sind perfekt." Kurze Kontrolle der Eier durch Konstanze und freigegeben. Romi trägt noch weitere Leckereien auf den bereits gedeckten Tisch und nun warten sie nur noch auf die weiteren Gäste. Nach und nach kommen Nikolai und Gundula mit dem mal wieder hechelndem, hinterher hüpfenden Mops Pedro, der

Nachbar Horst und zu guter Letzt noch Alexander. Alle nehmen am Tisch Platz und Konstanze eröffnet die Tafel: „meine Lieben, schon euch hier zu haben, ich hoffe ihr habt alle gut genächtigt und nun ordentlich Appetit. Greift zu, es ist von allem noch ausreichend in der Küche." Alle schauen mit grossen Augen auf die Tafel und überlegen, welche Leckereien sie wohl als erste kosten sollen. Alexander giesst sich seinen Kaffee ein, die wunderbaren Leckereien lassen ihn völlig kalt. Er rührt seinen Kaffee um und tunkt dann ein Stückchen trockenes Baguette hinein. Bäh.... Viel geredet wird nicht, jeder, bis auf Alex, geniesst das leckere Frühstück für sich. Während alle genüsslich vor sich hinkauen, betrachtet Romi die Runde, dabei fällt ihr auf: der Horst sieht ziemlich zerzaust aus... Romi muss schon wieder kichern. „Eigentlich könnte man noch ne Runde schwimmen gehen, was meinst Du Romina?", wirft Alexander ein. Romi überlegt kurz und antwortet: „super Idee Alexander, es ist schon richtig warm draussen und das Wasser ist sicher angenehm erfrischend, also ich bin dabei." „Gut, dann fahren wir etwas später zurück in die Stadt, wenn Du einverstanden bist?" „Natürlich, sehr gerne." „Oh, das ist eine tolle Idee, macht das ihr Beiden und ich werde mich noch ein Stündchen hinlegen, die Festlichkeit hat mich und meine alten Knochen doch etwas mitgenommen", sagt Konstanze und lacht dabei. Nach dem Frühstück verabschieden sie noch Onkel Nikolai und Tante Gundula mit Pedro und dann packen Romi und Alexander schon ihre Reisetaschen und verstauen sie in Alexanders Auto, nur ein paar Sachen lassen sie noch draussen, nämlich die, die sie für und nach dem Baden im See benötigen.

Romi und Alexander laufen, bepackt mit Handtüchern, an den See. Romi breitet ihr Handtuch aus und setzt sich erstmal drauf. Alexander wirft alles einfach auf den Boden, zieht sein Shirt aus und rennt mit seiner grell-grünen Badeshorts ins kühle Nass. „Na los Romina, komm schon, es ist herrlich da drin." „Ja, ich komme gleich Alexander, geh schon rein." Was soll sie tun? Irgendwie schämt sie sich ein bisschen. Romi ist nicht ultrafett, aber hier und da die ein oder andere Delle ist halt schon da und der Speck, vorrangig an Hüften und Hintern und jaaa…. Irgendwie überall ein bisschen zu viel. Und Alexander? Durchtrainiert bis zum kleinen Zeh. „Ok, dann schwimm ich bis zur Boje, bin in 5 Minuten zurück, dann bist Du drinnen, ja?" „Alles klar Alexander, bis gleich." „Puh," denkt Romi, als hätte er es geahnt. Romi läuft ganz nah ans Wasser und erst kurz davor, zieht sie ihr Kleid aus und läuft hinein. Obwohl das Wasser noch ziemlich kalt ist, taucht sie kurz ab und schwimmt dann mit ziemlich heftigen Bewegungen etwas vor und zurück, so dass ihr hoffentlich bald warm wird. Alexander hat die Boje erreicht und schwimmt bereits zurück zum Ufer. Dort angekommen steht er neben Romi im Wasser, man kann hier noch gut stehen, Romi's Schultern ragen sogar aus dem Wasser. Aber vom Rest ihres Körpers sieht man nichts. „Na, erfrischend, oder?" „Ja, aber fast etwas zu erfrischend", antwortet Romi. „Na komm, dann schwimm noch ne Runde mit mir zur Boje, dann wird Dir auch warm." „Ok!"

Im Schwimmen war Romi eigentlich immer ganz gut. Also schwimmen sie und Alexander zur Boje und bleiben kurz an dieser Stelle. Von hier aus sieht man ganz wunderbar das Haus oder besser gesagt das Anwesen von Alexander. Man könnte schon sagen es ist ein Familiensitz. Der prächtige Garten tut sein Übriges. „Ein tolles zu Hause hast Du, Alexander, und eine prima Mama noch dazu." „Ja, ich weiss, Du hast recht, aber trotzdem bin ich immer wieder froh, wenn ich in meiner Bude bin, alleine…!" Beide lachen. „Komm, lass uns zurück schwimmen, dann ziehn wir uns was Trockenes an und ich fahr Dich nach Hause", sagt Alexander. „Gut, machen wir, aber ich möchte mich noch von Konstanze verabschieden." „Natürlich, das mache ich auch noch. Du kannst ja schon zu ihr gehen, ich schau nur noch mal schnell in meine Werkstatt."

Am Ufer angekommen läuft Alexander zurück zu seinen Sachen, Romi schlüpft, fast unbemerkt, so nass, wie sie ist, in ihr Kleid und sagt zu Alexander: „ich muss nochmal an meine Reisetasche und mich im Haus umziehen, ich habe etwas vergessen." „Natürlich, hier, ich geb Dir schonmal die Schlüssel, dieser Knopf hier, ist für den Kofferraum." „Danke." Zurück am Haus geht Alex zu seiner Werkstatt und Romi holt ihre Reisetasche aus dem Auto um sich drinnen trockene Sachen an zu ziehen und sich nochmal kurz frisch zu machen, ihre Haare sind total zerzaust und neben dem geschniegelten Alexander… na, muss man sich doch ein bisschen „aufhübschen". Ein paar Minuten später ist Romi wieder zufrieden mit ihrem Spiegelbild und räumt die Reisetasche wieder zurück ins Auto. Gerade als sie nach Konstanze suchen möchte, um sich bei ihr zu Verabschieden und ihr für die wirklich tolle Gastfreundschaft zu danken, sieht sie auf Konstanze's Schlafzimmer-Balkon den abermals zerzausten und dazu splitter-faser-nackten Horst, der wie verrückt erfolglos an der verschlossenen Balkontür rüttelt. Im gleichen Moment kommt von der anderen Seite ein fröhlich pfeifender Alexander in die Nähe des Wagens um mit Romi zurück in die Stadt zu fahren. „Oh mein Gott", denkt Romi…. „Was mache ich jetzt bloss?" Horst schaut hinab und sieht voller Entsetzen Romi und Alexander. Schnellt hält er beide Hände vor sein bestes Stück, gleich darauf nimmt er eine Hand wieder weg und bittet Romi lautlos mit einem kurzen „Pssst-Zeichen" vor seinem Mund um Stillschweigen. Romi nickt kurz und dreht sich zu Alexander. „Ah Alexander, da bist Du ja"….was mache ich jetzt, er läuft direkt in Richtung des Balkons, auf dem der nackte Horst steht, nur einen Blick nach oben und alles fliegt auf. Da Konstanze so ein Geheimnis draus macht, sollte es das auch noch bleiben. Romi hat nur eine kleine Chance: als Alexander kurz vorm Wagen eintrifft, packt sie seinen Arm mit beiden Händen, dreht ihn einmal um seine eigene Achse und schlägt ihm dann mit der flachen Hand auf den Brustkorb. Alexander ist wie erstarrt. Romi hält ihn immer noch fest. „Oh Alexander, es tut mir so leid, aber da war eine Biene auf deiner Brust und von Konstanze weiss ich, dass Du hochallergisch reagierst (zum Glück ist ihr das eingefallen, Raffael hatte es ihr während der Zeit in der Bibliothek beiläufig beim Anschauen der Photoalben erzählt).

Beide schauen sich an. In diesem Moment nimmt Alexander Romi's Hand und schaut ihr noch tiefer in die Augen. Ein magischer Moment, für Beide, trotz des immer noch nackt ausharrenden Horst's auf Konstanze's Balkon im Hintergrund, aber der ist gerade vergessen. Mit seiner anderen Hand streift Alexander zärtlich Romi's Wange. Romi steht da, ganz starr und denkt „Alter, was passiert hier gerade mit mir – und ihm?" Alexander kommt nun noch ein Stückchen näher und dann nochmal ein kleines Stückchen. Einige Millisekunden passiert garnichts, bis... genau in diesem Augenblick eine fröhlich pfeifende Konstanze von hinten kommt und lautstark ruft: „da seid ihr ja Kinder, ich bin gerade an den See gelaufen und wollte euch verabschieden, ich mache mit Horst eine kleine Radtour, ein bisschen Bewegung nach der ganzen Schlemmerei wird mir gut tun!" Etwas erschrocken und gleichzeitig irritiert von dem, was da gerade f a s t passiert ist, drehen sich beide zu Konstanze um. Ohne es zu merken hält Alexander noch immer Romi's Hand. Konstanze geht gleich zu Romi und drückt sie zum Abschied fest an sich. „Wie schön mein Kind, dass Du nun zu uns gehörst!" Romi schaut Konstanze gerührt in die Augen und drückt sie fest an sich. „Danke Konstanze, ich freue mich, es war wunderschön hier bei Dir!" „Na dann hoffe ich, dass Du schon ganz bald wieder kommst. Du kannst kommen, wann Du willst! Natürlich auch ohne Alexander, Du weisst ja, er schaut nicht sehr häufig vorbei.." Ups und das war wieder ein Faustschlag. Alexander lässt diese Aussage wie immer ganz unberührt, er lädt unbeirrt die restlichen Sachen in den Wagen und rollt insgeheim die Augen. „So, komm her mein Junge, lass Dich drücken von Deiner alten Mutter!" Auch Alexander wird liebevoll aber herzhaft von seiner Mutter gedrückt. Dann verabschiedet sie sich und läuft zurück ins Haus. Romi hat noch überlegt, ob sie Konstanze einen Hinweis auf den noch immer nackt auf dem Balkon ausharrenden Horst geben soll. Aber sie hat es lieber nicht getan. Sicherlich wäre es Konstanze unglaublich peinlich gewesen. Und der Horst hätte wieder alles abgekriegt. Romi dreht sich nochmal in Richtung Balkon und zeigt Horst mit einer Geste, dass sie nichts verraten wird und eigentlich auch nichts gesehen hat. Horst lächelt erleichtert und winkt ihr zum Abschied zu. Alexander sitzt schon im Wagen. Romi steigt nun auch ein. „So, kanns losgehen Romina, hast Du alles?" „Ja, alles eingepackt, aber trotzdem schade, dass wir schon fahren, es ist wunderschön hier bei Deiner Mutter." „Freut mich, dass es Dir gefallen hat und nochmal danke, dass Du das alles mitgespielt hast." Mh.... Irgendwie fühlt Romi nach dieser Aussage von Alexander gerade einen leichten Stich in ihrem Magen... „mitgespielt"... Ja, natürlich, er hat ja recht, es war ein verabredetes Schauspiel, dass vollkommen geglückt ist.

Aber war es das wirklich? Ich meine, nach dem, was da gerade f a s t passiert ist? Bevor Konstanze in die romantische Situation geplatzt ist? Für den Betrachter war dies ein Bild wie in einem der besten Liebesromane: eine Traum-Villa am See, eingehüllt in traumhaftes Wetter, ein Traumauto mit einem Liebespaar, dass gerade vor dem ersten, gemeinsamen Kuss steht... ok, abgesehen vom nackten Horst ein paar Meter höher auf dem Balkon, den blenden wir mal aus, war das eine wirklich wunderschöne Szene. Unvollendet....durch das rasche und plumpe Auftauchen von Konstanze. Nun gut, es ist wie es ist. Die ersten Kilometer sind geschafft. Das Haus ist nicht mehr zu sehen, versteckt sich hinter den Bäumen der herrlichen Allee. Die Sonne spiegelt sich auf dem Wasser des Sees. Für einen kurzen Moment wünscht sich Romi wieder zurück in den warmen Sand von gestern Abend. Wenn wir an Geschehenes denken, vergessen wir oft die unschönen Momente darin. Romi denkt auch nur an den warmen Sand und den wunderschönen, gestrigen Abend, die Kotzeinlagen von ihr und Alexander hat ihr Hirn komplett ausgeblendet.

Peinliche Stille im Wagen… Romi denkt nach, Alexander denkt nach. Irgendwann sagt Alexander: „und, was machst Du heute noch so?" „Oh ja also ich ….mhhhhh" Oh man, was sage ich jetzt, denkt Romi und antwortet weiter: „das Übliche eben. Wäsche waschen, staubsaugen, ein bisschen fernsehen und dann ab in die Heia. Vielleicht laufe ich noch ne Runde durch den Park und füttere Enten, ich habe noch altes, trockenes Brot von Montag." „Aber das ist doch verboten, Enten zu füttern. Da kannst Du bestraft werden." „Ja, ich weiss", sagt Romi und schüttelt insgeheim den Kopf und lächelt. Denn genau das war seine typische Alexander Aussage. Raffael hätte sich tot gelacht.

„Und, was steht bei Dir heute noch auf dem Plan Alexander?" „Auch das Übliche: Papierkram, Abrechnungen und vielleicht noch ne Runde Laufband, während ich mit meinem Kumpel Robert in Shanghai telefoniere. Ah, da fällt mir ein, ich bin nächste Woche auf seiner Hochzeit eingeladen. Hast Du vielleicht eine Idee für ein Geschenk? Ihr Frauen seid doch da viel einfallsreicher als wir." „Ihr Frauen…." Romi schüttelt wieder den Kopf, lässt sich aber nichts anmerken. „Sicher. Da Du auf seiner Hochzeit eingeladen bist, vermute ich, ihr steht euch nahe, als er ist ein langjähriger Freund? Und seine zukünftige Frau kennst Du dann auch?" „Ja, Robert ist eigentlich mein bester Freund (kleine Anmerkung: eigentlich sein Einziger, aber nun hat er ja auch noch Richard), wir kennen uns schon ewig. Obwohl er nur ein paar Mal im Jahr nach Deutschland kommt, telefonieren wir nahezu täglich, auch aus beruflichen Gründen, er ist Broker an der Börse in Shanghai." „Und seine Frau?", frägt Romi. „Die kenne ich nicht. Also nicht persönlich. Nur von Photos. Sie ist von dort, er hat sie in Shanghai vor Jahren kennen gelernt und sie hat es echt mit ihm ausgehalten und jetzt heiratet er sie sogar." „Da sieh mal an, so ein Wahnsinn", sagt Romi ironisch, aber Alexander merkt das nicht. „Wie wärs mit einer Reise in ein Wellnesshotel, oder einem Abonnement bei einem sehr, sehr guten Weinhändler dort?" „Hey, das mit dem Wein, das ist prima! Ich mache das aber nicht für Wein, sondern Whisky, Robert liebt und sammelt ihn, genauso wie ich!" „Und seine Frau?" „Achso, das weiss ich nicht, aber die mag das sicher auch." „Also ich mag keinen Whiskey, noch nicht mal mit Cola", sagt Romi, auch in der Annahme, dass evtl. die zukünftige Frau von Robert auch keinen Whisky mag. „Mit Cola trinkt man den auch nicht. Bestimmt hast Du noch keinen guten Whisky getrunken!" Ich lass Dich mal probieren, wir machen bei mir mal ein Tasting, wenn Du magst, vielleicht kann ich Dich dafür begeistern?" „Ok, gerne, ich lass mich gerne überraschen." „Ich mache dann Snacks, was isst man denn dazu, so typischerweise?" Jetzt denkt die schon wieder ans Essen… Genau wie Mutter, denkt Alexander und antwortet: „das ist nebensächlich, ein paar Nüsse, ein paar Cracker, ich glaube ich habe sogar noch aus dem Whisky-Store, original verpackt, die nehmen wir dazu!" „Cool", sagt Romi. Dann ist Funkstille. Lange, peinliche Minuten des Schweigens in denen jeder der Beiden hofft, schnellstmöglich aus dieser Situation befreit zu werden bzw. in diesem Fall aus dem Wagen aussteigen zu können. Nun endlich, es ist soweit, Alexander setzt den Blinker und fährt ab, in den Stadtteil in dem Romi wohnt. Nach einem weiteren, winzigen und gleichzeitig endlos dauerndem Minütchen, hält Alexander an der Strassenseite, stellt den Motor ab und setzt den Warnblinker zum Ausladen. „So, da wären wir, Du hast es also geschafft, nun hast Du Deine Ruhe!", sagt Alexander, sogar mit einem freundlichen Lächeln. „Ach nein Alexander, Du weisst doch, ich fand's richtig schön!" Beide öffnen die Tür und steigen aus. Romi streift sich ihr Kleid zurecht, Alexander lädt bereits Romi's Gepäck aus dem Wagen. „Danke, für's nach Hause bringen Alexander." „Ich bitte Dich, das ist doch sowas von klar. Gut, ich hätte Dich auch vorne an der Haltestelle abladen können. Vielleicht wärst Du ja freiwillig wieder zurück zu Mutter gefahren." Alexander lacht über seine eigene, gefühlte Ironie und findet sich witzig. Romi antwortet: „stimmt, das hätte ich eigentlich machen können, Konstanze hätte sich sicher gefreut und wir hätten noch ein paar angenehme

Stunden beim Tee miteinander verbracht." Alexander schaut etwas seltsam, er versteht es nicht so ganz, hat sie das jetzt ernst gemeint? Ach, was weiss ich egal. „Schau bitte nochmal in den Kofferraum, ob ich alles ausgeladen habe, ich trage Dir dann Deine Sachen hoch." „Nein, das musst Du doch nicht Alexander, das schaff ich gerade noch so. Ausserdem ist der Aufzug schon ewige Zeit kaputt, Du müsstest alles mehrere Stockwerke hochschleppen." „Na das ist doch prima, dann hab ich gleich noch Training dazu, Du weisst doch, jeder Schritt zählt! Nun komm, schliess auf." „Ok, wie Du meinst. Die kleine Reisetasche nehme ich selbst, lass grad stehen." „Ne, jetzt hab ich schon alles ziemlich gut rechts und links verstaut, mach Du nur die Tür auf und geh vor."

Gesagt, getan. Romi ist auch ohne Gepäck langsamer und um einiges demotivierter beim Treppensteigen als Alexander der, wie ein Packesel beladen, ohne Probleme die zusätzlichen Kilos voller Elan hochschleppt. Bewegung scheint wirklich sein Elixier zu sein. Und was ist mein Elixier denkt Romi? Mhhh.....sie überlegt und geht in Gedanken beim Steigen der Treppen den noch vorhandenen Inhalt ihres Kühl und Gefrierkombigerätes durch und ab da bekommt auch sie so eine Art Endorphin-Ausschüttung, denn, wie könnte es anders sein, eine unberührte Packung köstlichstes Vanille-Eis vom Montagseinkauf wartet auf sie– jippiieeehhh! „So, nun sind wir gleich da Alexander, da vorne noch um die Ecke und dann Appartement 43. Das ist mein zu Hause. Magst noch nen Kaffee mit mir trinken?" (das war lediglich eine Floskel um die Höflichkeit zu wahren, denn noch weitere Minuten des Schweigens wären mehr als unerträglich gewesen, wohl für Beide). Nach der Ecke sieht Romi bereits, dass da ein Häufchen Elend auf ihrer Schwelle sitzt. Ohje, was war geschehen? „Heyyy Francesca, Maccaronilein, was ist denn los mit Dir?" Francesca steht erschrocken auf als sie den attraktiven Alexander sieht, dreht ihr verheultes Gesicht zur Seite und schnäuzt erstmal ordentlich in ein bereits ziemlich durchgerotztes, löchriges Papiertaschentuch. Noch bevor sie etwas sagen kann, meldet sich Alex zu Wort: „ah also dann, ich geh dann mal, Du hast ja alles Romina, nicht wahr?" „Ja, tut mir sehr leid Alexander" und flüstert ihm zu: „ich mache euch jetzt besser nicht miteinander bekannt, das wäre meiner Freundin Francesca sicher sehr unangenehm." „Ja, natürlich!" „Gut, dann also danke Romina!" „Ja, danke Dir auch Alexander, fürs Hochschleppen und auch sonst." „Jaja, kein Ding." Ziemlich unbeholfen und steif verabschieden sich Romi und Alexander mit einer recht lieblosen Umarmung, fast ohne jegliche Berührung beider Körper. Die Umarmung löst sich, noch ein kurzer Blick von Auge zu Auge und Alexander dreht sich um und geht zurück zum Wagen. Noch bevor er hinter der Ecke verschwunden ist, ruft Romi: „Tschüss Alexander!" Alexander dreht sich im Laufen um und winkt ihr nochmal zum Abschied zu. So, das wars also, aber jetzt zu Francesca.

„So meine liebste Makkaroni, jetzt erzähl, was ist denn geschehen?" „Ach Romilein, es ist so schlimm!" Heute Morgen hat mir mein Vermieter wegen Eigenbedarf gekündigt, er möchte selbst ein Ladengeschäft eröffnen. Ich könnt nur noch heulen!" „Oh nein, das gibt's doch nicht? Etwa auch eine Eisdiele?" „Nein, zum Glück nicht. Sonst wär ich glaub ich völlig ausgeflippt!" Romi kennt Francesca bereits seit ihrer Schulzeit. Francesca ist eine waschechte Italienerin mit richtig viel Feuer im Hintern. Ihre Eltern sind bei einem Autounfall in Neapel gestorben, als sie gerade 4 Jahre alt war. Ihr Bruder, Fabricio blieb bei den Grosseltern in Italien, Francesca aber wollte zu ihren Grosseltern nach Deutschland. Die beiden Geschwister sahen sich aber dennoch regelmässig in den Ferien. Und jetzt noch öfter, denn mit Flugzeug und Internet ist eine solche Entfernung wirklich kein Problem mehr. Fabricio hat ein gutes Händchen was Geschäftliches angeht. Er betreibt eine Kette mit Eisdielen in Italien und hat davon auch einige in Deutschland. Seine Schwester Francesca hat ebenfalls eine Eisdiele direkt in München. Naja, bald nicht mehr. Leider.

„Ist das ein Mist Makkaroni! „Und jetzt? Kann Fabricio Dir nicht helfen? Ich meine er hat doch auch Kontakt zu verschiedenen Immobilienmaklern, er hat ja hier in Süddeutschland einige Ladenflächen angemietet? Vielleicht könnte man seine Beziehungen nutzen?" „Ach danke Romilein, Du bist so lieb. Jaja, ich habe ihn sofort informiert. Er hat sofort einen Flug gebucht für kommenden Mittwoch. „Bis wann musst Du denn raus aus dem Laden?" 3 Monate, also Ende August. Da ist Hochsaison, so ein schwachsinniger Depp. Ich glaub er möchte nen Klamotten-Laden reinmachen, als würds davon nicht schon genug geben. 2 nebenan und einer gegenüber und dann sein Eigener. Hoffentlich geht's sch…….nein, keine bösen Wünsche, das ist Karma und kommt zurück…Und ich möchte ja einen mindestens genauso gut gehenden Laden eröffnen, wir mein jetziger ist." „So ist es und das wirst Du auch, wir lassen uns nicht unterkriegen!" Romi nimmt Francesca in den Arm und sagt: komm, lass uns reingehen, wir trinken erstmal gemütlich Kaffee." „Ich will Dich nicht aufhalten Romi, Du musst noch Dein Zeug auspacken und bestimmt war es anstrengend? Ach man, wegen dem ganzen Mist habe ich noch gar nicht gefragt, wie es war, dort, bei dem und seiner Mutter? Ich mein also eins muss ich ihm ja lassen, er ist schon ein ziemliches Gerät (Gerät steht für „ein sehr ansprechender Mann" oder „Augenweide") und unsympathisch war er mir auch nicht, also die paar Sekunden, die ich ihn gesehen habe." Jetzt bläst die noch ins gleiche Rohr wie Caro, mein Gott, denkt Romi und antwortet ihrer Freundin: „Ganz ehrlich? Es war ganz prima dort. Seine Mutter, Konstanze, ist eine unglaublich herzliche und liebe Person, ich mag sie sehr und der Landsitz und das Umland, ich sags Dir, der pure Wahnsinn, traumhaft dort. Und ja, mit Alexander war es auch, entgegen meiner Erwartung, ganz angenehm." „Ganz angenehm? Komm, Romi, rück schon raus damit, wart ihr in der Kiste?" „Francesca, bitte! Natürlich nicht!", antwortet Romi. „Ohooo, was ist denn da los, so brüskiert kenn ich Dich ja gar nicht, ist da etwa jemand verknallt?"

Na, sag ich doch, denkt Romi, gleiches Rohr wie Schwester Caro. "Ich bin weder verknallt, noch ist oder wird mit Alexander irgendwas laufen. Ich hab null Bock auf einen Typen, das weisst Du. Und ausserdem: schau Dir doch Alexander mal an, ich meine, was hätte ich dem schon zu bieten? Ausser Komplexen wäre da nicht viel übrig, alleine schon, wenn ich ihm meine nackten Zehen zeigen müsste. Schau ihn Dir doch mal an. Da ist alles perfekt, dazu hat er nen Haufen Kohle, eine ziemlich gute Herkunft, alles tippi toppi bei dem." „Aha", sagt Francesca, etwas wütend sogar, „Du denkst also, DU wärst nicht gut genug für ihn? Also das gibt's ja wohl nicht. Hat der Dir ins Hirn geschissen, oder was?" Romi lässt die Aussage von Francesca unkommentiert und setzt Kaffee auf und fragt „Dirty Dancing, Pizza und Vanille-Eis?" Francesca überlegt kurz und antwortet: „das wird wohl das Beste sein für heute, 3 Seelenschmeichler auf einmal, bin dabei!" Romi und Francesca verbringen an diesem Tag noch schöne Stunden auf Rominas gemütlicher Couch. Nach ein paar weiteren Liebesschnulzen verabschiedet sich Francesca und auch Romi geht zu Bett.

Immer wieder huscht Alexander durch ihre Gedanken. Und noch einmal vorm Einschlafen. Es kribbelt – ein bisschen. Nur nicht darüber nachdenken. Romi versucht sich abzulenken und denkt an ihre Nichte Nele, an Caro und den zuckersüssen Hercules. Auch kurz an Richard, ihren Schwager. Und dann – oh nein, da ist er schon wieder, der Alexander. Er und Richard sind doch „best Buddies". Hätte sie ihn nur nie dahin mitgenommen. Alexander und Richard treffen sich regelmässig zum Sport. Seit Richard Alex kennt, ist er wieder richtig „angefixt". Caro freut's. Und nervt Romi mit ihrer nicht enden wollenden Kupplerei. Irgendwann schläft Romi ein. Was sie träumt, weiss nur sie selbst.

Am nächsten Morgen sieht sie auf dem Handy schon einen verpassten Anruf von Konstanze und muss lächeln. Natürlich ruft sie gleich zurück. Konstanze plappert endlos über das gelungene

Fest. Romi muss immer wieder an den nackten Horst auf dem Balkon denken. Und den ahnungslosen Alexander. Sie lacht. Nach 45 Minuten ist das Gespräch zu Ende. Horst hat zur Radtour gerufen. Romi legt das Telefon zur Seite um sich im Bad fertig zu machen. Kaum hat sie sich umgedreht, klingelt das Handy schon wieder. Ein Stich in den Magen, aber ein freudiger: „es ist Alexander!", ruft Romi aus. Sie ist total aufgeregt. Oh man, was ist nur mit ihr los. Sie erkennt sich selbst nicht wieder und spricht sich Mut zu: „ok, ganz ruhig, geh einfach ran und sag ganz normal „Hallo". Gesagt, getan: „Hallooo, Hallo Alexander." (oh nein, warum sag ich zweimal Hallo...!?) Kennen wir das nicht alle? Wie aus dem Film „Dirty Dancing" ?Baby sagt zu Johnny: „ich hab ne Wassermelone getragen!" Genauso fühlt sich Romi gerade. Alexander antwortet: „Hallo, Hallo Romina, ich bin's Alex." Ok, denkt Romi, er hat auch ne Wassermelone getragen. „Wie kann ich Dir helfen, Alexander?", fragt Romi, sichtlich entspannter. „Ja also ähm, es ist so, meine Mutter hat mich gerade angerufen und mir erzählt, dass ihr fast eine Stunde telefoniert hättet?" Ohne auf Romi's Antwort zu warten, fügt er hinzu: „es tut mir wahnsinnig leid, das war Dir sicher mehr als lästig. Wenn sie mal an der Strippe ist, hört sie einfach nicht mehr auf, sie erzählt ohne Punkt und Komma!" Romi lacht und sagt: „um Gottes Willen Alexander, alles ist gut! Es war ein schönes Telefonat mit Deiner Mutter und Du weisst doch, ich mag sie sehr!" „Das hat damit aber nix zu tun, mögen hin oder her, manchmal nervt sie einfach!" „Wie gesagt, alles ist gut", sagt Romi. „Mh, ok. Dann ist ja gut. Also ähm joah dann ähm wünsche ich Dir noch einen angenehmen Sonntag. Schönes Wetter haben wir ja." „Ja, das stimmt Alexander." Kurze Stille.... Beide überlegen, was man sagen könnte. „Alexander sagt: „war ein schöner Abend, vorgestern." Und Romi: „ja, das finde ich auch. „Das Wetter ist immer noch genauso gut", sagt Alexander (und wieder eine Wassermelone). „Ja, das stimmt, hier scheint auch die Sonne. Und Alexander, was machst Du heute noch so?" „Ich weiss nicht. Eigentlich wollte ich schon packen, Du weisst, für die Hochzeit am kommenden Wochenende in Shanghai. Unter der Woche ist viel los bei mir." „Achso, stimmt ja, Du fliegst ja zur Hochzeitsfeier." „Ja, genau." Und wieder Stille. „Ich mache das so, das mit dem Geschenk meine ich, mit dem Whisky." „Ah ja, das ist sicher eine gute Idee", sagt Romi. Und wieder peinliche Stille. „Äh ja also dann, ja ich glaube, dann packe ich mal schon meine Sachen." „Ja, tu das Alexander und pass auf, dass Du nichts vergisst (wieder eine Wassermelone, dieses Mal seitens Romina). „Ja!" „Ok Alexander, dann wünsche ich Dir einen guten Flug!" „Danke Romi, ja, ich Dir noch ein schönen Sonntag!" „Tschüss." „Ja also dann Alexander, Tschüss."

Puh. Aufgelegt. Was für eine blöde Unterhaltung. Romi wollte heute eigentlich zu Nele und Caro fahren. Aber irgendwie hat sie null Bock auf das ewig blöde Gelaber vonwegen Beziehung und Kinder (mit Alexander!) und eben diese ganze nervende Kupplerei von Caro. Caro, sowie auch Richard (der fängt jetzt auch schon an), haben sich auf Alexander eingeschossen, soviel wie „der ist es und kein anderer". Würde sie das heute ertragen? NEIN, definitiv nein. Romi entschliesst sich einfach einen schönen, einsamen, richtig langweiligen und entspannenden Sonntag zu gönnen. Vielleicht näht sie auch mal wieder ein paar Kissen, die Nähmaschine ist sicher schon zu gestaubt, so lange war sie nicht mehr dran. Sicher könnte sie aus Stoffresten ein Schlafkissen für den süssen, schnuffigen Hercules nähen. Eines für jetzt, wo er ein klein ist und ein anderes für später, wenn er grösser ist. Naja wobei, soviel grösser wird er ja nicht mehr. Na, mal sehen, was der Tag heute so noch bringt, hoffentlich nicht mehr all zu viel.

Nach dem ersten Kaffee des Tages auf dem Mini-Balkon ihrer Wohnung (der noch dazu komplett belagert ist von selbstgezogenen Mini-Gemüsetöpfen mit Tomaten und Gurken), zieht es Romi wirklich an die Nähmaschine. Sie sucht aus Stoffresten ein schönes Muster für das Hundekissen zusammen (erstmal die kleine Version) und legt los. Gerade, als es richtig gut läuft, man braucht ja immer ein bisschen „Vorlaufzeit", klingelt es an der Tür. Oh nein, denkt Romi, sicher Caro. Romi hat nach den gestrigen, nervtötenden Ausquetsch-Telefonaten mit ihrer Schwester heute einfach das Telefon nicht abgenommen. Sie hätte sie im Laufe des Tages zurückgerufen. Aber eben nicht jetzt.

Romi geht, etwas genervt von der Unterbrechung, zu Tür. Und siehe da: ein Überraschungsbesuch ihrer lieben Freunde, mit denen sie die Speeddates macht. „Heyyyy, das ist ja ne Überraschung, kommt rein ihr Lieben. Ich freue mich." „Tom, Maggie und Micha treten in die gemütliche Küche und stellen ihre Mitbringsel ab. Nun ist der kleine Raum voll. „Ah Prinzessin, Du hast schon Kaffee fertig, ich gönn mir gleich mal ein Tässchen, ja?" „Aber klaro Tommi, weisst doch, fühl Dich wie zu Hause." „Prima, dann setz ich gleich nochmal neuen Kaffee auf!" Maggie, die sich bei Romi auskennt wie in ihrer Westentasche, deckt bereits den Tisch, Micha wirft die herrlich duftenden Croissants vom Bäcker gegenüber in das Brotkörbchen. Romi kämpft mit dem Korken der Sektflasche, den Tom beigesteuert hat. Ein paar Minuten später sitzen alles zusammen am reichlich gedeckten (späten) Frühstückstisch. Tom sagt: „so, Du hübsches Ding und nun erzähl, wie war Deine Zeit bei Deiner zukünftigen Schwiegermutter?" Romi glaubt sich verhört zu haben und spült ein Stück Croissant, in dass sie gerade herzhaft hineingebissen hat (zuvor noch Nougatcreme und Butter drauf gestrichen mhhh lecker!), mit einem grossen Schluck Milchkaffee hinunter, bevor sie vor Schreck noch daran erstickt. „Bitte? Oh nein Tömchen, bitte, fang doch nicht Du auch noch damit an." „Schon gut Liebes, wir lassen Dich in Ruhe." Rom, Micha und Maggie lachen. „Kommt, lasst uns kurz noch die Planung für unser Speeddate am Mittwoch sprechen. Catering steht, Teilnehmer haben alle zugesagt?" Ansonsten, irgendwelche offenen Punkte oder bedenken euerseits?", fragt Tom. Die drei Freunde bleiben noch 2 weitere Stunden.

Als alle weg sind, geht Romi in den Park um die Enten zu füttern. Als das Brot verfüttert ist, setzt sie sich glücklich auf eine Bank am kleinen Teich und ist froh, gerade einfach nur für sich zu sein. Es ist ruhig, hier und da hört man ein Kind jucksen, sicher freut es sich beim Spielen am nah gelegenen Sandkasten, ein paar Meter weiter vorne scheint ein älterer Herr einen Witz zu erzählen. Die weiteren Herren um ihn herum lachen und schlagen sich mit der Faust auf die Oberschenkel. Die Enten schwimmen auf dem See hin und her und hoffen auf weitere „Beute" der Park-Besucher. Romi atmet durch. Ein Moment der Stille. Was für eine Woche, was für ein Wochenende. Und nun, nur ich, die Enten, die Bäume und die Sonne. Und ein paar (mittlerweile nervige), alte Männer die über jedes Wort des Witzeerzählers übertrieben lachen. Ups, da fällt ihr ein, sie hat Caro noch nicht zurückgerufen. Naja, das macht sie später und vermutlich ruft sie auch noch bei ihren Eltern an, denn die müssten heute eigentlich wieder zurückkommen? Ach, man kann nicht alle Termine im Kopf haben. Mutter wird sich schon melden. Schon alleine aus Neugierde wegen dem Wochenende mit und bei Alexander. Romi hat nichts davon erzählt. Aber Caro hat es natürlich gleich den Eltern gesteckt. Die weiteren Stunden des Tages gestalten sich genau wie Romi es sich gewünscht hat, ruhig und entspannt. Nach einer abendlichen Runde „Couching" geht Romi früh und glücklich ins Bett.

12 – Ich hab's ja gleich gesagt

Zwei Tage später, Dienstag am späten Nachmittag. Romi hatte die Frühschicht im Kinderhort und hat sich, nach einer stärkenden Tasse Fertigsuppe zu Hause, in ihr riesiges Plüschherz geschwungen, um das morgige Speeddate erneut zu bewerben. Denn leider sind für morgen einige Teilnehmer wegen eines Magen-Darm-Infektes abgesprungen. Das geht um derzeit. Viele Kinder im Hort hatte es auch schon erwischt. Romi hat eigentlich immer Glück und bleibt von sowas Grösstenteils verschont. Ihr Körper hat halt auch einfach mehr entgegen zu setzen, als bei Knochengerippen, da ist sie sich sicher. Sicher auch ein Verdienst der leckeren, cremigen Doppelkekse, die Romi so liebt. Apropos Doppelkekse, da fällt ihr ein, der Vorrat geht ziemlich zur Neige. Muss gleich noch auf die Einkaufsliste. Wobei, die hat sie noch nie vergessen, spätestens an der Kasse, fällts ihr wieder ein, wenn sie in Gedanken nochmal alles durchgeht. Die Kasse… Die Schlange… Die Doppelkekse. Der Kaffee mit oder ohne Katzenkacke… Der freche Junge und Alexander. Und da hängen die Gedanken schon wieder an Alexander. Im Nachhinein erscheint vieles romantischer und schöner, als es in Wirklichkeit war. Erinnern wir uns zurück an den Tag auf dem Weg zu Caro, beim Zwischenstopp im Supermarkt, als Alexander dem frechen Rotzlöffel an der Kasse einen Becher Buttermilch übergeleert hat. Oder später, als sie mit Alexander zusammen in der romantischen Laube in Caro's und Richard's Garten sassen. An den späteren Krankenhausaufenthalt von Alexander mit Prellungen und dem Hundebiss im Hintern, denkt Romi nicht. So, nun zurück zur Realität.

Romi verteilt eifrig Flyer an potenzielle Kunden. Sie versucht anhand ihrer Erfahrung alleine durch die Beobachtung einzelner Passanten in der Stadtmitte zu ermitteln, wer Single sein könnte und dazu noch zur Teilnahme an Speeddates bereit. Das riesige, kuschelige Plüschherz, in dem sie steckt, tut sein Übriges, es ist so niedlich und gleichzeitig irrwitzig komisch, dass die Leute sehr gerne kurz stehen bleiben um einen Blick auf das „Innere" des Kostüms zu erhaschen. Ein paar Meter weiter entdeckt Romi eine Gruppe junge Leute, vermutlich Studenten, perfekte Zielgruppe. Sie bewegt sich auf die Gruppe zu und hofft den „Leitwolf" zu finden, als sich die Gruppe gerade, wie von Zauberhand, aus unerklärlichen Gründen in der Mitte teilt und Romi die Sicht auf etwas verschafft, dass sie eigentlich besser hätte nicht sehen wollen. Denn bis dahin, war ihr Tag in Ordnung, nein, sogar richtig gut.

Das, was sie jetzt gerade sieht führt ihr schmerzlich vor Augen, wie es eigentlich doch um ihr Gefühlsleben bestimmt ist. Die verdrängten Gefühle für den Macho-Alex. Da sind sie. Leider. Was sieht Romi? Sie sieht Alexander – zuerst – und möchte ihm gerade zuwinken und seinen Namen rufen – aber dann sieht sie, direkt daneben den Teufel in Person: die Supermodel Anwältin aus dem Supermarkt! Mit der kommt er gerade aus dem Café am Markt. Die Anwältin, die ihm im Supermarkt an der Kasse ihre Visitenkarte zugesteckt hat. Die, die sicherlich noch nieeemals eine Pizza ganz alleine gegessen hat. Die Zucker nicht kennt, oder auch fett. Oder Doppelfett, nämlich Pommes mit Majo oder Croissants mit Butter und Nuss-Nougat-Creme noch obendrauf. Die kennt nur die Waage, das Laufband und diese kalorienfreien Reispuffer. Blöde Schlampe. Ups. Und jetzt kommt der Gipfel des Unerträglichen: er umarmt sie, oder sie ihn, wie auch immer, sie umarmen sich. Boah widerlich. So ein blöder Arsch. Romi dreht sich um, sie kanns nicht mehr sehen. Sie hat bereits genug gesehen und weiss Bescheid. Sie ist gekränkt, verletzt, enttäuscht. Eingepresst in das riesige Herz fühlt sie sich unglaublich dumm, dämlich, naiv. Fett und hässlich noch dazu. Gefüllte Doppelkekse, ich komme nach Hause, rettet mich. Einerseits ist sie ziemlich getroffen. Doch andererseits zeigt es ihr, dass ihr aller erstere Eindruck von Alexander nun doch völlig richtig war, entgegen ihrer nervigen Schwester und Richard: Alexander ist ein egoistischer, ja sogar egozentrischer Schnösel, eingebildet bis an die Zehenspitzen, oberflächlich und abgehoben noch dazu. Romi legt die letzten, verbleibenden Flyer auf eine Parkbank, sie hat gerade keinen Nerv mehr dafür. Sie geht am Kiosk vorbei, kauft sich Doppelkekse (aber nicht die Mini-Packung, heute braucht sie die volle Dröhnung) und geht nach Hause. Dort kämpft sie sich aus dem engen und mittlerweile klebrigen Kostüm und setzt sich frustriert auf die Couch. Und frisst. Frisst, frisst, frisst. Der Seele tuts gut, die Hüfte jammert. Egal, was solls.

Gehen wir nun zu Alexander, sehen wir die ganze Geschichte aus seiner Perspektive. Es ist am Morgen des besagten dienstags. Bevor er nach seinem morgendlichen 10 km Schwimmtraining im hauseigenen Pool der Wohnanlage zum Duschen in sein Loft geht, öffnet er noch den Briefkasten. Werbung, Rechnungen, das Übliche. Aber was ist das? Ein Schreiben von der Bußgeldstelle. Genervt öffnet Alexander, mittlerweile wieder zurück in seiner Wohnung, den Briefumschlag. Mit dem Brieföffner natürlich. Jeder andere hätte den Umschlag bereits direkt nach dem Öffnen des Briefkastens mit den Händen aufgerissen. Nicht so Alexander. Er öffnet Briefe ausschliesslich mit der korrekten Methode. So vermeidet er unschöne Knicke und Risse. So, nun zum Schreiben. Was war passiert? In Kurzform: Alexander hat vor ein paar Wochen mit seinem Porsche eine rote Ampel überfahren, naja und die Ampel hat geblitzt. Er hat sie nicht absichtlich überfahren. Der Bremsweg hätte nicht ausgereicht und so hatte er sich entschieden, einfach nochmal aufs Gas zu treten. Da war die Ampel aber schon von gelb auf Rot umgesprungen. Mist.

Nach langem Überlegen, das Foto ist leider wirklich eindeutig, fällt ihm die Visitenkarte in seinem Sakko wieder ein. Von der Anwältin aus dem Supermarkt, von der er einen äusserst kompetenten Eindruck bekommen hatte. Alex holt die Karte raus und ruft an. Die Dame heisst Dolores und hat ihre Kanzlei ganz in der

Nähe von Alexanders Büro. Die beiden verabreden sich für den Nachmittag im Café am Markt, da Dolores im Anschluss an den gemeinsamen Termin noch eine weitere, allerdings persönliche Beratung ein paar Häuser weiter wahrnehmen muss. Prima. Das gefällt Alexander, spontan, flexibel, dann ist der Mist hoffentlich bald aus der Welt geschafft.

Alexander unterbricht also gegen 16:30 Uhr seine Tätigkeit im Büro und läuft in Richtung Marktplatz. Dolores sitzt bereits am 2. Tisch links und telefoniert, mit der einen Hand hält sie das Telefon, die andere Hand gestikuliert wild. Eine Powerfrau, definitiv, das sieht man gleich. Eine, der man nichts vormachen kann. Gepflegt, gutaussehend, intelligent und vermutlich 1000% genau. Toller Typ Frau. Aber sexuell für Alexander überhaupt nicht ansprechend. Warum auch immer. Einen „Typ Frau" hat er eigentlich nicht. Er hat sich auch noch nie darüber Gedanken gemacht. So viel Wert er auf sein eigenes Äusseres legt, umso weniger wichtig ist es ihm beim weiblichen Geschlecht. Die Sympathie muss passen. Das war's, nichts weiter. Alles andere ergibt sich von selbst. (Könnte von Konstanze kommen.... Er ist halt doch ihr Sohn).

Alexander setzt sich gegenüber, während Dolores noch zu Ende telefoniert. Das anschliessende Gespräch der Beiden ist nicht weiter erwähnenswert. Sie verstehen sich prima, Dolores kann ihm bei dem Problem mit der Bussgeldstelle helfen, nimmt das Schreiben an sich und verspricht, dass sie sich schnellstmöglich wieder mit ihm in Verbindung setzt, sobald es Neuigkeiten gibt. Die, wie Dolores sagt, ausschliesslich positiver Natur sein werden. Zum Abschluss gibt's für die Beiden noch einen Espresso und dann ist der Termin auch schon beendet. Noch eine kurze Small-Talk-Konversation über das Wetter und die Börse (Dolores kennt sich sehr gut aus), und Alexander zahlt. Dolores teilt Alexander mit, dass sie sich gleich noch mit ihrem Verlobten Olivér trifft, da sie gleich noch einen Termin beim Caterer hier um die Ecke haben, der den Empfang für ihre Hochzeitsfeier gestaltet.

Als Alexander und Dolores aus dem Café kommen, läuft ihnen auch schon ein mokkabrauner, unfassbar gutaussehender, französisch sprechender Adonis entgegen. Sein Name: Olivér. Eigentlich ein Typ „Alex", aber in der Latte-Macchiato Version und charmanter (keine Kunst). Alexander und Dolores drücken sich kurz zum Abschied. Würden wir nun aus Alexander's Perspektive zu dem riesigen, Flyer verteilenden Plüschherz schauen, würden wir sehen, wie sich die darin steckende Romi umdreht um das „schreckliche" Schauspiel nicht weiter mit ansehen zu müssen. Genau als das geschieht, dreht sich Dolores um und sieht ihren mokkabraunen Schokokuss. Dagegen wirkt Alexander blass, fahl und langweilig. WOW, Olivér, was für ein Mann! Olivér zaubert hinter seinem Rücken eine pinkfarbene Rose hervor, was ein Romantiker und Dolores küsst ihn herzlich auf den Mund. Danach macht sie Olivér und Alexander miteinander bekannt. Nach ein paar weiteren Sätzen Smalltalk trennen sich die 3 und laufen in verschiedene Richtungen. Alexander zurück ins Büro, denn Arbeit gibt es immer und Dolores und ihr Adonis zum Hochzeits-Caterer. Und Romi? Na die hat sich zwischenzeitlich mit Doppelkeksen versorgt und befindet sich auf dem Heimweg. Traurig, verlassen, allein.

13 - Gefühlschaos

Wieder 2 Tages später. Nachdem Romi weiterhin die Anrufe von Alexander ignoriert hat, fühlt sie sich etwas gestärkt. Am heutigen Donnerstag, so meint sie, geht sein Flug nach Shanghai. Dann ist der erstmal weg. Naja, vielleicht bleibt er auch weg, wer weiss, vielleicht lernt er eine asiatische Zauberperle kennen und wird dort heimisch. Oder die Barbie fliegt gleich mit. Nur schade um Konstanze. Romi hat Alexanders Mutter richtig lieb gewonnen. Eine so unglaublich aufgeschlossene, noch dazu herzliche Person hat so Einen als Sohn. Die Ärmste.

In diesem Moment läutet das Telefon. Kaum zu glauben: Konstanze! Das war wohl wirklich Telepathie.... Romi ist etwas verwundert, nimmt dann aber das Telefonat an: „Hallo und guten Morgen Konstanze." „Guten Morgen mein liebes Kind. Wie geht es Dir?" Und ohne die Antwort abzuwarten, legt Konstanze gleich los: „Ich dachte jetzt, da Alexander ja zu Robert's Hochzeit nach Shanghai fliegt und Du ihm jetzt letztendlich doch wegen Deinem Bein nicht begleiten kannst, ja also deshalb wollte ich Dir anbieten: falls Du nichts vor hast am Wochenende, meine Türen stehen Dir immer offen." Oh nein ist die zuckersüss denkt Romi. Aber was hat der ihr wieder erzählt? Am Bein.... So ein Blödkopf. „Konstanze, das ist so wahnsinnig lieb von Dir. Aber ich habe am Samstag eine Schicht angenommen (das stimmt, allerdings im Kino an der Abendkasse, nicht im Flieger), ich vertrete eine Kollegin und da kann ich leider nicht mehr absagen." „Oh, wie schade, Horst hat nämlich frische Pralinen gebracht!" Beide lachen. „Kannst Du trotz Deines Beines arbeiten?" „Ja Konstanze, das geht, ich bleibe am Schalter (was ja wirklich stimmt, der Kinoschalter)." „Nun gut, aber mein Angebot gilt für alle Zeit, Du weisst." „Ich danke Die vielmals Konstanze, das ist so lieb. Ich komme sehr, sehr gerne auf Dein Angebot zurück." Die beiden verabschieden sich und legen auf. Eigentlich könnte ich Konstanze wirklich mal wieder besuchen, denkt Romi, irgendwann in den nächsten Wochen. Alexander ist ja sowieso nie dort. Das sagt auch schon alles aus über den, so eine liebe Mutter und so ein Traum von Anwesen. Ich glaub, dass weiss er gar nicht alles zu schätzen.

Romi hat die Mittagsschicht im Kinderhort. Eigentlich macht sie die gerne, denn die Kids sind nach dem Essen erstmal müde. Meistens jedenfalls. Und bei dem schönen Wetter geht's dann nach einer kurzen Pause raus auf den Spielplatz zum Toben. Ah, sie muss Francesca noch anrufen, fällt ihr ein. Die hat sie vorhin weggedrückt, als sie zur Toilette wollte. Dringend. Dann vergessen zurück zu rufen. „Hallo Makkaroni, wie geht es Dir?" „Romi-Schatz, bei mir soweit alles gut, aber was ist mit Dir los? Du meldest Dich nicht, auch Tom sagt Du seist irgendwie verändert? Beim gestrigen Speeddate hast Du teilweise total abwesend gewirkt, nachdenklich und betrübt. Er wollte Dich nicht gleich fragen und hat mich angerufen." Ja, das ist wohl wahr. Gegenüber den Gästen hat sich Romi natürlich nichts anmerken lassen. Professionell wie immer hat sie mit ihren Kollegen das Speeddate erfolgreich durchgeführt. Dieses Mal, so hatte es den Anschein, haben sich relativ vielversprechende Paarungen gefunden, aus denen mehr werden könnte. Das hat Romi gleich auf den ersten Blick gesehen, wenn die Gäste die Tische gewechselt haben und auf ihr neues Gegenüber gestossen sind. Bei einigen konnte man, bereits ohne Frage-Antwort Spiel, schon die Herzchen fliegen sehen. Und das ja, das hat sie nachdenklich gemacht. Wieder musste sie dabei an den blöden Schnösel Alexander denken. Und an die Anwalts-Barbie. Mehr möchte sie sich nicht vorstellen. Ja und manche unserer Gedanken, gerade in Momenten in denen wir denken, wir seien unbeobachtet, schreiben uns Geschichten ins Gesicht.

So auch bei Romi und Tom hat es gleich bemerkt. Feinfühlig wie er ist, hat er sie nicht drauf angesprochen, sondern sich an Francesca gewandt. Aber die wusste auch nichts. „Romi, Tom hat gesagt, Du seist gestern nach dem Date-Event noch nichtmal mehr mit zur Pommes-Bude? Du hättest keinen Hunger gehabt? Halloooo, was ist mir Dir los? Ob Hunger oder nicht, einer Portion Pommes mit schön fett Majo zu später Stunde warst Du doch noch nie abgeneigt?" „Es ist nichts, Francesca. Alles ok. Ich hatte Kopfschmerzen." „Das glaube ich Dir nicht. Entweder Du sagst mir sofort, was los ist, oder ich überfalle Dich heute Abend in Deiner Wohnung und zwar zusammen mit der restlichen Sippe (Tom, Maggie, Micha), dann musst Du die Katze aus dem Sack lassen! Es ist wegen Alexander, nicht wahr?" Romi schweigt, schluckt kurz und dann: „Ja und nein. Du erinnert Dich, entgegen aller anderer Meinungen, wie von Dir oder auch meiner Schwester, hatte ich von Anfang an gesagt, der ist ein egoistischer Schnösel. Und das hat sich bewahrheitet, meine Menschenkenntnis ist wohl doch nicht so schlecht. Und ich möchte jetzt bitte, dass ihr alle mich endlich in Ruhe lässt mit diesem Alexander-Thema." Oh, so kennt Francesca Romi nicht. Sie muss wirklich ziemlich verletzt sein. „OK, verstanden Romilein." Was auch immer passiert sein mag, sicher wirst Du es mir irgendwann erzählen. Irgendwann, Romi. Vielleicht heute Abend?" „Ok, ich erzähle Dir die Kurzform, jetzt gleich." Romi rasselt schnell und ohne viel Umschweife das Erlebte herunter. Francesca ist geschockt. Und was macht man als Freundin? Man macht den Typen fertig, der seiner Freundin weh getan hat. Aber zuallererst stärkt man ihr den Rücken. Vonwegen Arschloch und ich habs ja gleich gewusst und sowieso nicht gut genug für den Schlappschwanz! Denn die beste Freundin spürt den Schmerz (fast) genauso. Und dann, ja dann heckt man vielleicht noch einen kleinen Racheplan aus.

Genauso wird es laufen. So war es mit 15 und mit äh mittlerweile 29,5 Jahren wird es genauso laufen! So sieht's aus! Verdammtes Männerpack. „Weisst Du was Romi? Es gibt noch einen Grund, warum ich anrufe. Ich wollte Dir eigentlich sagen, dass ich am Sonntag zu Fabricio nach Neapel fliege." „Achso, ich dachte er wollte diese Woche nach München kommen bzw. wäre sogar schon da?" „Ja, war aber so geplant, aber er hat in 3 seiner Filialen erkrankte Mitarbeiter. Reiner Zufall, nichts weiter, dort geht gerade irgendwas mit Magen-Darm um und da kann Fabricio jetzt unmöglich weg. Er hat zwar relativ schnell Hilfskräfte bekommen, aber die können ja auch nicht gleich alles von heute auf morgen. Teilweise lernt er sie selbst an bzw. stellt die Dienstpläne um, so dass langjährige und erfahrene Mitarbeiter die neuen Kollegen in den verschiedenen Filialen anlernen können bzw. sich abwechseln. Eigentlich kommt's mir grade ganz gelegen. Einfach mal raus hier, nach dem ganzen Mist. Wir können ja auch alles in Italien klären. Und so sehe ich auch mal wieder Oma und Opa. Und Hellen (die Geschäftspartnerin von Francesca) kümmert sich in der Zwischenzeit ums operative Geschäft in unserer Eisdiele. Ist ja kein Problem. Ich mache ja zum Grossteil das Büro. Die Arbeit rennt mir bis nächste Woche nicht weg und die Löhne sind gezahlt. Ausserdem gibt's Internet. Alles prima. So, Romi, Schatz, jetzt weisst Du alles und gleich weisst Du noch mehr, denn: Achtung: Du kommst ganz einfach mit nach Italien, was hält Dich hier? Du musst auf andere Gedanken kommen und einfach mal hier raus. Montag ist hier sowieso Feiertag, na, was denkst Du? Wir schlafen bei Nonna und Nonno, die freuen sich auch, Dich mal wieder zu sehen, ich glaube sie waren zuletzt vor 5 Jahren in Deutschland. Weisst Du noch, als wir zusammen gegrillt haben und sie den guten Mozzarella auf dem Tisch geschnitten haben, aus dem die Sahne floss?! Mhhh ... lecker." Romi muss lächeln. Etwas lächeln. „Ja, ich erinnere mich Makkaroni, Du meinst Burrata." Ja, das musst Du mir sagen, als bayrisches Madel kennst Du Dich gut mit den italienischen Spezialitäten Bestens aus." Nun lachen Beide. „Und, was ist jetzt, freust Du Dich?" „Ich weiss nicht, ehrlich gesagt, ob ich mit soll? Mal wieder raus ist eigentlich keine schlechte Idee. Der letzte Auslandsaufenthalt ist schon einige Jahre her."

Romi überlegt. Francesca fackelt nicht lange und sagt: „Also, ab-gemacht. Am Sonntag geht's los. Ich fahre direkt mit dem Taxi zum Flughafen, das machst Du auch (Zusammen fahren wäre Schwachsinn, Francesca wohnt am anderen Ende der Stadt). Ich sende Dir nachher noch die Flugnummer etc. Es sind noch Plätze frei, also beeil Dich mit dem Buchen Romi"! Eigentlich hat Francesca Romi total überrumpelt. Aber eigentlich macht ihr das gar nichts aus. „Gut, also abgemacht, am Sonntag geht's los", be-schliesst Francesca, ohne ein eindeutiges „JA" von Romi gehört zu haben. „Wenn Du nicht am Flughafen bist, lasse ich Dich hin-schleppen, das sag ich Dir und zwar von Tom!" (Der liebe Tom kann unfassbar aufdringlich und nervtötend sein)

Und dann vergisst Du den peinlichen Schnösel, bei all den italie-nischen Amigos. Einer heisser als der andere. Und kochen können die, ich sag's Dir! Und dann meine Zuckerschnitte, wäre ja da noch mein Bruder Fabricio, eine Augenweide! Der sticht jeden aus! Du wirst begeistert sein. Ein rassiger Italiener, ein Ramazotti Rosato und eine Platte frischer Anti-Pasti. Was gibt's Schöneres für 2 bayrisches Madel? Hä? Und dann denkst Du nicht mehr an den verzogenen Trottel. Der hat in Shanghai dann sicher schon so eine Fidschi-Funsel abgeschleppt, so eine, bei der der Pippi-Mann noch dazwischen baumelt. Du weisst schon." „Um Himmels Wil-len Francesca, ich bitte Dich!" „Ist ja schon gut, aber ich bin doch fast genauso sauer auf den wie Du!" „Ja, aber trotzdem beleidige ich doch nicht wildfremde Menschen." „So ist sie, die Romina, immer korrekt und empathisch! Das lieben wir so an Dir, Mausi! So, und jetzt Butter bei die Fische: Flug buchen UND ZWAR NOCH HEUTE, Tasche packen, viel brauchst Du nicht und den Trottel aus dem Hirn verbannen!" Yeah, so wird's gemacht." Da kommt schon die rassige, italienische Hälfte aus Francesca raus. Lustig. Trotz ihrer manchmal ziemlich markanten und direkten Art, ist sie doch gleichermassen ein unglaublich feinfühliger Mensch. Nach einem weiteren Bisschen hin und her Gedruckse von Romi, entschliesst sie sich spontan: „ok Makkaroni, ich komme mit!" Eigentlich kann Romi gerade selbst nicht glauben, dass sie zugesagt hat, aber sie hat das Gefühl, dass sie – genau DAS – jetzt braucht. Mal raus hier, weg von Allem, war eigentlich sowieso schon lange überfällig. In der Kita wurde sie sowieso gebeten, Stunden ab zu bauen, die Übrigen, die noch von Vertretungszeiten auf dem Zeitkonto stehen.

Romi und Francesca beenden das Gespräch und Romi kontaktiert gleich ihre Chefin vom Kinderhort. Gott sei Dank stimmt die gleich zu und so steht dem kleinen Kurztrips der bayrischen Madel ins schöne, ferne Neapel nichts, aber absolut gar nichts mehr im Weg.

Alexander sitzt derweil bereits in der Business Class des riesigen Airbus und trinkt den ersten Schluck seines Drinks. Auf dem Tisch, wie kann es anders sein, das Tablet mit den sich bewegenden Kurs-Charts. W-LAN hat er im Flieger bereits gebucht, noch bevor er auf seinem Platz sass. Nur nichts versäumen. Der Flug scheint nicht ganz ausgebucht und so geniesst Alexander die Ruhe, keiner neben ihm und nur ein Mann vor ihm. Und hinterm ihm: herrliche Ruhe. Ein Traum. Scheinen heute alles Geschäftsreisen zu sein. Auch wenn Alexander oft und wenn dann immer Business Class fliegt, ist er trotzdem genervt von den ständig quengelnden Plagen weiter hinten im Flugzeug. Die Kabinen sind nur durch dicke Vorhänge abgetrennt, das Geblärre erstreckt sich durch das ganze Flugzeug. Auch das Personal scheint heute angenehm. Ein erfahrener Stuart reicht ihm noch ein Kissen und eine Decke. Auch nicht schlecht, die Schubse letztes Mal hat ihn komplett mit Tomatensaft eingesaut. Dabei war das noch nicht mal seiner. Alex mag keinen Tomatensaft. Man war das ein Ärger.

Ein paar Stunden später, Alexander befindet sich bereits seit geraumer Zeit in Reiseflughöhe, gönnt er sich mal ein kleines Nickerchen. Das Auf- und Ab bei Öffnung und Schliessung der unterschiedlichen Handlungszeiten der Börsen ist vorüber und somit wird in den nächsten Stunden wohl nichts Aussergewöhnliches mehr passieren. Alexander lehnt sich zurück und schliesst die Augen. Von oben bläst die Klima-Anlage künstliche, kalte Luft in Alexanders frisch rasiertes Gesicht. Alexander liebt das.

Noch ein paar Stunden und er wird im heissen, schwülen, feuchten Shanghai aussteigen. Aber er sieht Robert und darauf freut er sich ungemein.

Wieder ein Weilchen später, Alexander erwacht so langsam aus seinen tiefen Träumen. Auf seinem Gesicht ist noch ein kleines, kaum wahrnehmbares, aber glückliches Lächeln sichtbar. Etwas verwirrt und schlaftrunken schaut er zum Sitz neben sich. Er blickt nach vorne und wieder zum Sitz. Augenblicklich wird ihm klar: das war wohl ein Traum. Etwas enttäuscht drückt er seinen Kopf zurück in den Sitz und schaut aus den Fenster zu den dichten, weissen Wolken.

Am Abend checkt Alexander bereits im Ritz ein. Robert hat Alexander, zusammen mit seiner zukünftigen Frau Mei Ling, am Flughafen abgeholt. Gemeinsam haben sie noch einen Cocktail zur Begrüssung zu sich genommen und anschliessend hat Robert Alexander zum Hotel gebracht. Seine Frau wartet am Flughafen noch auf weitere Gäste. Eine sehr nette Frau, hat Robert da. Bislang hatte Alexander nur Bilder gesehen und kannte die (schwärmerischen) Erzählungen von Robert. Mei Ling spricht fast akzentfreies Deutsch. Sie scheint ihm auch die Stirn bieten zu können, was nicht leicht ist, Robert ist unglaublich intelligent, rechthaberisch und eigensinnig. Aber die hat ihn gezähmt.

Alexander ist im Zimmer angekommen, wirft sich aufs Bett und knöpft das nasse Hemd auf. Angenehm kühl ist es im Zimmer. Laut Robert's Geschäftspartner soll der Service hier im Hotel top sein, aber wie auch immer, Alexander wird wohl nicht viel Zeit hier verbringen. In ein paar Stunden beginnen die Hochzeitsfeierlichkeiten und direkt danach fliegt das Brautpaar in die Flitterwochen. Alexander nimmt bereits den Flug am Sonntag und durch die Zeitverschiebung wird er in der Nacht von Samstag auf Sonntag bereits wieder in München landen. Nach einem kurzen Nickerchen im Hotelzimmer schlüpft Alexander in seine Trainingsklamotten und powert sich im Fitnessstudio erstmal richtig aus. Nach dem langen Flug tut das richtig gut. Die Beine und der Rücken schmerzen von der ewigen Hockerei. Danach greift er noch an der Salatbar zu und gönnt sich im Nachgang einen Whiskey und dann geht er auch schon zu Bett. Ein paar Stunden Schlaf und dann ist es auch schon so weit: Robert's Hochzeit steht an, unglaublich aber wahr. Alexander hätte nie und nimmer gedacht, dass Robert mal heiratet. Nun ist es also soweit. Alex schnappt sich beim Frühstücksbuffet einen Obstsalat und geht zum Eingang des Hotels, dort steht auch schon die erste Limousine für die Hochzeitsgäste bereit. Alles zu 1000 Prozent geplant, Robert halt. Die Limousine hält 20 Minuten später an einer Art Park, direkt am Wasser, ziemlich schön gelegen, muss Alex zugeben. Kurz und knapp zusammengefasst: Alexander läuft in den, extra für die Hochzeit, separierten Bereich. Rechts und links sind Stuhlreihen aufgebaut, 20 an der Zahl, beidseitig. Eine Reih á 10 Plätze, macht in Summe 200 Gäste plus die paar, die immer erst zur Feier erscheinen, sich vollsaufen und anschliessend das Buffet leer fressen. Die gibt es immer, auf jeder Hochzeit. Alexander mag eigentlich keine Hochzeiten. Normalerweise gehört auch er zu denen, die erst später auftauchen. Aber vollsaufen ist für Alex nichts. Er trinkt nur, was ihm schmeckt und das in Maßen. Whiskey, ja, vorallem Whiskey. Schon oft hat er Leute beobachtet, denen der Alkohol jegliche Hemmung davonweht, die sich dann total vergessen, die sogar teilweise absolut abscheulich und widerwärtig wurden. Nicht zu vergessen die, die alles vollkotzen oder sogar in die Hose machen. Unfassbar. Man glaubt es nicht, aber Alexander hat es schon gesehen. Vorrangig in der Zeit als Barkeeper, während des Studiums. Da Mei Ling aus einem sehr traditionsbewusstem Land und einer guten Familie stammt, nimmt er an, dass es hier nicht zu peinlichen Feierlichkeits-HOCH-Zeiten kommen wird. Alexander schaut auf die Uhr und sagt zu sich selbst: „noch 10 Minuten, dann müsste es losgehen."

Ein, zwei Minuten später setzt sich ein ziemlich verliebtes Pärchen neben ihn und grüsst freundlich. Direkt vor ihm ebenso. Kaum haben sie sich hingesetzt, schon hängen sie aneinander. An Händen, Füssen und am Mund. Nun legt sie ihren Kopf auf seine Schulter. Er streift ihr sanft durchs Haar. Alex mustert das Paar sicher von hinten. Sein Blick wandert von den Köpfen über die Oberkörper bis hinunter zum Schuhwerk. Apropos Schuhwerk: die sind barfuss. Machen gar nicht den Eindruck wie super-Ökos. So kann man sich täuschen. Und was bitte ist das? Ach Du meine Güte. Eigentlich hätte er gedacht, dass gerade Shanghai mittlerweile ziemlich an den westlichen Standards orientiert ist, aber die Frau hat abartig Haare an den muskulösen Beinen. Fast wie ein Kerl. Der Mann neben ihr, also ihr Freund oder was auch immer, fächert ihr mit dem Programmheftchen Luft zu, dann erwischt er damit ihre Brille und sie fliegt mit einem Wisch nach hinten auf Alexanders Schoss. Alexander schaut, noch immer ziemlich gefesselt von den haarigen Fesseln, hoch, die Beiden drehen sich zu ihm um. „Entschuldigen Sie bitte vielmals", sagt der Mann und die haarige Frau auf deutsch: „Alex? Nein, sag, dass Du es bist? Ich glaub's ja nicht, Dich hab ich ja schon ewig nicht mehr gesehen!" Sie dreht sich zu ihrem Freund und sagt: "Hendrik, das ist Alexander, Du kennst doch die Geschichten aus meiner Studentenzeit, das ist der Alex, der immer an der Bar sass und zusah, wenn wir anderen uns zu später Stunde blamierten." Hendrik lacht, Alexander nicht: Auch hat er noch immer nichts gesagt, er schaut gerade etwas verwirrt. „Wie geht es Deinem Cousin, Raffael, wir hatten mal vor Jahren Kontakt auf StudiVZ, aber das gibt's ja schon ewig nicht mehr und in Facebook bin ich nicht. Ich bin dieser ganzen Cyber-Scheisse abtrünnig geworden. Das wahre Leben spielt wo anders, meiner Meinung nach." Nun endlich öffnet Alexander langsam den Mund und sagt: „entschuldige Bitte, aber ich kann Dich gerade überhaupt nicht einordnen. Woher kennen wir uns?" „Na ich bin's Alex, der Mario, bzw. ich war der Mario. Ich heisse jetzt, in meinem neuen Leben (und drückt Hendrik's Hand gerade ganz fest vor Dankbarkeit), Ariane. Am 3.1. warn's schon 2 Jahre. Und ich kanns immer noch nicht glauben, ich bin so dankbar und glücklich." „Oh ah achso, also Du hast ähm, also richtig oder, optisch, oder wie ist das?" (Ich sag nur: Wassermelone!). Ariane lacht herzlich: „richtig wurde es gemacht, genau. Ich habe Hormone bekommen, die nehme ich schon seit Jahren und es wurde Haar transplantiert, die Brüste wurden geformt und vor 1.5 Jahren wurde mir der Penis entfernt (Alexanders Augen weiten sich gerade in unvorstellbarem Maße) und daraus haben die dann die neue Mumu geformt." „Wo hast Du das machen lassen?" „In Berlin und rate mal, wer mir zu meinem grossen Glück verholfen hat?" „Robert?" fragt Alexander etwas treu doof und völlig überfordert mit der Situation. Auch Ariane und Hendrik schauen gerade etwas blöd drein, keiner versteht, warum Robert das getan haben sollte…Alexanders Gedankengänge sind oftmals unerklärlich. „Nein, Du Dummerchen, hier mein Hendrik war's!" „Ahhh!"

Alex denkt nur: wo ist das verdammte Brautpaar in Herrgotts Namen, das ist ja nicht zum Aushalten.

In diesem Moment ertönen leise Klänge aus einer Klangschale, gespielt von einer sehr hübschen Dame in traditionellem Gewand. Robert erscheint von vorne, stellt sich an den Altar und winkt allen Gästen zu. Er sieht nervös aus, denkt Alex. Aber eigentlich ist Robert alles andere als nervös. Er kann es nur nicht abwarten endlich seine Mei Ling zu heiraten. Er freut sich einfach nur tierisch. Aber das könnte Alex nicht verstehen. Die leisen Rufe „oh", „ah", „da seht, da ist sie", kündigen die Ankunft der Braut an. Mei Ling wird von ihrem Bruder Hong zum Altar geführt. Mei

Ling schreitet nach vorne und Hong übergibt sie an Robert. Der drückt ganz fest ihre Hände und hat dabei glasige Augen. Was hat die denn aus dem gemacht Mensch, denkt Alex, das ist ja eine richtige romantische Flitzpiepe…Jetzt kommt nur noch, dass er Grillfeste im Garten feiert und sich einen Wohnwagen kauft, 2 Kinder bekommt und in ein Reihenhaus umzieht. Also, sofern es hier sowas gibt, aber ihr wisst schon. Die Trauung findet Zweisprachig statt. Der deutsche Priester hat eine wunderschöne Rede vorbereitet, das muss man ihm lassen, regelmässig werden Taschentücher gezückt. Sehr berührend. Er spricht von der Liebe, dem Anfang, dem Leben dazwischen und dem Ende. Aber sehr schön. Ariane schluchzt, Hendrik tröstet ihn äh sie. Das Pärchen neben ihm hält sich gegenseitig die schwitzigen, feuchten Hände und nickt sich bei fast jedem Wort vom Priester zu. Oh Gott ist das rührend…So wie Alexander ist, eben abschätzig Gefühle anderer gegenüber, wundert er sich gerade ein bisschen über sich selbst, dass die Worte des Trauredners scheinbar auch bei ihm ein – ganz kleines –bisschen Anklang finden: „So ist es zum Beispiel mit der Liebe, sie suchet nicht, sie findet Dich, sie sitzt in Personen, die wir niemals als unseren Partner auserwählt hätten, aber die Liebe hat uns zusammengeführt…." Ein klein – klitzeklein – bisschen setzt die Melancholie ein, also bei Alex, die anderen Gäste stecken sowieso schon voll drin. Normalerweise tut Alexander so einem schnöden Gelaber nix ab. Er dreht sich und wirft einen Blick in die Runde, schaut zu den anderen Gästen. Robert's Mutter schluchzt was das Zeug hält und wird immer wieder von (vermutlich) Mei Ling's Mutter herzlichen gedrückt. Alex findet gerade wieder zu seiner alten Form, als ein unerklärlicher, bekannter, ja fast liebgewonnener Duft in seiner Nase aufsteigt. In dem Moment ist es, als verneble ihm irgendwas die Sicht.

Er schliesst die Augen, für einen kurzen Moment, um nochmal zu riechen. Was war das? Und dann, ganz plötzlich spürt er Romi's Hand in der seinen, ihren Geruch, nicht nur ihr Parfum, nein, ihr

Geruch, der Geruch ihrer Haut, ihrer Haare, alles. Er sieht in seinen Gedanken wie sich das schöne blaue Kleid im Wind bewegt, als sie mit Raffael die Treppe zur Bibliothek hochschreitet. Er sieht, wie ihre Haare im Wind wehen, als sie im Beiwagen nach Mops Pedro sucht. Er sieht sie, wie sie mit seiner Mutter beim Tee auf der grossen Terrasse im Garten sitzt, mit ihr Horst's Pralinen nascht und herzlich lacht. Er sieht noch viele andere Dinge, Dinge, die er sich eigentlich nicht erklären kann. Nach einer Weile kommt er etwas zu sich, es ist ihm, als hätte ihm etwas die Sinne vernebelt, er fühlt sich seltsam, seine Augen sind schwummrig und NEIN, Alexander hat keine einzige Träne während der ganzen Feier vergossen.

Ein wenig später, die Trauung ist zu Ende und Robert und Mei Ling stellen sich auf um die Glückwünsche der vielen Gäste entgegen zu nehmen. Nun ist Alexander's Sitzreihe dran und er steht auf. Ariane dreht sich um und sagt: „also mein Lieber, dann sehen wir uns gleich beim Empfang!" „Ja, bis gleich", sagt Alex und hofft, dass dem nicht so ist. Er hat keinen Bock auf noch weitere Details der Umformung von Geschlechtsteilen. Das kommt ja einer Kastration gleich. In ihm schüttelt sich alles, er stellt sich vor…, nein, besser nicht… boah muss das weh tun.

Alexander steht nun in der Reihe der Gratulanten an zweiter Stelle und ist gleich dran. Mei Ling und Robert sehen glücklich und erleichtert aus, sicher sind sie froh, dass die Hochzeitsrede so schön war und natürlich, dass sie jetzt verheiratet sind. Na endlich, Robert streckt bereits die Arme nach Alexander aus und Beide drücken sich ganz fest und klatschen sich gegenseitig auf die Schulter. Nun nimmt auch Mei Ling Alexander in die Arme und sagt mit einem klitzekleinen Akzent: „Na Alexander, hat Dir die Traurede gefallen?" „Ohja, sie war äusserst äh – ihm fehlen die Worte – harmonisch." Alle Drei schauen sich an und Alexander überlegt noch immer nach dem richtigen Wort. „Was ist mit Dir Alexander, Du bist etwas blass und Du hast Schweiss auf der

Stirn, ist Dir nicht wohl?", fragt Mei Ling besorgt. Und es stimmt noch vor 10 Minuten sah Alexander anders aus, wacher, frischer. „Ich weiss auch nicht, irgendwie geht's mir gut, aber ich fühle mich, als wäre ich da und doch nicht, versteht ihr?" „Wie schön", sagt Mei Ling, „Alexander, weisst Du, was mit Dir los ist?" Du wachst gerade aus einer Art Trance auf, also keiner richtigen Trance, aber meine Cousine, Belle, ist Reiki-Lehrerin und spezialisiert auf Entspannungstechniken für Geschäftsleute, damit verdient sie ihr Geld. Und das Spielen der Klangschalen, je nach Klangmuster, kann in gewisser Weise eine Art Traumzustand im Wachzustand hervorrufen. Anfällig ist man, wenn man aufgrund von Stress und anderen Faktoren wenig geschlafen hat und keine Zeit hatte, seine wirklichen Gedanke und Gefühle zu ordnen oder zu leben." „Achso", sagt Alex und lenkt gleich ab, „dann war es wohl das. Und nun, wann geht es los zu eurer Hochzeitsreise nach Bali?" „In 5 Stunden geht der Flieger", sagt Robert, „aber bis dahin feiern wir alle noch gemeinsam. Ich, nein, wir (Robert und Mei Ling lächeln sich an), freuen uns aus ganzem Herzen, dass Du da bist. Ich hätte Dich gerne als meinen Trauzeugen gehabt, aber das hat man hier nicht. Aber das brauchen wir auch nicht, das Band zwischen Dir und mir ist dick genug und nicht zu durchtrennen!" „Wie wahr, wie wahr mein Bruder", sagt Alexander, dreht sich um und geht bereits in Richtung der Bar an der bereits freundlich lächelnde, asiatische Damen mit vollbeladenen Tabletts die Gäste begrüssen. Alexander setzt sich direkt an die Bar, probiert einen Schluck von dem bunten Gesöff und stellt es auch schon wieder bei Seite. „Whisky on the Rocks, please." Der Barkeeper kümmert sich um die Bestellung und liefert prompt nach einer Minute ab. Alexander nimmt einen kräftigen Schluck, spült mit dem eiskalten Whiskey den trockenen Mund und nimmt sogleich noch einen Schluck. Da fällt ihm ein: „Mist, ich habe den Whiskey-Store vergessen, wo ich das Geschenk für die Hochzeit kaufen wollte…" Nur gut, denkt er, dass Robert und seine Frau gleich danach zur Hochzeitsreise aufbrechen, das Geschenk liefert er dann nach.

Aber das wäre gerade ein guter Grund, mal wieder bei Romi anzurufen, er hatte sie vor seiner Abreise nicht mehr erreicht und hatte sich Sorgen gemacht, wollte aber auch nicht einfach so vor ihrer Wohnung auftauchen. Aber Konstanze hat mir ihr telefoniert und sagte, es gehe ihr gut, also von dem her. Alex steht auf und geht in den grossen Garten. Dort stellt er sich unter einen grossen Baum mit wunderbar duftenden Blüten, holt sein Handy aus der Tasche und wählt Romi's Nummer.

Romi hat sich nach der Arbeit einen neuen Badeschaum gegönnt und lässt sich gerade das Badewasser ein. Der feine Duft durchströmt die kleine Wohnung und verwandelt alles in eine Art Blütenmeer. Romi zieht noch ihre Unterwäsche aus und steigt genüsslich, einen Fuss nach dem anderen, in das schöne, heisse, duftende Wasser. Bevor sie „abtaucht", schaltet sie ihr Handy aus. Lautlos geht, aber will sie nicht, denn die Blinkerei, wenn einer anruft, geht ihr auf die Nerven. Aus das Ding, wer jetzt was will, der ruft auch wieder an. In der Abgeschiedenheit ihrer Badewanne geniesst sie nun eine Stunde die wohltuende Wärme des Wassers und versucht einfach mal an gar nichts zu denken. Oh, Romi öffnet die Augen, da fällt ihr ein, sie muss noch packen. Was nimmt sie da bloss hin mit, also nach Neapel? Naja, noch ein bisschen Zeit ist ja noch. Wieder zurück die Gedanken auf „nichts" gestellt und weiterträumen.

Alexander steckt das Handy enttäuscht in seine Tasche. Romi nimmt nicht ab. Auf die Idee, sie verärgert zu haben, kommt er nicht, warum auch. Denn er hat sich ja wirklich nichts zu Schulden kommen lassen. Es war ein sackdoofes Missverständnis und ein ultrablöder Zufall, dass Romi gerade zu diesem Zeitpunkt am besagten Ort war. Aber davon weiss Alexander nichts. Noch nicht. Er wird es später nochmal bei ihr probieren und dann wieder, wenn er zurück in München ist. Vielleicht gehen sie mal Kaffee zusammen trinken. Oder vielleicht trifft er sie auch mal zufällig, bei Richard und Caro. Denn Richard und Alex sind jetzt „best

Buddies". Oder sogar bei Konstanze... wer weiss. Achso, Konstanze, Mist, ich sollte mich melden, wenn ich gut gelandet bin.... Mutter ruft nicht an, wenn ich im Ausland bin, fällt Alexander ein, es könnte ja Unsummen an Kosten verursachen. Das kriegt er aus ihr nicht mehr raus. Sie hatte vor 30 Jahren mal ein Auslandsgespräch in den Kongo, fragt nicht warum, Alex hat's nie kapiert, aber das hatte damals 74,- Mark gekostet und obwohl Alexander's Familie wirklich nicht gerade arm ist, hat ihr das ewig zu schaffen gemacht. Die Überredung zu einem Handy, war Nobelpreis-Verdächtig, 3,5 Jahre hat es gedauert und wenn Horst nicht bei der Überzeugungsarbeit geholfen hätte, wäre auch das unmöglich gewesen.

Nach dem kurzen Pflichttelefonat mit seiner Mutter geht Alexander wieder zurück zur Feier. Mittlerweile ist das Buffet eröffnet und die Gäste drängen sich dicht an dicht. Das Buffet ist der Wahnsinn, das muss Alexander zugeben. Ein Hauch von Allem, exotisch, international, einige Platten typisch deutsch, einfach lecker. Für Romi und Mutter wäre das hier ein Paradies, denkt er. Er nimmt sich einen Teller und stellt sich ans Ende der Reihe des Vorspeisen-Buffets. Er schaut sich nochmal schnell um, ah, Gott sei Dank, keine Ariane und Hendrik in Sichtweite. Wieder rückt er ein paar Meter vor. Die Platte mit den Schinken-Melonen-Röllchen ist in Sicht, als er von hinten sanft an der Schulter berührt wird. Er dreht sich rum. „Na da sind wir schon wieder, Alexanderchen, wo warst Du, wir haben Dich schon gesucht? Wir haben den Tisch da hinten und haben Dir einen Platz freigehalten." Naja, das war wohl nix, denen aus dem Weg zu gehen. Dicht gedrängt stehen Ariane und Hendrik nun hinter ihm und freuen sich über seine Gesellschaft später am Tisch. „Oh danke", sagt Alexander, „aber ich werde nicht mehr allzu lange bleiben. Der Flieger geht schon bald und ich wollte mich noch einen Moment in Shanghai umsehen." „Das ist prima, das hatten Hendrik und ich auch vor, nicht wahr Schatz?" „Ja mein Liebes, unbedingt", antwortet Hendrik seiner Ariane.

Für Alex wird es gerade immer schlimmer, mit jedem Satz reitet er sich weiter rein, dabei wollte er doch eigentlich das Gegenteil bewirken. Und jetzt? Kleben die an ihm wie ein Magnet. Nach ein paar Minuten sitzen nun alle am Tisch und geniessen die köstlichen Leckereien. Alexander stochert eher wahllos auf seinem Teller rum. Ariane fährt ihre, mittlerweile weiblichen, Antennen aus und merkt, dass irgendetwas in Alexander brodelt. „Was ist mit Dir, mein Lieber, hast du Kummer oder Stress? Du wirkst abwesend und nachdenklich." „Nein, nein, alles gut, ich habe im Moment ziemlich viel gearbeitet, dass hier ist der erste, richtige freie Tag seit langem und mir gehen einige, geschäftliche Dinge durch den Kopf." „Achso, na dann ist ja gut. Wie sieht es denn eigentlich aus, gibt es denn mittlerweile eine Frau Abel und wenn ja, warum ist sie nicht hier?" Hendrik antwortet ungefragt zwischen Ariane's Frage und sagt: „Mein Engel, vielleicht ist Alexanders Frau ja schwanger und kann nicht mehr so einen langen Flug auf sich nehmen." „Ach bin ich blöd, aber natürlich mein Liebling, das wird es sein." Noch bevor Alexander antworten kann, streckt Robert den Kopf zwischen Ariane und Hendrik und sagt: „na, wie geht's euch, schmeckt euch das Essen? Wartet, ich nehme den Stuhl hier und dann haben wir Zeit für unseren Plausch. So selten, wie wir uns sehen und heute ist auch wenig Zeit, weil Mei Ling und ich ja bald in die Flitterwochen aufbrechen. So, na, erzählt, was gibt's Neues? „Alexanders Frau bekommt ein Kind!", sagt Ariane. Robert antwortet ziemlich überrascht: „bitte?" Und Alexander wünscht sich zurück in diese seltsame Art von Zustand, den er vorhin bei der Trauung erlebt hat. Genau das wäre jetzt das Richtige. Hier sein und doch nicht. Boah, das ist ja nicht zum Aushalten. Dann platzt es aus ihm heraus: „Moment bitte, ich bin mit niemandem verheiratet und schwanger ist schon gar keiner." Ich bin, nach wie vor, alleinstehend und das soll auch die nächste Zeit so bleiben." „Oh, wie schade", sagt Ariane etwas enttäuscht. „Das ist aber schade, warum willst Du denn alleine bleiben?", fragt ihr Partner Hendrik. „Ja, und vorallem warum willst du keine Kinder?" Es geht weiter, das Frage und Antwort Spiel, na gut, da muss ich jetzt durch, denkt Alex. „Momentan bin ich sehr zufrieden, wie mein Leben verläuft. Ich arbeite Tag und Nacht und damit komme ich sehr gut zurecht." „Na, das ändert sich schlagartig dann, wenn Du DIE RICHTIGE getroffen hast", sagt Ariane und tätschelt ihm dabei die Hand. Ihr Hendrik und sogar Robert nicken zustimmend. „Schau Dir doch mal den Robert an, hätten wir gedacht, dass der jemals heiratet?" „Ne Ariane", sagt Robert, „das hätte ich selbst niemals gedacht. Aber als ich Mei Ling traf, war das klar, von der ersten Sekunde an." „Wir romantisch, nicht wahr mein Hendrik-Hase?" „Ja, mein allerliebstes Zuckerschnäutzelchen. Apropos Zucker, schau mal, oben an Deiner Lippe, da hängt noch Puderzucker von der leckeren Mehlspeise gerade eben, warte lass mich es Dir weg küssen." Freudig dreht sich Ariane zu ihrem Hendrik und lässt sich voller Wonne die gezuckerten Lippen abschlabbern. „So, genug der Schmuserei ihr Beiden", sagt Robert lachend, sonst bekommt Alexander vielleicht doch noch Appetit auf eine Partnerin!" „Wie sieht es denn bei euch mit Kindern aus, Robert?" Nach ihrer Frage schaut Ariane ganz gespannt auf Robert. „Ja also eigentlich wollten wir beide nie Kinder. Das war allerdings bevor wir uns kennen lernten. Jetzt denken wir anders darüber. Mal sehen, was die Zeit bringt." „Ihr lasst es also drauf ankommen", sagt Ariane, wie schön. Mir und Hendrik ist es ja leider vergönnt, aber Hendrik hat eine Tochter, Bella, aus erster Ehe und ich liebe sie abgöttisch. Und wir haben 2 Königspudel, Sissi und Franz, damit sind wir auch sehr glücklich." „Na und jetzt müssen wir nur noch Alex etwas motivieren", sagt Robert, „komm schon mein Guter, Du kannst mir doch nicht erzählen, dass es da niemanden gibt?"

„Ja, das glaube ich nämlich auch", sagt Ariane, „vorhin, während der Trauung, bei der wundervollen, unsagbar wundervollen Traurede beider Pastoren, meine ich, ich hätte etwas Melancholie in Deinen Augen entdeckt…Na?" „Du hast mir doch mal von einer Romi erzählt, die, mit der Du auf die Geburtstagsfeier Deines Onkels gegangen bist, damit Konstanze endlich Ruhe gibt?" „Ja das stimmt." „Ja, und weiter?" „Sie, also Romina, versteht sich sehr gut mit meiner Mutter." „Ahja, na das ist ja prima. Und wie „verstehst" Du Dich mit ihr?", möchte Robert wissen und rollt mit den Augen. „Ja, ich denke ganz gut. Also, wir haben geredet. Teilweise sogar viel. Sie ist ein angenehmer Gesprächspartner." Ariane platzt gleich der Kragen: „so, und was ist jetzt mit Romina, empfindest Du was für Sie? Wie sieht sie aus?" Was gefällt Dir an ihr, hast Du Gefühle für Sie?" „Zu viele Fragen Ari", sagt Robert, „aber der Konsens stimmt. Also, Alter, jetzt rück schon raus." Alexander, vorher noch immer kreidebleich, hat nun beidseitig rötlich gefärbte Wangen. Einmal, weil es ihm tierisch auf den Sack geht und weiter, weil er nicht darüber reden will, er mag so etwas nicht.

„Nun komm schon, irgendwas ist doch da, sonst würdest Du gleich wieder alles abschmettern, so langsam kennen wir Dich, Bruder." Also aus der Sache kommt er so nicht raus. Eigentlich ist es ja auch egal. Vielleicht haben sie alle gar nicht so unrecht. Er hat sich nicht wirklich Gedanken gemacht, was das mit Romi eigentlich ist, oder war, oder sein sollte. Er weiss nur, dass er ständig an sie denken muss. Auch stört ihn an ihr eigentlich überhaupt nichts, weder, dass sie keinen Sport macht, dass sie teilweise, genau wie seine Mutter, frisst wie ein Scheunendrescher, bei gefühlten 60 Grad Wintersocken zum Schlafen trägt oder ihn ankotzt, also im wahrsten Sinne, ihr wisst schon, da am See, auf der Schaukel. Seltsam. Normalerweise stört Alexander alles. An jedem. Ausser bei Robert, ok und Richard, Romi's Schwager. Wenn er an Romina denkt, dann sieht er nur ihr unglaubliche liebe, warmherzige Art. Ihren Witz, ihren Charme und den tollen Humor. Anders als seiner, aber nicht schlechter. Und er sieht ihren wohlgeformten Körper, wirklich alles andere als durchtrainiert, dafür weich, warm und einladend. Ihre schönen Haare, die in vielen Nuancen glänzen, wenn die Sonne drauf scheint, ihren ganzen Liebreiz und alles was dazu gehört. Jemand zum Drücken, zum Liebhaben, zum Leben. Ups.... Naja, das lassen wir mal nicht Konstanze hören, sonst steckt Konstanze Romi in ein Braut-kleid, noch bevor Alexander überhaupt in München landen kann. „Ja, also das mit Romi", antwortet Alexander den anderen nach einer gefühlten Ewigkeit, „ist...ehrlich gesagt, weiss ich nicht, was es ist." Ariane stellt nun die Gleiche Frage, die Francesca an Romi gestellt hat: „na seid ihr euch nähergekommen, also wart ihr in der Kiste? Was ist los, im Hosenstall?" Robert lacht, Alexander schaut blöd und Hendrik mahnt seine Ariane etwas zur Räson. „Nix war da los." „Und küssen?" „Nein, also, war da auch nicht, also fast, aber dann doch nicht." „Ok, Details!" Ariane schaut Alexander neugierig an. „Also an dem Wochenende, an dem Romi für meine Family die neue Freundin gespielt hat, kurz vor der Ab-fahrt, das war ein ganz komischer Moment, wir standen uns ge-genüber und naja, dann kam auch schon Konstanze von hinten." „Oh, also war nix mit Küssen. Und später, hast Du sie nach Hause gefahren?" „Ja, ich habe ihr die Koffer hochgetragen und oben an ihrer Wohnung..." „Da hast Du sie dann leidenschaftlich geküsst, ach herrlich!" „Nein, oben an der Wohnung wartete bereits eine gute Freundin auf sie. Sie schien ziemlich aufgelöst und hatte Trä-nen in den Augen. Ich habe mich dann verabschiedet und bin ge-gangen. Seither haben wir einmal noch miteinander telefonisch gesprochen. Und seit ein paar Tagen erreiche ich sie gar nicht mehr. Es geht ihr aber gut, also Konstanze hat mit ihr gesprochen. Ich weiss jetzt halt auch nicht. Ich werde sie anrufen, wenn ich wieder zurück bin." „Da stimmt was nicht, Alex, das rieche ich förmlich! Glaub meiner guten Nase und meiner Intuition!" „Ja, da muss ich ihr Recht geben, meiner Mäuseprinzessin", sagt Hen-drik, „ihr Gespür hat sie noch nie getäuscht." „Ja, aber ich habe überhaupt nichts gemacht, also wir haben uns ja noch nicht ein-mal gesehen, seit wir von Mutter zurück sind." „Vielleicht ist es ja gerade das? Also eben weil Du nichts gemacht oder unternom-men hast", sagt Robert. „Also, ich schlage vor", sagt Ariane, „Du bringst ihr ein wunderschönes Souvenir aus Shanghai mit. Dann hast Du schonmal einen Grund auch einfach so vorbei zu schauen. Wenn sie nicht ans Telefon geht, ok, aber an der Tür wird sie Dich nicht abweisen, da bin ich mir ziemlich sicher."

Das Gespräch und die guten Ratschläge dauern noch ein Weilchen an. Nach der Feier begibt sich Alexander zusammen mit Hendrik und Ariane in die Stadt um noch ein paar Dinge anzuschauen und Souvenirs zu kaufen. Natürlich für Romi. Ariane empfiehlt. Robert einen wunderschönen, traditionellen Fächer und ein Tuch aus Seide, dass sie auswählt, nachdem Alexander ihr nahezu jegliches Details von Romi's Aussehen geschildert hat. Robert und seine Mei Ling sitzen bereits im Flugzeug und freuen sich auf die Hochzeitsreise.

Zurück im Hotel, packt Alexander seine neu erstanden Dinge in den Koffer, darunter auch noch ein kleinerer Fächer für Konstanze und ein Feuerzeug für Horst. Horst raucht nicht, aber er sammelt Feuerzeuge aus aller Welt. Alexander schliesst den Koffer und setzt sich noch ein paar Minuten aufs Bett. In ca. 10 Minuten kommt das Taxi, dass ihn zum Flughafen bringt. Das erste Mal, seit langer, langer Zeit, freut er sich richtig auf zu Hause. Denn eigentlich war es Alexander immer egal, wo er ist, in dieser Welt, Hauptsache Handy, Laptop und Fitnessstudio. Der Rest war egal. Im letzten Jahr ist er nicht mehr ganz so viel geschäftlich gereist, da hat er sich dann auch den Porsche gekauft, als Zeitvertreib.

Er freut sich, Romi wieder zu sehen. Ihr die Geschenke zu geben. Ihr Gesicht zu sehen und sie vielleicht zu umarmen. Naja, mal sehen. Vielleicht geht sie auch mal mit ihm einen Kaffee trinken oder auch Enten füttern, wenn auch verboten. Vielleicht kann er sie auch für Anlage-Strategien begeistern, oder die neuesten Analyse-Tools, an denen er gerade arbeitet. Wobei ne, wohl eher nicht, dafür ist sie zu praktisch eingestellt. Das Hoteltelefon klingelt, das Taxi ist da. Am Flughafen ruft er, ganz braver Sohn, nochmal schnell Konstanze an. Er vertreibt sich die Wartezeit und spaziert durch die Einkaufspassage. An einer Ecke ist ein Drehständer mit ultra-hässlichen Socken, Kuschelsocken, die sehen aus, als hätte für jeden einzelnen eine ganze Fabrik voll weisser Teddy-Bären das zeitliche Segnen müssen. Und ein komisches Katzengesicht ist da drauf. Von hinten erscheint ein Herr und sagt auf deutsch: „nehmen sie diese hier mit, meine Tochter steht total darauf. Wir sind hier im Hello Kitty Paradies, nur gut, dass sie nicht da ist, ich wäre bankrott." Der Mann lacht und wendet sich ab, zum nächsten Ständer. Und dann weiter zum Regal mit den Schneekugeln, natürlich auch alles Hello Kitty. „Pffff", Alex bläst sich selbst ins Gesicht. Trotz der Klimatisierung ist die Luft ziemlich schlecht in diesem Store. Nun gut, Alex kauft ein paar dieser Socken. Er wird sie Romi schenken, dafür, dass Mops Pedro ihre Socken zerfressen hat. Noch ein Grund mehr um sie anzurufen. So und jetzt geht's in den Flieger und ab nach Hause.

14 – Auf nach Neapel

R omi sitzt mit ihrem üppigen Hintern derweil auf dem etwas zu klein geratenen Koffer. Aber jetzt ist alles drin, schnell den Reisverschluss zu ziehen. Und ja nicht mehr öffnen. Die Kosmetik und weiter Utensilien hat sie in einer separaten Tasche fürs Handgepäck. Im Koffer sind Klamotten, wie immer zu viele, man will ja eben für jedes Wetter und jegliche Spontanität gerüstet sein. Desweitern Schuhe, Kaffee von Dallmayr und feinste Konfiserie-Pralinen als kleines Präsent für die Gastgeber Nonna und Nonno und für Fabricio eine Flasche deutschen Riesling, den mag er so, hat Francesca verraten. Gut, nun kann es losgehen. In 2 Stunden fährt Romi mit dem Großraum Taxi an den Flughafen. Sie freut sich mittlerweile riesig auf den spontanen Kurztrip. Sie macht sich keine Gedanken und hat keine Pläne. Sie lässt alles auf sich zu kommen. Neapel soll eine super interessante Stadt sein und mit Francesca macht sowieso alles Spass.

Romi hat sich den Wecker gestellt für die Wäsche im Keller. Die müsste jetzt fertig sein. Noch schnell aufhängen, Blumen giessen, ein bisschen Make up drauf und dann geht's auch schon los. Romi legt ihren Schlabberlook ab und schlüpft in das legere, blaue Leinenkleid zu dem auch die neuen Sandalen aus dem Vorjahres-Sale supergut passen. Sie schaut sich im Spiegel an und findet gerade mal ganz ok, was sie da sieht. Naja, nochmal mit der Bürste durch die Haare und die kleine Flußen etwas mit Nivea Creme bändigen, dann ist's fast perfekt. Der Cardigan muss natürlich auch mit, den legt sie sich gekonnt über die Schultern und bindet vorne einen Knoten. Draussen ist zwar warm, aber im Flieger ist es immer so kalt, diese schreckliche, künstliche Lust ist nichts für Romi. Ob's dort im Flieger was zu Essen gibt? Also ein kleiner Snack wär nicht schlecht. Auf ihrem letzten Flug nach Ibiza und das ist schon Jahre her, gab es ne Dose Fanta mit nem belegten

Bagel. Für nen Billigflug echt ok. Nochmal kurzer Check: Kuschelsocken? Na aber klar, hat sie mit, 3 mal kontrolliert, sind im Koffer. Mit Handtasche und Beauty Case bepackt, rollt Romi ihren Koffer aus dem Schlafzimmer zur Wohnungstür, greift in die Schale mit den vielen, verschiedenen Schlüsseln (woher die auch immer alle kommen, ist ihr ein Rätsel) und öffnet schwungvoll die Wohnungstür. Was sie sieht, lässt sie kurz an ihrem Verstand zweifeln. Sie überlegt kurz und schliesst die Tür von innen, um sie, wenige Sekunden später, erneut zu öffnen. Da steht Alexander. Häää? Was macht der denn hier. Romi's Knie werden weich, ihr ist heiss und kalt gleichzeitig. Ein seltsames, unangenehmes Gefühl macht sich breit. Was will der denn hier? Dazu bepackt mit Päckchen in den krassesten Farben (die abartigste Verpackung gab es im Hello-Kitty Store: pink-glänzendes, reflektierendes, grelles Geschenkpapier umhüllt nun die warmen Kuschelsocken für Romi, ähnlich wie eine 80er Jahre Neon-Leggings). Na endlich, nun sagt er was „Hallo, äh, ehm, Hallo Romi. Ich bin wieder zurück." „Ja, das sehe ich", antwortet Romi kurz und schnippisch. „Was willst Du Alexander, ich bin etwas in Eile!" Genau in diesem Moment hört Romi bereits die Hupe des bestellten Taxis. „Ich bin wieder zurück ja und ich habe Dich seit Tagen nicht erreicht und wollte Dir, naja, also als Ersatz wegen Pedro da am letzten Wochenende Du weisst schon na einfach das hier geben (Wassermelone…). Und noch die anderen hier da auch." „Ich hab jetzt wirklich keine Zeit Alexander." „Verreist Du?" „Ja, das Taxi ist schon da." „Wo gehst Du hin und wie lange und mit wem? Alleine?" Zu viele Fragen auf einmal, zu auffällig. Eigentlich. Aber Beide stehen gerade irgendwie sowieso völlig neben sich.

Alexander ist von Romi's leuchtender Erscheinung geradezu gefesselt und Romi? Die ist zweigeteilt. Oder sogar dreigeteilt. Einerseits liebt sie es, ihn zu sehen. Wäre da nicht die Sache mit der Anwalts-Tussi, dafür hasst sie ihn und dann naja, weiss sie nicht so recht, was er eigentlich hier will? Ist da doch mehr? Romi antwortet Alexander: „ich fahre nach Neapel. Jetzt gleich. Das Taxi wartet schon." Romi legt die Geschenke ungesehen im Flur ihrer Wohnung ab und schliesst die Tür ab. Alexander steht da wie ein Idiot, die Hände noch immer in der Haltung, als halte er die Geschenke noch in der Hand. „Willst Du gar nicht reinschauen?" „Nein Alexander. Vielen Dank dafür, aber ich muss jetzt echt los, tut mir leid. Ich melde mich, wenn ich wieder zurück bin."

Romi ist noch immer enttäuscht und sauer, was sie auch nicht wirklich verbergen kann – und will. „Fährst Du alleine dahin, nach Neapel?", fragt Alexander etwas irritiert. Er versteht nicht, warum sie jetzt weg fliegt, wo er doch wieder da ist. „Nein, nicht alleine", antwortet Romi und lässt gleichzeitig die Frage offen. „Alexander, was willst Du hier?", will Romi wissen, „wegen der Geschenke hättest Du auch anrufen können oder wir hätten uns mal bei Konstanze getroffen." Gerade jetzt merkt Alex schmerzlich die ablehnende Haltung an Romi. Er kann es sich aber überhaupt nicht erklären. Und wie Alex so ist, schlägt es gleich bei ihm ins Gegenteil um: er wird gemein. Eigentlich will er nicht so sein, schon gar nicht zu ihr, aber er kann überhaupt nicht verstehen, was hier gerade abgeht. So hat er sie noch nie erlebt. Sie war doch immer so offen und zuvorkommend. Und jetzt? Das totale Gegenteil. Er läuft ihr wie ein nerviges Bündel im Treppenhaus hinterher und sie weist ihn ständig ab. Aus Trotz antwortet Alexander: „na ich wollte Dir nichts schuldig bleiben und deshalb die Socken." Was eine ultra-dämliche Aussage. Damit hat er sich gerade sein eigenes Grab geschaufelt. Romi schaut ihn für einen Moment sprachlos an, dreht sich um, läuft die paar Schritte zum Taxi, übergibt dem Fahrer die Koffer und steigt ein. Alexander steht da – und schaut. Unfähig, irgendwas zu sagen. Was er da gerade losgelassen hat, wird ihm später erst bewusst. Das Taxi fährt los und Romi ist weg.

Alexander läuft zum Park. Mit jedem seiner Schritte wird ihm die Szene, die sich eben abgespielt hat, mehr bewusst. In Gedanken geht er nochmal alles durch. Jeden Satz, jede Mimik, jede Gestik von Romi.

Warum war sie so abweisend zu ihm? Und was hat er eigentlich gesagt? Er setzt sich auf eine Bank und schaut zu den Enten. Aber eigentlich sieht er gar nichts, er ist total in Gedanken versunken. In diesem Moment klingelt das Telefon. Alexander holt es aus der Tasche seines hellblauen Leinen-Sakkos um nachzusehen, wer es ist. Natürlich, wie kann es auch anders sein, die Mutter, Konstanze. „Hallo Mutter!" „Hallo mein Junge. Schön, dass Du wieder da bist. Kommt ihr heute vorbei bei mir?" Ich habe leckeren Kuchen gebacken und der Horst hat frische Erdbeeren aus seinem Garten, die sind köstlich." „Danke, aber ich glaube eher nicht. Ich hab noch Jetlag von Shanghai und auch noch einiges an Arbeit nachzuholen." „Aber mein Junge, das kannst Du doch auch hier machen. Ich verspreche Dir, ich lasse Dich in Ruhe. Ich habe dann ja Romina", sagt Konstanze und lacht fröhlich. „Oh, achso, also ähm Mutter sie wird nicht mitkommen, sie ist verreist, wie immer, geschäftlich, Du weisst schon." „Achja gut, dann kommst Du eben alleine. Ausserdem benötige ich noch Deine Hilfe für den Teich, Du kennst ja das Problem mit der Pumpe. Horst und auch der Nachbar Walter haben schon danach gesehen, aber kriegens nicht hin. Und es eilt." „Ok Mutter, ich komme. Ich bin gegen 16 Uhr bei Dir." „Wunderbar, bis nachher." „Ja, Tschüss."

Auch das noch, naja, dann wird Alex noch ein bisschen an den Autos schrauben, das lenkt ihn ab.

Gerade ist das Telefonat mit Mutter beendet, als das Telefon schon wieder läutet: „Hey, Alter, na, biste wieder zurück, wie wars?" „Hey Richard, ich freu mich, von Dir zu hören. Ich hätt mich auch noch zurück gemeldet. Aber jetzt bist Du mir zuvorgekommen. Super, dann können wir gleich noch ausmachen, wann wir diese Woche ins Studio gehen, es stehen, soweit ich weiss, 3 weitere Spinning-Termine abends zur Auswahl." „Gute Idee, aber, warum ich anrufe, ich wollte Fragen, ob Du vielleicht Lust hast ganz spontan zum Mittagessen vorbei zu kommen? Wir schmeissen kurzentschlossen den Grill an und Caro macht Schichtsalat." Alexander freut sich wirklich und sagt sofort zu. „Wow toll, danke euch, ich freue mich. Wann soll ich da sein?" „Wie Du willst, ich denke wir essen gegen 13:00 Uhr, Du kannst aber gerne schon vorher kommen, dann trinken wir was! Brauchst nicht sagen wann, wenn Du da bist, bist Du da." „OK, dann bis nachher", sagt Alex und beide legen auf. Klar, Richard und Caro mögen Alexander wirklich sehr, sehr gerne. Aber noch lieber wäre er ihnen natürlich als Schwager. Und was Romi da über ihn abgelassen hat, mit der Frau in der Stadt und dass er ein hinterhältiger Lump sei, der sie jetzt, Wort wörtlich, 3 mal vor und zurück am Arsch lecken könne, das können sich die Beiden überhaupt nicht vorstellen. Also, wird Alex ausgefragt, heute bei Mittagessen, so lautet der Plan. Ganz unauffällig natürlich, ist ja klar. Alexander freut sich über die Abwechslung. Dann fährt er erst zu Richard und Caro und danach noch zu Mutter. Passt zeitlich auch perfekt.

Romi und Francesca stehen derweil bereits im Terminal und warten auf das Boarding. Völlig aufgelöst unterhalten beide den kompletten Raum. Romi hat Francesca von dem plötzlichen Auftauchen von Alexander erzählt und von dem, was er alles so abgelassen hat. Francesa, völlig hinter Romi stehend, hetzt noch weiter und nennt ihn ein weiteres Mal ein erbärmliches, verf… Arschloch. „So meine Süsse, jetzt ist Schluss, kein Wort ist der mehr wert. Für uns beide geht's jetzt los, weg von hier, einfach mal raus. In die Sonne, zur leckeren Pasta, tollem Wein und noch tolleren, feurigen und heissen Italianos.

Romi lacht. Das Boarding beginnt und die Beiden gehen zum Flugzeug. Die Tür schliesst sich, die Maschine rollt zur Startbahn und für ein paar Minuten herrscht nur Vorfreude auf das, was kommt, da, im schönen, fremden, fernen Neapel und der verf…

Arsch Alexander ist vergessen. Für ein paar Sekündchen zumindest.

Kaum in der Luft, rollt auch schon der Wagen mit den Getränken an ihnen vorbei. Dahinter ein Stewart, der Schokoriegel verteilt. Schade, keine belegten Bagel, aber wenigstens etwas. Die Schoki tut ihr Übriges und setzt noch ein paar Glückshormone frei. Neapel, wir kommen, los geht's.

15 – Das Kreuzverhör

Der Morgen ist verflogen. Alexander hat nichts gemacht, nur nachgedacht. Hat aber nicht wirklich was gebracht. Nun hält sei Porsche vor dem schönen, einladenden Haus von Richard und Caro. Nele spielt im Vorgarten mit Hercules. Alexander hat noch schnell eine Kinderüberraschung für Nele und ein paar Blumen für Caro besorgt. Nele springt auf und begrüsst ihn: „Hallo Alexander." „Hallo Nele, schön, Dich wieder zu sehen, na, geht's Dir und Hercules gut? Schau mal hier, ein Überraschungsei für Dich." Wow, Alex der Kinderflüsterer, ganz neue Seiten kommen zum Vorschein. „Danke Alexander, ich liebe Überraschungseier. Vielleicht ist da endlich die letzte Prinzessinnen-Figur drin, auf die ich schon so lange warte. Mama ist in der Küche und er Papa ist schon am Grill, komm mit." Nele nimmt Alex an der Hand und führt ihn in den Garten zu ihrem Vater. Hercules knurrt Alex kurz an, der Typ ist ihm einfach nicht geheuer. Schützend rennt er dann neben seinem Frauchen Nele her und lässt Alexander nicht aus den Augen.

„Hey, da biste ja, hi Alex." „Hi Richard!" Richard und Alex begrüssen sich mit einem brüderlichen Handschlag und einem Klopfer auf der Schulter. „Schön, dass Du da bist. In ner halben Stunde gibt's essen. Was ist dem Gestrüpp, sicher für meine Caro?" Richard lacht, Alex nickt und lacht auch. „Warte, ich ruf sie mal! Caro, der Alex ist hier, komm mal!" Wenige Sekunden später erscheint Caro mit einer riesigen Schüssel Nudelsalat (doch kein Schichtsalat, was ein Glück, Alexander hasst diesen 90er Jahre Mist!) an der Terrassentür. Sie stellt den Nudelsalat auf den bereits sorgfältig gedeckten Gartentisch und läuft die Treppe hinunter in den Garten, um Alex zu begrüssen. „Hallo Alexander, wie schön Dich zu sehen, freut mich, dass Du da bist. Lass Dich von Richard ja nicht zum Grillen einspannen, der sucht immer

wen, der die Arbeit macht und hockt sich hin und isst!" „Hallo
Caro! Ich freue mich auch sehr, wieder bei euch zu sein. Habt vielen Dank für die Einladung. Hier, ne Kleinigkeit für Dich." Alex
überreicht Caro die schönen Blumen. Caro bedankt sich und stellt
sie gleich ins Wasser. Später schmücken die wunderschönen Blumen den Gartentisch, an dem alle zusammen essen. „Und mir
hast du nichts mitgebracht, was?" Fragt Richard ironisch. „Nein
und ich sag Dir auch warum, ich hab nen Plan mit Dir: nach dem
Essen bei euch fahre ich noch zu meiner Mutter weiter nach Starnberg. Morgen gegen Mittag fahre ich wieder zurück. Dann halte
ich bei euch und hole Dich ab zum Joggen: 15 km samt Trimm-
Dich Pfad. Na, Bock drauf?" Richard hält kurz inne und sagt: „Alter ne, eigentlich nicht." Und lacht. Aber komm, ich mach's, ich
kann Dir nur nicht versprechen, dass ich das durchhalte." „Gut,
abgemacht. Wir werden sehen, naja, Du wirst sehen, mit mir als
Trainer geht nichts schief."

Nach dem die Glut soweit ist, legt Richard leckere Sachen auf den
Grill, die Caro in der Küche bereits auf einer Platte angerichtet
hat. Fleisch, Schafskäse und Gemüse. Dazu gibt es frisch gebacke-
nes Baguette und grünen Salat mit Kräutern aus dem eigenen
Garten. Für Nele gibt es Tofu-Würstchen, sie mag derzeit kein
Fleisch essen und Hercules kaut genüsslich an seinem Knochen,
den Caro aus der Küche geholt hat. Alle sitzen nun am Tisch und
essen. Caro sagt: „oh, das Telefon, ich geh schnell rein." „Achja,
ich dachte, irgendwas klingelt da", antwortet Richard. Und Alex:
„habt ihr gute Ohren, ich hab überhaupt nichts gehört." Ohne zu
Antworten schaut Richard auf seinen Teller und schiebt sich mit
der Gabel ein riesen Stück des heissen Schafskäse in den Mund.
Von Drinnen hört man Caro sprechen: „ja, das ist aber schön
Romi, das freut mich, dass es so schön ist. Das hast Du Dir sowas
von verdient. Ja und danke für Deinen Anruf, dann weiss ich Bescheid. Und grüss ihn ganz lieb. Tschau!"

Richard beobachtet derweil mit vollen Backen Alexanders Reaktion und seine Mimik. Er hat aufmerksam zu gehört, so viel steht fest. Jetzt abwarten, wenn Caro kommt, ob er von sich aus was sagt. Da kommt sie auch schon zurück und setzt sich wieder an den Tisch. „Na, Alex, schmeckts Dir? Wir wussten nicht, was Du magst aber ich dachte da ist für jeden etwas dabei. Eigentlich wollten wir noch Fisch, aber das machen wir ein anderes Mal, dann gibt's nur Fisch. Sonst reicht die Platte auf dem Grill nicht." „Ganz wunderbar Caro, schmeckt köstlich. Ich danke euch!" „Das ist schön, na komm schon Alex, dann greif doch zu! Richard, gib mal Alexander nochmal die Platte rüber und vergiss das letzte Steak da auf dem Grill nicht, das kohlt ja schon fast." „Oh", Richard spring auf und rettet das Steak vor dem Kohletot.

„War das Romi da gerade eben am Telefon?", fragt Alexander gerade zu raus. Und es hat funktioniert denkt Caro. „Oh ja Alexander, sie hat sich nur kurz gemeldet um mir zu sagen, dass alles ok ist. Dann mach ich mir keine Sorgen und gebe auch unseren Eltern Bescheid." Caro kennt natürlich bereits jedes Detail der Szene aus dem Treppenhaus. Romi hat sie noch vom Großraum Taxi aus angerufen und die Story geschildert, zur Freude der anderen Fahrgäste, es war eine erfreuliche Abwechslung auf der nervigen Fahrt zum Flughafen. Caro hat ihre eigenen Pläne und der Richard? Na der macht mit. Der muss. Natürlich auch aus Selbstinteresse, den Alex als Schwager haben? Ein Traum! Und natürlich würde er sich auch für Romi freuen!" Caro und Richard haben den Plan ausgeheckt, Alexander so richtig aus der Reserve zu locken. Und mit was geht das natürlich am besten? Na mit Eifersucht und die bringen sie jetzt gleich hoffentlich so richtig zum Glühen. „Sie ist in Neapel, richtig?" „Ja, korrekt Alex", antwortet Richard kurz und knapp. „Aha. Und mit wem? Alleine? War das schon lange geplant? Sie hat es mir gegenüber nie erwähnt." Aus Alex spricht die pure Neugierde. Caro und Richard harmonieren perfekt als Kuppler-Team. Sie geben alles und setzen die notwendigen Phrasen gekonnt ein. „Naja also mh, wie soll ich sagen. Sie hat schon länger Kontakt mit einem guten Bekannten aus der Schulzeit. Ich denke es war damals eine kleine Romanze. Nichts Ernstes, Teenie-Liebe halt. Aber das kann sich natürlich jetzt Schlag auf Schlag ändern. Du weisst ja, 1000 Mal berührt, tausendmal ist nichts passiert, 1001 Nacht und es hat Summ gemacht....Ich ahne das ja schon länger, ich denke sie wollte es sich nicht eingestehen." Alexander schluckt kurz, heftig. Bammmm, Runde eins hat schonmal gesessen. Caro und Richard werfen sich einen kurzen, bestätigenden Blick zu. „Sie hat ihn nie erwähnt", sagt Alexander, völlig aus der Bahn geworfen. „Ja, das ist typisch Romi, wie gesagt, ich vermute sie hat da was verdrängt, was jetzt sicher durch Ihren Aufenthalt in Italien zum Vorscheint kommt." Bamm und wieder eine, Runde 2, voll in die Fresse. „Kennt ihr ihn?" „Naja, also kennen wäre zu viel gesagt", antwortet Caro, „aber Richard, vielleicht weisst Du mehr? Du hast Dich doch vor Jahren mal mit ihn unterhalten, auf der Grillparty." „Achso ehm ja genau. Ein netter Typ, muss ich sagen. Charismatisch. Erfolgreicher Unternehmer, hat eine Kette mit Eisdielen in Italien aus dem Boden gestampft und fasst auch in Deutschland Fuss." Die Dritte war die bislang beste Runde, Caro und Richard laufen zur Höchstform auf. Alexander kneift der Magen. Essen ist passe. „Ach, weisst Du Alexander, eigentlich hatten wir ja schon gehofft, dass sich da zwischen Dir und Romi was entwickelt. Aber da kann man wohl nichts machen", sagt Caro und arbeitet sich in Richtung der von Romi beobachteten und bildhaft geschilderten „City-Szene" mit Dolores vor. „Ja Alexander, ich finde das so schade, ich dachte Du bist in meine Tante Romi so richtig verliebt!" Ok, das war nicht geplant, Nele hat einfach drauf los geplappert. Ungeplant aber mega-süss und nochmal ein Schubs in die richtige Richtung. „Es hat Dich eben anderweitig erwischt Alexander, was will man da machen, wo die Liebe hinfällt!" Richard nickt Caro lächelnd zu. Alexander kapiert rein gar nichts. Warum auch. Nach ein paar Sekunden der Stille und des Nachdenkens schaut Alexander zu Beiden auf und sagt: „wieso anderweitig erwischt? Was meint ihr damit?" Genau da wollten sie ihn haben den Alexander, jetzt kann's losgehen.

Caro und Richard sind beide gespannt. „Na Deine neue Liaison zu der Juristen-Dame da. Also versteh mich nicht falsch, das ist ja hier absolut die passende Gesellschaft hier (Caro und Richard sind ja beide Juristen), aber es kam doch plötzlich, wir wussten nicht, dass Du bereits vergeben bist." Alexander's Augen werden immer grösser. Er weiss überhaupt nicht, von was die Beiden reden. „Bitte was? Welche Juristin, ich kapier rein gar nichts." Richard haut ihm auf die Schulter und sagt: „Alter, hast Du den Überblick verloren, vor lauter Weibern, hahaha, kann ich verstehen. Mir reicht eine schon!" „Also ich will da grad mal was klarstellen. Es gibt da keine „Liaison" mit irgendjemandem und schon gar nicht mit mehreren!" Alexander schaut bei seiner Aussage etwas verärgert in Richtung Richard. „Wie kommt ihr auf sowas?" Caro antwortet: „ähm, naja also Romi hat Anfang der Woche in der Stadt Flyer fürs Speed-Date verteilt und hat Dich gesehen, wie Du mit einer ziemlich rassigen Dame, die ihr Beiden aus irgendeinem Supermarkt kennt, aus einem Café gekommen bist und sie auf der Treppe liebkost hast." Alexander fällt fast rückwärts vom Stuhl. Wenn er nervös ist, schaukelt er oft mit den hinteren Stuhlbeinen hin und her. Wäre fast schiefgegangen, er konnte sich gerade noch am Tisch festhalten. Jetzt wackelt allerdings die Vase mit den schönen Blumen. „Oh mein Gott.... Jetzt wird mal alles klar." Alexander ist geschockt aber gleichzeitig unendlich erleichtert. DAS war es also. Romi ist nicht ablehnend, weil sie ihn nicht mehr sehen möchte, sondern, weil sie verletzt ist. Alexander atmet – ziemlich erleichtert – tief durch, bringt den bereits wieder schaukelnden Stuhl mit allen 4 Beinen auf den Boden zurück, rückt nach vorne und sagt zu Caro und Alexander: „ich verstehe jetzt alles. Mann, warum hat mir keiner was gesagt? Da ist überhaupt nichts zwischen mir und Dolores. Sie ist unter anderem spezialisiert auf Verkehrsrecht und hatte mir in diesem Supermarkt damals ihre Visitenkarte gegeben.

Ich hatte ein Schreiben von der Bussgeldstelle bekommen und sie angerufen. Wir haben uns im Café getroffen und wird sich meinem Fall annehmen. Dann hat sie ihr Verlobter abgeholt. Das war's." Caro klatscht ihn die Hände und sagt: „ich hab's doch gleich gewusst! Man, was bin ich froh. Ich hab Romi gleich gesagt, dass ich das nicht glauben kann. Aber für sie war es eben eindeutig." „Warum habt ihr mich nicht einfach gefragt? Oder Du Richie, wir waren noch nebeneinander auf dem Laufband, einen Tag später?" „Naja weisst Du Alexander", sagt Caro, „wir dachten eben, Du hättest eine neue Freundin und das geht uns nichts an. Deshalb haben wir nichts gesagt." „Aber jetzt ist ja alles geklärt. Mann o Mann", sagt Richard. „Nein, es ist gar nichts geklärt! Was machen wir mit Romi, ich rufe sie gleich an und sage es ihr." „Nein Caro. Jetzt warte mal. Sag mal Alex, jetzt, wo wir so offen gesprochen haben, was ist denn jetzt wirklich da zwischen Dir und meiner herzigen Schwägerin?" Richard, Caro Nele und sogar Hercules starren alle gebannt auf Alexander und warten auf seine Antwort. „Ja also, ähm, wie soll ich sagen. Ja ich mag sie schon, die Romi." Warme Worte aus Alexanders Mund. Für Jemanden, der seine Gefühle überhaupt nicht offen ausdrückt, war das ja schon fast eine wahnsinnige Liebeserklärung. „Na dann ist ja alles klar!", sagt Caro. Richard fragt: „ja, aber was ist mit Romi, ich denke mal, es geht ihr wie Alex?" „Natürlich, das hab ich doch von Anfang an gesagt, dass wusste ich noch vor ihr! Ich kenne doch meine Schwester. Ich habe das schon gesehen, als ihr Beiden das erste Mal hier wart. Da war mir schon alles klar. Deshalb dachte ich ja, ich kann mich doch nicht so täuschen! Also was Romi betrifft, das übernehme ich, ich überlege mir was. Ich denke das Beste wird sein, wenn ich sie einfach mal für ein paar Tage in Ruhe lasse. Mal rauszukommen, das tut ihr gut und war schon lange mal überfällig und mit Francesca hat sie ja sowieso die beste Ablenkung. Ich denke wir lassen sie einfach mal in Ruhe und dann klärst Du das, Alexander, wenn sie zurück ist. Was denkt ihr?" „Ja, das wird das Beste sein, sagt Alex. Denn sie schien ziemlich verärgert", sagt Alexander. „Ja, verärgert und gekränkt, das stimmt." Der rassige Jungunternehmer aus Neapel ist auf einmal bei allen vergessen. „Ich fahre jetzt mal zu meiner Mutter, lasst uns doch morgen telefonieren. Wann kommt Romi wieder zurück?" „Das ist noch nicht ganz sicher. Angedacht war, dass sie 6 Tage bleibt. Francesca bleibt glaube ich noch länger. Ich denke, dass Sie bis zum Wochenende wieder da ist. Am Sonntag findet ein Speed-Date statt, ich vermute, dass sie spätestens am Samstag zurückreist." Nach einem starken Espresso und einem Happen von Caro's leckerem Nachtisch macht sich Alexander auf zu Konstanze. Sie verabschieden sich und vereinbaren am Wochenende, wegen der „weiteren Vorgehensweise" nach Romi's Rückkehr, zu telefonieren.

20 Minuten und einige Gedankengänge später, erreicht Alexander mit seinem Porsche das grosse Tor des schönen Landsitzes seiner Mutter. Er stellt den Porsche vor der grossen Treppe des Haupteingangs ab und geht direkt hinten in den grossen Garten, wo er seine Mutter vermutet. Und genauso ist es. Ausgestattet mit einer Gärtnerschürze und dicken Handschuhen, macht sich Konstanze gerade an den üppigen Rosen zu schaffen. Alexander sieht ausser der roten Gartenschuhe nichts von seiner Mutter. Er kündigt sich von Weitem an, er weiss, wie schreckhaft sie ist, nicht, dass sie sich noch die Dornen ins Auge stösst oder so, es ist schon einige Mal gerade so gut gegangen. „Mutter, ich bin's, Alex! Hallo, Mutter?" „Ah, mein Junge, die Rosen verschlucken jedes Geräusch. Wie schön, dass Du da bist! Schau mal, sind sie nicht herrlich, meine wunderschönen Rosen? Die da hinten, die lilafarbenen habe ich neu gezüchtet." „Ja, sehr schön Mutter." „Wie geht es Dir mein Junge? Ach schade, dass Romina nicht hier ist, sicher würde sie mir gerne bei den Rosen helfen, sie hat es das letzte Mal mit einer solchen Begeisterung gemacht und begabt ist sie auch dafür." „Ja, schade", sagt Alexander. „Komm mein Junge, trinken wir Tee oder eben für Dich Kaffee. Ich habe Dir Mokka gekauft und so einen Kocher dafür. Ich mach Dir mal einen, probieren wir das Ding mal aus!"

Weitere 20 Minuten und einen übergekochten Mokka später, sitzen Konstanze und Alexander an dem kleinen Tisch hinten im Garten nahe der Obstbäume und schlürfen ihre Heissgetränke. „Und, was machst Du noch heute mein Junge? Horst, Dietmar, Brigitte und ich gehen heute Abend zum Stadl-Fest bei Mayer's Landgasthof, es sind noch Plätze frei, wenn Du magst, kommt mit, alle würden sich freuen Dich mal wieder zu sehen." Obwohl Konstanze die Antwort bereits kannte, hat sie trotzdem gefragt. „Ach neee Mutter, aber danke. Ich werde ziemlich lange an den Fahrzeugen beschäftigt sein und danach bin ich noch am PC, Vorbereitung für nächst Woche. Hat der Kurier den Whiskey geliefert, den ich bestellt hatte?" „Ja, alles da, steht oben in Deinen Räumlichkeiten auf dem Schreibtisch." „Ok, danke." „Was ist mit Dir mein Junge, irgendwie gefällst Du mir heute gar nicht. Du bist auch blass, als hätte Dich etwas erschreckt? Und wo bist Du nur mit Deinen Gedanken? Du wandelst hier rum wie ein Geist. Du siehst mich an und doch nicht." „Alles gut, habe nur ziemlich viel gearbeitet die Woche." „Das ist doch keine Ausrede, Du arbeitest doch immer – nur. Macht Dir etwas Sorgen, ist etwas mit Romina? Ich sage Dir, wenn Du das an die Wand fährst, lernst Du mich kennen! Ihr Beiden passt so schön zusammen. Und sie passt so schön hierher, zu uns. Unsere ganze Familie hat sie lieb gewonnen." Alexander schluckt kurz und kneift die Backen zusammen. Diesen Ausdruck kennt Konstanze! Seine Mimik, gepaart mit ihrer mütterlichen Intuition, sagt alles! „So und jetzt Schluss mit dem Rumgedruckse. Du sagst mir jetzt sofort, was da los ist zwischen euch! Rede Alexander!" Alexander, mittlerweile einerseits total genervt, andererseits irgendwie auch erleichtert, antwortet: „Ok, pass auf Mutter, das alles ist komplett anders, wie Du vermutest." „Ach, wirklich, das habe ich mir fast schon gedacht!" „Romina und ich sind kein Paar. Ich habe das erfunden, damit ihr mich endlich mal alle in Ruhe lasst. Ich halte das nicht mehr aus. Ich habe Romi zufällig kennen gelernt. Und durch ein paar weitere, teilweise auch unschöne Zufälle, hat sich das mit der Begleitung zur Geburtstagsfeier für Onkel Nikolai halt so ergeben. Romi versteht mich. Ihr ging es genauso. Ständig versucht irgendwer aus ihrer Familie sie zu verkuppeln und dann auch die ständige Stichelei von allen." „Soso, mein Junge", sagt Konstanze noch relativ gelassen, aber dann steht sie auf, stellt sich vor Alexander und legt los: „sag mal, für wie naiv hältst Du deine alte Mutter eigentlich, he? Denkst Du wirklich, ich hätte das nicht gemerkt? Und denkst Du wirklich, ich hätte Dir das alles so einfach abgekauft, diese Flugbegleiter Geschichten und dass sie deshalb nie da ist und was weiss ich noch alles. Ja und dann die Sache mit dem Namen, zuerst Jennifer, dann Romina. In Deiner Wohnung ist keine Faser von einer Frau sichtbar, weder im Bad, noch in der Küche oder sonst irgendwo. Das war mir von vorneherein alles klar. ABER: ich wollte sehen, welches Püppchen Du mitbringst, um uns alle von Deiner Liaison zu überzeugen. Und ehrlichgesagt war ich extrem überrascht, natürlich extrem positiv überrascht und nicht nur ich, das gilt für Deine ganze Familie, Alexander." „Wieso hast Du dann nichts gesagt?", fragt Alexander seine Mutter. „Na eben gerade deshalb, wir alle mochten Romi vom ersten Moment an. Und man hat ihr angemerkt, dass es ihr keinen Spass macht, die Leute, die nett zu ihr sind, zu hintergehen. Und dann hätte sogar ein Blinder bemerkt, wie sie Dich ansieht und vor allem habe ich gesehen, wie Du sie ansiehst! Eine Mutter merkt sowas. Und eine Mutter merkt noch mehr, was passt und was nicht. Ich wusste vom ersten Augenblick an, die ist die Richtige für meinen Jungen! Obwohl ihr grundverschieden seid und andererseits gerade deshalb. Ich habe Romi sofort ins Herz geschlossen und ich habe so den Eindruck, sie mag mich auch. Ihre ganze Erscheinung ist geprägt von Warmherzigkeit und Liebreiz, so ein süsses, hübsches Ding. Kein Vergleich zu diesen schon fast widerlich dürren Fliegenrippchen, die Du die vorigen Jahre immer angeschleppt hast." Alexander atmet tief ein und dann mit einem Seufzer aus. „Und nun, Mutter, jetzt, wo Du alles weisst, was Du ja sowieso schon wusstest, was rätst Du mir?" „Wieso, was meinst Du, was soll ich Dir raten?" „Na Romi ist durch ein Missverständnis verärgert und macht komplett dicht. Ich war vorhin noch bei

Richard und Caro (Konstanze ist bereits über die familiären Verhältnisse im Bilde). Die Sache ist jetzt geklärt, aber Romi ist völlig unerwartet nach Neapel abgereist." Alexander erzählt noch kurz die Geschichte mit dem italienischen Unternehmer, den sie kennt und den sie dort wohl trifft.

„Hast Du sie etwa in die Arme von diesem italienischen Schürzenjäger getrieben? Ich glaub es ja nicht, das darf doch alles nicht wahr sein Alexander! Sei froh, dass Dein Vater nicht hier ist, der würde Dich durchschütteln. Oder besser wachrütteln, wach auf mein Junge, sie kommt nicht zurück zu Dir, einfach so. Oh meine Güte, was machen wir jetzt? Gib mir die Telefonnummer von ihrer Schwester Caroline. Ich denke die Sache ist bei uns Beiden besser aufgehoben als bei Dir Versager." „Mutter, also bitte!" „Nichts Mutter bitte, die Sache hast Du sowas von in den Sand gesetzt! Ab jetzt kümmere ich mich darum. Und dann strengst Du Dich an und wehe Du vermasselst es wieder."

Das Telefonat zwischen Caro und Konstanze ist von Anfang an erfolgsversprechend. Die beiden Frauen sind sich sofort auf Anhieb sympathisch und noch dazu haben sie das gleiche Interesse. Sie sind nun so verblieben, dass Caro sofort Bescheid gibt (an Konstanze, nicht an Alex), wenn sie weiss, wann Romi zurückkehrt. Alexander soll sie am Flughafen abholen, da kann sie nicht so einfach wegrennen und Alexander kann endlich alles klarstellen. Konstanze schlägt vor, Alexander solle doch einfach nach Neapel fliegen und sie dort vor vollendete Tatsachen stellen, lässt aber davon wieder ab, also Caro ihr mitteilt, dass das wohl eher kontraproduktiv wäre, so, wie sie ihre Schwester einschätzt, wenn sie diesen bestimmten, emotionalen, schmerzlichen Gefühlszustand hat. Alexander lenkt sich derweil, nichts ahnend, beim Basteln an seinen Oldtimern ab.

Mittlerweile ist es früher Nachmittag in Neapel. Romi und Francesca schlendern fröhlich Hand in Hand durch die schöne

Stadt. Sie fotografieren sich gegenseitig oder bitten andere Passanten ein Foto zu machen. Gerade bringt ein Passant das Handy zurück, mit dem er gerade ein schönes Bild geschossen hat. Francesca bedankt sich, natürlich in bestem Italienisch, steckt das Handy zurück in die Gürteltasche und hakt sich bei Romi ein. „So, was machen wir jetzt? Ich schlage vor wir besuchen Fabricio in seiner Hauptfiliale da vorne gleich am Marktplatz, schnorren einen Espresso und gehen dann weiter in Richtung Museum, ja?" Romi ist mit allem einverstanden. Es ist wunderschön hier, das Wetter ist perfekt um diese schöne, alte Stadt zu erkunden. Francesca ist eine tolle Reisebegleitung und Fabricio steht den beiden Frauen ständig zur Seite. Zeigt Ihnen Sehenswürdigkeiten, stellt Bekannte vor, gibt Tipps zu verschiedensten Szenelokalen und gerade ruft er mal wieder bei Francesca an um ihr die beste Tiramisu-Schmiede der Stadt zu empfehlen. „Danke Fabricio, machen wir, die Romi und ich, aber zuerst kommen wir Dich kurz besuchen, ist doch ok, oder?" Nach einem Abstecher bei ihrem Bruder schlendern die Beiden weiter durch die Strassen von Neapel. Für morgen haben sich einer Touristengruppe zu einer Führung durch die Altstadt angeschlossen, noch dazu auf Deutsch. „Und heute Abend, Principessa, gehen wir mal so richtig einen drauf machen, ja?" Romi nickt zustimmend. „Bin gespannt, vielleicht lernen wir interessante Typen kennen. Weißt Du was, ich glaube wenn ich hier vielleicht sogar heute noch die Liebe meines Lebens treffe, flieg ich gar nicht mehr zurück." Romi lacht. „Ja Makkaroni, ich würds Dir von Herzen gönnen!" „Und was ist mit Dir, so viele interessante Männer sind schon an uns vorbeigelaufen und so viele haben Dich betrachtet und versucht mit Dir zu flirten. Merkst Du das denn gar nicht?" „Doch, manchmal schon, aber die meisten haben mir nicht zugesagt, eher so Weiberhelden. Und ausserdem will ich gerade keinen Mann kennen lernen. Die sind doch sowieso alle gleich. Kennst Du einen, kennst Du alle!" Zustimmend nickend schaut Francesca Romi an. Ja, irgendwie hat sie ja recht. Aber na und? Abwarten, sicher findet sich auch für Romi noch der passende Deckel.

16 – Arrivederci Neapel

Ein paar Tage später. Romi packt gerade ihre Tasche. Es war eine wunderschöne Zeit in Neapel. Genau das hatte sie jetzt gebraucht. Und irgendwie reist sie sogar emotional gestärkt und gelöst zurück nach Hause. Was aber nichts an der Tatsache ändert, dass ihre Gefühle für Alexander nach wie vor da sind. Die kann sie leider nicht einfach ablegen. Aber auf ein „Mehr" mit Alexander, da gibt es keine Hoffnung wegen Dolores. Ihrer Schwester Caro hat sie gestern Bescheid gegeben, wann sie heute in München landen wird. Caro und Nele holen Romi dann vom Flughafen ab. Sicher ist auch der kleine, ultrasüsse, superschnuffige Hercules mit am Start. Romi freut sich.

In der Zwischenzeit hatten und haben Caro und Konstanze eine Art Standleitung geschaltet. Seitdem Romi ihre Flugdaten mitgeteilt hat, telefonieren die beiden Frauen ständig miteinander. Haben Sie doch das gleiche Ziel und das gilt es jetzt endgültig zu erreichen. Alexander wird fremdgesteuert, soviel steht fest. Seine Mutter hat ihn diese Tage fest im Griff und er lässt es über sich ergehen. Irgendwie ist er lammfromm. Caro und Konstanze beschliessen, dass Alexander Romi vom Flughafen abholt. Damit alles auch so läuft, wie geplant, wird Caro natürlich auch vor Ort sein, um ja nicht die Kontrolle aus der Hand zu geben. Nur kein Risiko eingehen! Aber eben im Hintergrund und natürlich ohne das Wissen von Alex.

17 – Alex am Flughafen

N un endlich ist es soweit. Der Tag der Tage. Alles ist vorbereitet und bis ins kleinste Detail geplant. Alexander darf die Sache jetzt nicht verdödeln. Konstanze ist aufgeregt und gespannt wie ein Flitzebogen. Vor lauter Nervosität hat sie ihren Kaffee verschüttet und die Zeitung von Horst eingesaut. Aber natürlich war er schuld. Wie das eben so ist. Männer sind einfach an allem schuld. Nach einem letzten Gespräch mit Konstanze (einer Art „final briefing"), macht sich Caro auf in Richtung Flughafen. Richard, Nele und der kleine Hercules warten ebenfalls und mindestens genauso angespannt wie Konstanze zu Hause auf Nachricht.

Alexander hat den „Einsatzbefehl" von Konstanze und Caro verinnerlicht und hat sich eine Strategie für die Begegnung mit Romi am Flughafen zurechtgelegt: wie er sie begrüssen wird, was er sagen wird, was er anziehen wird. Was er macht, wenn sie wegläuft... na das weiss er noch nicht. Ein wenig Spontanität tut der Sache ja auch ganz gut. Alexander steckt sich sein Einstecktuch zurecht, betrachtet sein frisch rasiertes, aalglattes Gesicht nochmals von beiden Seiten im Spiegel, steckt die Geldbörse und den Porscheschlüssel ein und fährt zum Flughafen. Mit dem Vorlauf von 2 Stunden ist er gut gerüstet. Er überlegt noch Rosen zu kaufen, oder zumindest eine einzelne Rose, aber so wie Romi letztes Mal drauf war, hätte er vielleicht nachher die Dornen im frisch geglätteten Gesicht. Nein, das Risiko ist zu hoch. Knappe 30 Minuten später steht er im Ankunftsterminal. Der Flug aus Neapel ist bereits angekündigt. Noch 45 Minuten, dann wird Romi's Flieger landen. Bis sie die Koffer hat usw. nochmal 20 Minuten. Alexander rechnet kurz und bemerkt: die Zeit reicht übrig für einen Abstecher in den Whiskey-Store, zwar nicht duty free, aber dafür haben die dort noch ne viel bessere Auswahl. Das lenkt ihn auch ein bisschen ab, denn auch wenn er es nicht zugeben würde, es flattert ziemlich in seiner Magenwand, er ist ziemlich nervös und gleichzeitig freut er sich natürlich auch wie Hölle, sie endlich wieder zu sehen. Eine genaue Vorstellung, wie das alles so ablaufen wird nachher, hat er nicht, es kommt sowieso immer anders. Aber eben eine kleine Strategie steht.

Romi schlürft derweil im Flieger an ihrem ziemlich laschen Kaffee. Der Plastikbecher ist irgendwie heisser als der Inhalt. Naja, so ähnlich wie bei den Typen. Wenn sie da an Alex denkt. Absolut heiss, aber innendrin ein Eisklumpen, arrogant und oberflächlich noch dazu. Sie muss schon zugeben, diese Dolores passt perfekt zu ihm. Barbie und Ken. Das kann sie ohne Neid bestätigen. Ob sie so aussehen möchte? Nein, niemals, denn Romi weiss, was das bedeuten würde: jegliche Art von Schlemmerei wäre verboten, striktes Trainingskonzept und vorallem niiieeee mehr die leckeren, mit fein-cremiger Schokolade gefüllten Doppelkekse essen. Nein, also wirklich nicht. Klar, hat sie das ein oder andere Röllchen zuviel, aber eigentlich fühlt sie sich wohl. Oder wenn sie da nur an die unfassbaren Pralinen von Konstanze denkt. Ein absolutes Highlight, selbst für Gourmets. Sie muss Konstanze irgendwann wieder besuchen. Sie mag sie sehr. Vielleicht rufe ich sie nächste Woche mal wieder an, denkt Romi. Bedenken Alexander dort zu begegnen hat sie nicht, denn der Alex ist ja sowieso nie dort, Konstanze hat ihr ja schon mehrfach ihr Leid geklagt.

Alexander läuft im Ankunftsterminal weiter in Richtung Check in, naja bzw. Check out ja nun. Hier will er auf Romi warten. In der Jackentasche hat er eine kleine Stange mit Whisky-Likör-Pralinen, die er soeben im Store erstanden hat. Sicher mag Romi die. Er hat sie diesen Likör mit seiner Mutter trinken sehen. Für sich hat er nichts gekauft. Kein Platz und keinen Bock jetzt irgendwelches Zeugs rum zu schleppen.

Noch 20 Minuten, dann landet Romi's Flieger. Alex setzt sich noch vorne an die Theke eines Restaurants und bestellt sich einen Kaffee. Sein Telefon hat er auf lautlos geschaltet, was sehr selten vorkommt. Aber er hat gerade überhaupt keine Lust, auf die nervigen und ständigen Kontrollanrufe seiner Mutter, die es kaum abwarten kann, bis Romi und Alexander endlich glücklich vereint sind und Konstanze dutzende Enkelkinderchen schenken. Ein weiteres Problem ist, dass selbst Robert, mitten in den Flitterwochen mit seiner Mei Ling, ständig informiert sein möchte (per Whats App, Video-Call und was es sonst alles noch so gibt), wie das jetzt mit Romi weitergeht und wann sie sie mal kennen lernen. Am besten noch Flitterwochen zu viert.... Auf sowas hat Alex ja absolut null Bock, dieses ganze Liebesgeschwätz ist nunmal nicht seins. Dem Robert hat auch irgend etwas das Gehirn vernebelt. So wird das bei ihm nicht, das steht fest. Davon abgesehen weiss er sowieso nicht, was er macht, wenn Romi wieder abblockt. Vermutlich ist er dann sauer, denn er hat nichts gemacht. Gerade wird sein Kaffee gebracht, auf einem kleinen Silbertablett, mit Spitzendeckchen, einem Glas Wasser und einem duftendem Plätzchen in einer separaten Porzellanschüssel daneben, dabei noch 2 Sorten Zucker und frische Sahne in einem Kännchen. Ok, für 7,90 EUR kann man auch was erwarten. Das Gedeck erinnert ihn an seine Zeit mit seinen Eltern, als er noch ein kleiner Junge war. Oft waren sie in Österreich und Vater und Mutter waren mittags immer zum Kaffee. Alex bekam Kakao mit frisch geschlagener Sahne und Apfelstrudel dazu. Der Kakao kam auch immer auf so einem Tablett, mit Spitzen-deckchen. Man war das schön. Wie lange hatte er schon keinen Apfelstrudel gegessen? So einer Sünde wäre selbst Alex nicht abgeneigt. Hier am Flughafen gibt es auch, aber das taugt ja nichts. Selbstgemacht muss er sein, am besten auf einem Berghof irgendwo in den Alpen. Irgendwann fährt er wieder nach Österreich. Vielleicht sogar mit Romi. Sicher gefällt ihr das, er schätzt sie sehr naturverbunden ein. Ja, das würde ihm gefallen. Ein paar Tage weit oben auf so einer Hütte mit Romi und Internetverbindung.

Alex nimmt einen Schluck des Kaffee's (ohne Sahne und ohne Zucker und auch der arme Keks liegt noch unberührt daneben). Mit der Tasse in der Hand schaut er sich um. Sein Blick streift vorbei an wartenden Menschen, an hektischen, an fröhlichen und traurigen Menschen. Die einen gehen, die anderen kommen. Einige verabschieden sich, andere heissen sich willkommen. Direkt neben dem Kaffee steht eine Familie mit einem riesigen Hund, ein Prachtexemplar der Rasse Bernhardiner. Über dem Hund schwebt ein grosser, aber im Vergleich zu der Dimension des Hundes, winzig wirkender Herzluftballon auf dem steht: Willkommen zu Hause. Der Mann neben ihm am Tisch bestellt eine Gulaschsuppe, die Frau daneben gibt sich dann doch mit einem laktosefreien, aber nicht veganem Latte-Macchiato zufrieden. Gerade kommen wieder Leute aus der Halle, die gerade gelandet sind, aber das war noch nicht Romi's Flieger, das dauert noch ein paar Minuten.

Mittlerweile ist auch Caro am Flughafen angekommen und wartet unfassbar gespannt in ihrem Wagen. Insgeheim hofft sie, trotz der vielen Menschen, bald von Weitem einen Blick auf das Liebespaar Romi und Alex werfen zu können. Mit Konstanze hat sie heute natürlich schon mehrfach telefoniert und beide Frauen bleiben nach wie vor in ständigem Austausch. Konstanze wäre als Schwiegermutter für Romi ein Traum, denkt Caro. Das muss heute klappen und das wird heute klappen! Es kann einfach nichts mehr schiefgehen.

Während Alex so weiter in die Runde schaut und beobachtet, was sich um ihn herum alles so abspielt, läuft Romi, die gerade gelandet ist und sich innerhalb einer Gruppe anderer Passagiere bewegt, geradewegs in Richtung Ausgang des Terminals. Vorbei an den wartenden, vorbei an den hektischen, vorbei an den glücklichen und vorbei an den traurigen Menschen.

Und vorbei an Alexander.

Eine Durchsage ertönt aus den Lautsprechern: „die Passagiere des Fluges LH-73 nach Neapel mögen sich bitte ins Terminal begeben. Wir können bereits mit dem Boarding beginnen." Alexander schreckt hoch: was hat er gerade gehört? Heisst das, Romi ist bereits gelandet? Eventuell ist Romi bereits auf dem Weg nach draussen, da sie denkt, von Caro abgeholt zu werden? Schweiss steht auf seiner Stirn, sein Gesicht wird kreidebleich. In diesem Moment springt er von seinem Stuhl auf, ohne sich umzusehen und stösst der Bedienung die heisse Gulaschsuppe für den Herrn am Nebentisch aus der Hand. Die Suppe sucht sich ihren Weg über Alexanders rechte Körperhälfte. Der ganze rechte Arm ist komplett mit Gulaschsuppe bedeckt. Im ersten Moment hat er noch nichts bemerkt, aber jetzt, ein paar Sekunden später, brennt seine Haut wie Hölle. Die heisse Suppe hat Teile seines Unterarmes verbrannt und die Schärfe der Gewürze dringt tief in die verbrannte Haut ein. Als der Schmerz einsetzt, fällt Alexander zu Boden, er sitzt nun mit dem Rücken am Tischbein gelehnt, hilfesuchend in den Raum schauend. Die Bedienung ist ausser sich, sie ruft sofort ihrer Kollegin zu, sie möge bitte sofort die Sanitäter rufen. Zu Alexander sagt sie, er solle sich beruhigen, das wäre hier schon öfter vorgekommen (welch ein Trost), die Sanitäter kriegen das sicher gleich wieder in den Griff. Der Herr am Nebentisch schaut mitleidig auf den Boden zu Alex, dann zur Bedienung und dann auf seine sehnlichst erwartete Gulaschsuppe. Vermutlich gilt sein bemitleidender Blick eher der Suppe.

Die Sani's kommen angerannt, einer der Beiden beginnt sofort mit der Erstversorgung von Alexander's verbranntem Unterarm. Die obere Körperhälfte ist nicht so schlimm getroffen, denn die Suppe ist erst auf der Kleidung gelandet. Da Alexander aber unter seinem Jackett, dass er ausgezogen hatte, Halbarm trägt, hat es die komplette rechte Seite seines Unterarmes erwischt. Die Sanis packen Alex in einen Rollstuhl und schieben in fix in Richtung der Sanitätsstation.

Romi schiebt derweil sich und ihren Koffer durch die Drehtür. Draussen angekommen, versucht sie inmitten der unzähligen parkenden und wartenden Auto's das ihrer Schwester Caro zu finden.

Caro sitzt noch in ihrem Auto und wartet auf die erlösende Nachricht von Alexander bzw. auf die „Sichtung" des aus dem Flughafen kommenden, hoffentlich engumschlungenen Liebespaares, als es an der Scheibe klopft. Caro schrickt auf und blickt direkt in Romina's fröhliches Gesicht und ist erstmal baff. Was geht hier ab? Caro muss sich gerade extrem zusammenreissen um nicht irgendwelche, wirre Fragen zu stellen, die Romi sowieso nicht verstehen würde, da sie ja von all den Plänen heute nichts weiss.

„Ahhh, da bist Du ja mein Schwesterlein, wie schön! Aber so früh habe ich Dich nicht erwartet, wieso bist Du schon da?" „Wir hatten extremen Rückenwind, das ist jetzt kein Witz, wir waren eine halbe Stunde früher da als geplant, der Pilot hatte uns das schon im Flugzeug mitgeteilt, aber ich wollte nicht für eine Nachricht W-LAN kaufen." „Achso." Mh, dann muss Alexander ja noch irgendwo auf dem Flughafen warten vermutet Caro... Was ist das alles ein Chaos... Mist. Caro steigt aus und drückt ihre Schwester herzlich. „Na, wie war's, erzähl?" „War ganz toll, ich fühl mich richtig gut Caro. Neapel ist toll und vorallem waren Francesca und Fabricio toll! Alles ganz grossartig. Aber jetzt freue ich mich, dass ich wieder hier bin. Wo sind Nele und Hercules? Ich dachte die Beiden kommen mit?" „Ähm, achso ähm nein, sie waren noch Gassi und das hätte zu lange gedauert, also bin ich ohne die Beiden losgefahren. Aber Du siehst sie ja gleich. Ich denke Du kommst noch mit zu uns? Ich fahr Dich dann später nach Hause, ok?" „Natürlich, super gerne!" „Na dann, wirf Dein Gepäck hinten rein und los geht's, weg aus dem schrecklichen Getümmel hier."

Während Romi ihr Zeug verstaut, tippt Caro schnell eine SMS an Konstanze: „alles schiefgelaufen, Romi bei mir im Auto. Kann jetzt nicht reden. Melde mich."

Konstanze liest voller Schrecken die Nachricht von Caro. Zurückschreiben kann sie nicht, sie weiss nicht, wie das geht, aber das braucht sie auch nicht, was sie liest, genügt! Sie legt das Handy beiseite und sagt zu Horst: „jetzt hat der Junge alles vermasselt, ich glaube es ja nicht." Ziemlich zornig wählt sie gleich darauf die Nummer von Alexander. Dieser sitzt mittlerweile bei Tee und Keksen mit Brandsalbe und Verband versorgt in einem Zimmer der Sanitätsstation am Flughafen. Schmerzmittel hat er auch bekommen, er fühlt sich gerade ziemlich relaxed, sicher ist da ordentlich Beruhigungsstoff drin.

Sein Handy klingelt, Alex steht langsam auf und sucht in seinem Sakko danach. Nach einer gefühlten Ewigkeit des Läutens für Konstanze geht Alexander endlich ran: „Hallo?" „Wo bist Du, was hast Du gemacht? Was war los, ich glaube es ja nicht, das darf doch alles nicht wahr sein!" „Mutter... was meinst Du?" „Romi sitzt bereits bei ihrer Schwester im Auto, warum hast Du sie nicht abgeholt?" Der Nebel verschwindet und Alex sieht wieder etwas klarer... „Oh Mist Mutter, das war alles ein riesiger Mist, alles ist schief gelaufen!" „Ja, das kann man wohl sagen und nun sag schon, was war los?" „Ich war früh genug am Flughafen, hatte mich dann zum Warten noch in ein Café gesetzt. Ich trank gerade einen Kaffee als die Durchsage kam, die Passagiere für den Neapel Flug können bereits zum Boarding, die Maschine wäre früher als geplant zu belegen. Naja dann habe ich eins und eins zusammengezählt und mir war klar, dass Romi bereits gelandet sein müsste und auch bereits durch den Zoll. Also wollte ich mich aufmachen um sie zu suchen... Naja, was dann geschehen ist in Kurzform: Ich bin mit der Bedienung und einer glühend, heissen und scharfen Gulaschsuppe zusammengestossen. Jetzt sitze ich gerade im Sani-Raum auf dem Flughafen." „Oh mein Gott, mein armer, lieber Junge, wie geht es Dir? Ich komme sofort, Horst soll mich fahren, ich bin jetzt nicht in der Lage, ich bin total fertig, das alles nimmt mich sehr mit und jetzt hast Du Dich noch so schwer verletzt!" Und schwupps-di-wupps ist aus dem Zorn und Ärger wieder mütterliche Fürsorglichkeit geworden. „Bleib wo Du bist, wir kommen sofort!" „Äh ja Mutter, Terminal eins…" Da hat Konstanze auch schon aufgelegt und den armen Horst zum Wagen gescheucht. So gerne hätte sie Caro angerufen, aber das geht ja nicht, weil Romi bereits da ist und nichts mitbekommen darf. Denn nun muss der 2. „Rettungsplan" geschmiedet werden und zwar noch heute!

18 – Plan B

Nun sind wir am Abend des chaotischen Tages angekommen. Alexander hockt mittlerweile wieder in seiner Bude in München und macht ausnahmsweise mal: NICHTS. Liegt auf der harten Designer-Couch und tippt auf dem Handy rum. Hört Nachrichten im Radio und überlegt.... Und manchmal bedauert er sich ein bisschen selbst wegen der Schmerzen... Aber ansonsten gerade alles ganz easy. Die Tabletten sind spitze. Seine Mutter und Caro werden das mit Romi schon machen. Er überlegt, ob er den TV einschalten soll aber entschliesst sich dann rüber ins Schlafzimmer zu gehen und von dort ein bisschen reinzuschalten. Alex drückt noch den On-Knopf der Fernbedienung und ist ein paar Sekunden später eingeschlafen. Der Fernseher läuft vor sich hin bis in den Morgen hinein.

Romi hatte noch ein frühes Abendessen mit Ihren Lieben und Caro, Nele und Hercules haben sie dann nach Hause gefahren. Gerade packt sie ihre Tasche aus und wirft die Wäsche in die Waschmaschine.

Nun läuft sie durch die Räume und öffnet jedes Fenster zum Lüften. Viel wird sie heute nicht mehr machen. Ist noch Vanille-Eis da? Ein kurzer Blick und ja, eine fast volle 3L Schüssel. Juhu. Mit etwas Selbstdisziplin schafft es Romi, nicht die ganze Schüssel mit auf die Couch zu nehmen, sondern daraus lediglich 3, etwas grössere Bällchen zu entnehmen... und dann auch hoffentlich auch keinen Nachschlag mehr zu holen. Nach dem Eis gibt's noch ein paar Erdnüsschen und weil sie dann so weitermachen könnte, geht sie ins Bad und putzt ihre Zähne und nimmt danach noch einen Zahnpflegekaugummi, der unterdrückt diese Gelüste...Noch ein kleiner Teil der geliebten Netflix-Staffel und dann fallen auch Romi die Augen zu. An Alex hat sie – ja auch heute – ein paar Mal gedacht. Der Arsch. Sicher pimpert er gerade das Knochengerippe. Nur nicht dran denken.... Doch noch eine kleine Kugel Eis? Ehm... nein. Romi entschliesst standhaft zu bleiben und sich nach Ende der Serie ins Bett zu legen. So macht sie es auch.

Dort blättert sie mit ihrer Leseleuchte noch ein paar Seiten in einem ihrer geliebten Schmöker und schläft ziemlich selbstzufrieden ein. In der Nacht wacht Romi kurz auf und schaltet die Leseleuchte aus. Kurz darauf schläft sie wieder ein. Sie träumt. Sie ist am Flughafen, wie heute Mittag. Sie läuft durch die Gänge und durch die vielen Menschen hindurch. Da, da war Alexander, oder doch nicht? Sie läuft weiter. Weiter vorne steht ein grosser Hund mit einem Herzluftballon, dahinter eine Frau die weint und noch weiter hinten ein Vater mit einem Kind auf dem Arm... Da, da war er wieder. Romi läuft schneller, ruft ihn. Er hört sie nicht und dann ist er verschwunden. Sie läuft in Richtung Ausgang, zur Schiebetür, dreht sich noch einmal um. Sie hört ein Klirren, als wäre irgendwo Geschirr zu Bruch gegangen. Aber von Alex keine Spur... Sie geht zum Ausgang. Und wacht auf. Sie hört die Vögelchen zwitschern. Die Sonne strahlt durch ihre Vorhänge. Wie spät ist es, oder besser, wie früh? 5:30 Uhr, ziemlich früh, aber Romi ist top-fit. Gerade fällt ihr der seltsame Traum ein. Das darf ja nicht wahr sein. Kaum zurück und schon verfolgt der sie wieder in ihren Träumen... naja, wird noch einige Zeit dauern und immer wieder vorkommen. Romi beschliesst sich eine Tasse Kaffee aufzubrühen und dann im Park die Enten zu füttern. Ein toller Start in einen vermutlich tollen, stressfreien Sonntag.

Romi sitzt bereits seit einer Stunde auf der Bank am schönen See an diesem wunderschönen Sonntag morgen. Viel ist noch nicht los. Aber die Enten waren schon da. Das Futter ist leer. Sogar die

Kleinen hat Romi gesehen, zu süß. Sie möchte noch ein paar Minuten verweilen und dann wieder zurück nach Hause gehen. Mal sehen, was der Tag noch so bereithält, vermutlich nicht viel und ganz ehrlich? Das ist auch gut so. Ihren Freunden hat sie noch nicht gesagt, dass sie wieder hier ist, die denken, sie kommt am Dienstag. Sie liebt sie, wirklich, aber die Bemutterung wegen Alexander geht ihr allmählich tierisch auf die Nerven. Francesca ist noch in Neapel und... da klingelt das Handy. Romi schaut drauf und hebt ab: „Caro, guten Morgen!" „Guten Morgen liebstes Schwesterlein, na, ist alles ok bei Dir? Hast Du gut geschlafen?" „Ja, alles prima, bei euch auch?" „Jaja. Du, pass mal auf, ich möchte gerne mit Dir über etwas reden." Romi ahnt schon, über was oder besser gesagt, über wen...Sicher steckt Richard dahinter, der möchte seinen neuen „best Buddy" auf keinen Fall verlieren. „Lass mich raten Caro, es geht um Alexander?" „Ja, Du liegst richtig, hihihi haha (verlegenes Lachen). Es ist aber alles ganz anders, als Du denkst... Naja also..." „Caro, was soll anders sein? Ich habe es doch gesehen, der ist ein egozentrischer Hallodri und eigentlich hätte mir das von Anfang an klar sein müssen, ich weiss auch nicht́, was mit mir passiert ist, vermutlich hat mich diese teilweise romantische Stimmung, vorallem natürlich im Anwesen von Konstanze, während dieser lauen, schönen Sommernacht, mitgerissen. So wird's sein. Ich komm schon drüber weg... es ärgert mich nur, dass ich auf so einen reinfalle. Ich meine es ist ja nichts passiert, ach, Du weisst schon. Der Ken hat jetzt seine Barbie und ich suche mir meinen Peter von der Alm (ihr wisst schon, der von der Heidi). Aber im Moment brauch ich auch den nicht. Ich will einfach meine Ruhe und weitermachen, wie bisher." „Ich weiss Romi. Aber was wäre, wenn ich Dir sage, dass alles ein riesengrosses, superblödes Missverständnis war?" „Caro, was ich gesehen habe, war eindeutig." „Eben nicht und jetzt hör einfach zu! Alexander war bei uns, bei Richard und mir, letztes Wochenende." Romi schüttelt ungläubig den Kopf und verrollt die Augen. „Er hat uns erzählt, dass er diese Dolores wegen eines Ver-

kehrsvergehens kontaktiert hatte…" „Achsooo, wegen eines ä-
hem räusper…Verkehrsvergehens", sagt Romi und zieht die Sache in Lächerliche, „na den Verkehr kann ich mir bildhaft vorstellen!" „Nein! Das stimmt wirklich. Diese Dolores ist verlobt und
Alex hat an diesem Tag sogar noch ihren Verlobten kurz kennen
gelernt. Du hast den wohl ungünstigsten Augenblick erwischt,
nämlich an dem sich Alex und diese Dame voneinander verabschiedet haben. Der Alex hat nix mit der und will auch nix von
der!" „Aha und das hat er euch so einfach und ganz offen in eurem gemeinsamen Beziehungstalk mitgeteilt, ja…!" „Romi, glaub
was Du willst, ich sage Dir nur, wie es ist. Ich glaube Alexander.
Warum sollte er lügen? Er war total geschockt also wir ihn auf
seine Beziehung angesprochen haben, er wusste überhaupt nicht,
wovon wir reden. Ich sage Dir das nur, weil ich gerne möchte,
dass ihr Beide euch wieder seht, vielleicht bei uns, das ist dann
unkompliziert und ihr seid nicht alleine." „Na gut, von mir aus.
Aber heute mit Sicherheit nicht mehr, ich will meine Ruhe. Und
unter der Woche ist es sehr schlecht, am Mittwoch ist wieder
Speed-Date und am Dienstag muss ich an der Kino-Kasse den Da-
niel vertreten. Und die anderen Tage weiss ich noch nicht, wie's
mit der Kita ist, also welche Schicht ich habe, da viele wegen Magen-Darm ausgefallen sind." „Na gut, dann lass uns mal was fürs
kommende Wochenende ins Auge fassen. Richard soll das mit
Alex klären und ich geb Dir dann Bescheid, ja?" „Ok, von mir aus,
alles klar! Ich freu mich, vor allem auf Nele und Hercules."

Nach dem Gespräch mit ihrer Schwester ruft Caro sofort bei Alexander's Mutter Konstanze an. Die beiden Frauen kommen dabei
auf eine brillante Idee: warum warten bis zum Wochenende, warum nicht einfach Romi vor vollendete Tatsachen stellen? Natürlich setzt das voraus, dass Alexander mitspielt. Aber Konstanze
erklärt Caro, dass sie da kein Problem sieht, denn so einfach wie
im Moment, hätte sich Alexander noch nie steuern lassen. Er ist
geradezu wie eine Marionette. „Romi hat am Mittwoch wieder ein

Speeddating-Event. Ich denke das wäre eventuell der absolut passende Rahmen? Ihre Geschäftspartner sind gleichzeitig sehr gute Freunde, ich kenne alle 3 und glauben Sie mir Konstanze, die wären sowas von dabei!" „Ach Caroline, das klingt alles ganz wunderbar! Gemeinsam schaffen wir das!"

Caro möchte nicht bis zum Wochenende warten, deshalb kam ihr die Idee mit Mittwoch. Romi muss vor vollendete Tatsachen gestellt werden. Und man weiss ja auch nicht, wie lange Alexander das alles so mitmacht.

Sofort wäre natürlich am Besten, aber das geht halt leider nicht. Caro telefoniert sich die Finger wund und vereinbart mit Maggie, Tom und Micha die Vorgehensweise am kommenden Mittwoch. Selbstverständlich wird Romi davon nichts erfahren. Der Plan, ist folgender: wenn das Speeddate-Event beginnt, ist alles vorbereitet wie immer. Die Teilnehmer haben ihre Plätze eingenommen und warten sozusagen auf den „Startschuss". Wie üblich ist es an Romi den Teilnehmern, zusammen mit einer freiwilligen Person oder einer ihrer Geschäftspartner, nochmal kurz vorzuführen, wie die wenigen Minuten Frage und Antwort Spiel so ablaufen könnten. Und dann kommt Alex ins Spiel.

Völlig unerwartet wird er sich ihr gegenüber setzen. Als Gast. Das denken natürlich die Teilnehmer.

Romi hat ihre Standard-Beispiel Fragen meist im Kopf. Manchmal nimmt sie aber auch einen Zettel und wählt wahllos Fragen aus. So muss es auch an diesem Tag sein. Tom tauscht den Zettel gegen einen mit den bereits vorbereiteten Fragen aus, so der Plan. Alexander wird im Vorfeld natürlich über die Fragen informiert werden, um sich vorzubereiten. Hoffentlich macht er das Spiel mit. Eigentlich soll es ja romantisch sein, aber andererseits ist auch sehr viel Planung und Vorbereitung notwendig. Aber das weiss Romi ja nicht. Und Alexander wird sicher schweben, wenn er sie sieht. Oh, da fällt Caro ein, sie muss irgendwie noch Romi's Outfit für diesen Tag überprüfen, denn manchmal greift Romi wirklich daneben. Caro war während der Schwangerschaft mit Nele etwas „fester" beisammen. Davon existieren noch ein paar Überbleibsel. Und darunter sind echt tolle Klamotten. Ein schönes Kleid, leger und gleichzeitig edel, Midi-Länge, Arme aus Spitze. Zu Romi's Haaren ein Traum. Sie wird ihr dieses Kleid irgendwie unterjubeln...Und da Romi meist die neuen Sachen sofort trägt, wird Caro ihr das Kleid am Dienstag geben. Oder Richard soll's ihr bringen, er arbeitet ja in der Nähe. So wird's gemacht. Und jetzt heisst es planen, hoffen und gespannt abwarten. Caro und Konstanze werden leider nicht mit dabei sein, das wäre zu viel und zu auffällig. Über die Anwesenheit von Caro würde sich Romi wundern und Alex wäre ziemlich genervt, wenn seine Mutter dabei wäre. Caro wird sich und Konstanze per Handy zuschalten lassen, über Tömmchen. Das wird ein Spass. Caro hat Konstanze und Horst telefonisch instruiert, wie man so einen Videochat mit mehreren Teilnehmern startet. Hoffentlich funktioniert's.

19 – Ready to go

Die Zeit zum Mittwoch vergeht für alle wie im Flug. Romi hatte ziemlich viel mit ihrem Job und den Nebenjobs zu tun, Caro und Konstanze waren damit beschäftigt, den Mittwoch zu Planen und alle Eventualitäten bereits im Voraus auszumerzen. Ob ihnen das auch wirklich alles gelingt? Na wird schon. So, noch 2 Stunden bis zum Speeddating am heutigen Mittwoch. Caro rennt völlig verwirrt durchs Haus, Konstanze hat die ganze Nacht nicht geschlafen und Horst hat sich bereits mit der Neuheit „Internettelefonie" vertraut gemacht und das ein oder andere, zusätzliche „Feature" entdeckt.

Alle sind startklar. Bereit für das ultimative Speed-Date schlechthin! Alex steht vorm Spiegel und betrachtet sich selbst aus verschiedensten Perspektiven. Klar, er sieht in allem, was er trägt, gut aus. Aber heute muss es einfach noch besser sein. Es muss perfekt sein. Nur so kann er voll und ganz seinen „Auftrag" ausführen. Er trägt einen blauen Anzug mit einem fein geblümten Hemd, welches aber in keinster Weise kitschig wirkt, sondern sympathisch und schick. Schuhe? Wie immer, hochglanz Lack, gewienert und geleckt bis ins kleinste Detail. Aber ohne Spucke versteht sich, das mag Alex nicht.

Romi steht ebenfalls vorm Spiegel. Sie ist noch nicht ganz zufrieden mit sich. Nein, nicht wegen der Männer heute Abend, mit Gästen fängt sie sowieso nichts an, nur wegen sich selbst. Sie muss sich wohl fühlen, nur so kann sie ganz sie selbst sein und die Teilnehmer heute Abend motivieren. Gerade gestern haben Romi, Maggie, Tömmchen und Micha eine E-Mail von ehemaligen Teilnehmern bekommen. Das erste Baby eines Paares, das sich auf einem ihrer Dates kennen gelernt hat, ist da. So schön. Alle haben sich riesig darüber gefreut. Nun liegt es an Romi und ihrem Team wieder ein paar Menschen glücklich zu machen. Aber das wird schon. Romi hat für heute ein tolles Gefühl, nämlich dass das ein oder andere einsame Herz ein passendes anderes, einsames Herz finden wird. Ihre Fragen für die kurze Vorführung der „Testversion" wollte Tömmchen vorbereiten, er hätte tolle Ideen, man könne ja auch „einfach mal was Anderes fragen", hat er zu Romi gesagt. Nun gut, sie verlässt sich auf ihn, Tom ist toll und war schon immer richtig gelegen.

Romi betrachtet nochmal selbstkritisch ihr Spiegelbild. Mhhh... was sie sieht, gefällt ihr nicht. Ob sie doch das Kleid von Caro anziehen soll? Richard hat die Woche eine Tüte mit alten Sachen vorbeigebracht, die Caro nicht mehr passen. Ausnahmslos alle Klamotten sind qualitativ immer noch top! Romi entscheidet sich für das blaue Kleid mit den Spitzenärmeln. Passen tut es wunderbar, sie hatte die Sachen gleich nach Erhalt anprobiert. Sie wechselt ihre Seidenstrümpfe (nun Farbe Amber statt Schwarz) und schlüpft in das schöne blaue Kleid. Und was sie nun im Spiegel sieht, gefällt ihr sogar ganz gut. Los geht's. Romi schnappt ihre Tasche und ist motiviert bis in die Zehenspitzen. Sie hofft, dass Amor's Pfeil heute Abend mal wieder so richtig zuschlägt. Anhand der Kandidatenprofile und der Photos hat sie bereits ein paar interessante Konstellationen entdeckt. Das wird schon.

20 – Gib alles Alex!

E ndlich, 19:45 Uhr, gleicht geht's los. Fast alle Teilnehmer des heutigen Speeddates sind bereits eingetroffen. Maggie kümmert sich gerade, zusammen mit dem Servicepersonal, um Drinks und Snacks. Micha rennt von hier nach dort, irgendwie ist der heute planlos findet Romi, und Tömmchen scheint ihr seltsam aufgeregt. Auch hat er ihr den Zettel mit den neuen Fragen noch nicht gegeben, er hätte ihn im Auto vergessen. Romi solle sich schonmal hinsetzen und warten, er würde ihr den Zettel bringe, „ach und übrigens ich habe auch schon den ultimativen Testkandidaten gefunden", hat er zu ihr gesagt. Ok, also nichts zu tun für Romi. Schade, sie hätte gerne vorher gelesen, welche Fragen das sind, auch um bereits ihre Antworten für evtl. Gegenfragen vorzubereiten. Aber nun ist das eben so. Sie geht nochmal kurz zu Maggie und trinkt einen Schluck Wasser. Maggie streichelt ihr über den Arm. Mit einer ziemlich feuchten Hand. Irgendwie sind alle aufgeregt. Was ist los heute? Romi ist die Ruhe selbst und freut sich, dass es gleich losgeht. Sie ist immer total gespannt auf die verschiedenen Reaktionen der Teilnehmer, die sich für ein paar Minuten gegenüber sitzen und sich zum Teil ein wirklich wirres Frage-Antwort spiel liefern. Manche sind danach total happy, andere können das Ende der Unterhaltung nicht abwarten und flüchten nach ertönen des Signals genervt aber erleichtert zum nächsten Partner.

Gerade kommen noch 2 Frauen hereingerannt und rufen „sorry, die Bahn war zu spät". „Prima, nun sind wir vollzählig. Nimmt bitte da drüben Platz ihr beiden, wir wechseln sowieso gleich die Plätze. Ich denke ihr seid Lena und Melissa?" Die Frauen nicken und lächeln, sind gespannt, was sie gleich erwartet. „Maggie da drüben gibt euch gleich noch die Namensschilder und dann geht's auch schon los", sagt Romi und schliesst die Tür. Als sie das tut, erinnert sie sich an ihre erste Begegnung mit Alexander. Als er für sie die Testperson gemimt hat, nachdem sie ihn auf dem Hotelflur „angeworben" hatte. Und dann kommt wieder alles hoch, was danach so kam. Oder eben, was nicht kam. Ihr wisst schon. Oh Mann!

Romi setzt sich an den Tisch ganz vorne, der „Vorführtisch" sozusagen und wartet auf die Person, mit der sie das kleine Frage-Antwort Spiel vorführt, damit sich die Kandidaten ein Bild von dem machen können, was gleich auf sie zukommt. Und was nun kommt, ja das war von langer Hand geplant. Alle wissen Bescheid: Tömmchen, Maggie und Micha und natürlich der Alex. Der steht schon weiter hinten in den „Startlöchern". Alex ist selten aufgeregt. Aber gerade jetzt hat er ziemlich feuchte Hände. Er schwitzt. Aber irgendwie ist ihm auch kalt. Alles ganz komisch. Dazu schlägt sein Herz wie verrückt, seit er Romi durch die kleine Spalte in der Tür gesehen hat. Das Kleid, das sie trägt, schmeichelt ihr wirklich sehr. Sie sieht wunderschön aus, aber nicht nur wegen dem Kleid. Tömmchen hat alle Kandidaten zu den Tischen gebeten, schiebt Romi wortlos den Zettel mit den Fragen zu und geht, fleissigen Schrittes, weiter nach hinten, um aus der „Schusslinie" zu kommen. Wer weiss, was gleich passiert. Uiuiui. Die Romi kann schon, wenn sie will… Dann wird aus einer harmlosen Fliege ein feuerspeiender Drache… Romi ist nun ganz vertieft in die neuen Fragen. Maggie und Micha haben Alex nach vorne gebeten. Er nimmt nun bei Romi Platz und sitzt ihr gegenüber. Romi vernimmt eine Bewegung und schaut zu ihrem Gegenüber. Ihr Gesicht spricht Bände. Mit dem Zettel in der Hand und offenem Mund schaut sie ihn an. Keiner der Beiden lächelt, auch nicht Alexander. Gerade geht ihm der Hintern auf Grundeis. Was wird sie tun?

Romi ahnt, nein, Romi weiss, was da los ist. Meine Güte, warum hat sie überhaupt nichts bemerkt? Es waren so viele Vorzeichen, die sie hätte deuten können: das seltsame Verhalten ihrer Freunde, auch schon Tage zuvor, der Sack mit den tollen Klamotten von Caro, genau jetzt, oder auch die „keine Eile, wir haben Zeit" Taktik von Caro bzgl. „es reicht, wenn wir am Wochenende gemeinsam mit Alexander und Dir grillen", ihre Mutter, die scheinbar auch Bescheid weiss und sich ständig am Telefon erkundigt hat, ob der Termin am Mittwoch auch wirklich stattfindet. Dann im Hintergrund ihr Vater, dem die Mutter mitgeteilt hat: „ja Günther, findet statt!" Das hat die Beiden noch nie interessiert. Sie wissen ja noch nicht mal, was Romi da eigentlich tut, geschweige denn, was ein Speeddate ist. Ok, es ist, wie es ist. In den hinteren Reihen stehen Tömmchen, Maggie und Micha. Tömmchen und Maggie halten ein Handy in der Hand, es sieht aus, als würden sie filmen? Das wird ja immer besser. So wartet ab, euch zeig ich's, denkt Romi. Noch einmal schaut sie Alexander an, schaut ihm tief in seine Augen. Seine ehrlichen Augen, warmen Augen. Sieht den Schweiss an seinem Haaransatz. Angstschweiss.

Den sollst Du auch haben, denkt sie sich. Ultraprofessionell wendet sich Romi, noch immer den Zettel in der Hand, an die Gäste und begrüsst sie. „Hallo ihr Lieben, wie schön, dass ihr alle da seid!" Ich hoffe es wird ein toller, interessanter Abend. Bevor es losgeht möchte ich euch nur noch gerne kurz zeigen, wie das Date mit eurem Tischpartner oder eben den wechselnden Tischpartnern ablaufen könnte. Bitte unterbricht mich gerne für eventuelle Zwischenfragen." Ein kurzer, tötender Blick zu den Dreien hinten in der Ecke und Romi dreht sich zu Alexander. Mit beiden Händen klammert er sich unterhalb seines Stuhles fest, ansonsten sitzt er da wie ein Stock. Romi legt los: „Hi, ich bin Romina." Alexander räuspert sich kurz und sagt ebenfalls: „Hallo, ich bin Alex."

„Hallo Alex, freut mich Dich kennen zu lernen. Ich stelle nun meine Fragen: Was ist Dein Lieblingszitat?"

„Ich habe keine Lösung, aber ich bewundere das Problem." (von Jonathan Briefs) Die Andeutung versteht Romi natürlich genau. „Und Deines Romina?" Und da kommt es wie aus der Pistole geschossen: „Jedes Ding hat drei Seiten: eine positive, eine negative und eine komische." (von Karl Valentin) Alexander versteht natürlich ebenfalls.

„Gut, machen wir weiter", sagt Romina, nächste Frage: „Wo siehst du Dich in 5 Jahren?" „Ehrlich gesagt, ich weiss es nicht. Ich hatte mir darüber nie Gedanken gemacht. Ich nahm immer an, alles bleibt so, wie es ist. Bis ich Dich getroffen habe." Romi's Augen weiten sich, durch das „Publikum" geht ein Raunen. Tömmchen entfleucht ein kleiner, herrlicher Seufzer, den er sofort wieder mit der Hand vor seinen Mund unterdrückt. Caro, Konstanze und auch der Horst, die per Video-App zugeschaltet sind, sind entzückt. „Das ist mein Junge", sagt Konstanze zu Horst. Romi gibt sich noch völlig unbeeindruckt und macht einfach weiter, obwohl Alex eigentlich dran wäre: „was war der seltsamste, peinlichste und zugleich lustigste Moment in Deinem Leben?" Alex fängt an zu lachen und antwortet: „den kennen nur wir Beide... Zuerst Du, dann ich, Du weisst schon." Romi denkt nach, oh mein Gott, die Küblerei am See. Balsam für ihr Gemüt, so peinlich es auch war. Zum ersten Mal lacht auch Romi, ein bisschen zumindest. Und schon kommt die nächste Frage: „Was macht für Dich die perfekte Partnerschaft aus?" Alexander stellt gleich die Gegenfrage: „gibt es denn überhaupt die perfekte Partnerschaft?" Romi hat keine Antwort. Mist, so ein Idiot.

Schnell schaut sie auf ihren Zettel und fragt weiter: „Alexander, wann vergisst Du die Zeit?" Und jetzt legt unser Alex mal so richtig los, er gibt alles: „Ja, wann vergesse ich die Zeit. Mal überlegen. Mh, also ich vergesse die Zeit, wenn mein nagelneuer Porsche einfach nur erbärmlich nach Hundekacke stinkt, ich vergesse die Zeit, wenn eine komplette Schokotorte den beigefarbenen Alkantarahimmel in meinem Auto braun färbt, ich vergesse die Zeit, wenn ich auf einem quietschenden Hundespielzeug ausrutsche, mit Gehirnerschütterung und Platzwunden und noch dazu mit dem Biss einer kleinen Ratte in meinem Arsch ins Krankenhaus muss (der Hercules). Ich vergesse die Zeit, wenn sich eine wunderschöne Frau schaukelnd in meinem Schoss übergibt (jetzt hat er es doch gesagt). Und ich vermisse genau diese Zeit, nämlich dann, wenn ich tausende von Meilen fliege und Du nicht da bist. Wiederum vergesse ich ganz einfach die Zeit, wenn Du bei mir bist, wenn wir zusammen sind. Egal wo. Mit und trotz alle dem. Das ist Deine Spur zu meinem Herzen.

Aus den hinteren Reihen, bereits den Tränen nahe, fragt „Tömmchen": Alexander, was ist für Dich Liebe? „Das, was Du für mich bist, Romina. Das alles hier, bist Du. Du bist ganz einfach mein Stück vom Glück.

Von hinten hört man leises Schluchzen. Konstanze ist überwältigt. Horst hat Alexander mal wieder akustisch nicht verstanden und fragt zum X-ten Mal nach „was hat er gesagt?" Konstanze faucht ihn daraufhin ziemlich heftig an er solle still sein, sie würde ihm nachher alles erzählen. Horst schweigt nun, ziemlich bedröppelt dreinschauend.

Alexander steht nun auf und geht rüber zu Romina. Tömmchen kichert vor Aufregung, wieder mit der Hand vorm Mund und sagt: „Oh mein Gott Kinder, was kommt jetzt?" Alex kniet sich vor die sitzende Romi und sagt weiter: „Du warst irgendwann einfach da und hast von dem Moment an mein Leben komplett auf den Kopf gestellt. Von da an war irgendwie alles anders. Du hast Dich ungefragt in mein Herz geschlichen, langsam aber gewaltig. Und in das von meiner Mutter sowieso. Ich vergesse ganz einfach die Zeit, wenn ich mit Dir zusammen bin, Romina." Und flüstert ihr ins Ohr: „und so falsch kann ich nicht liegen, denn sogar meine Mutter mag Dich mehr als mich und das will schon was heissen." Beide lachen schallend los. Romi nimmt Alexanders Gesicht in beide Hände und streichelt ihm mit ihren Daumen über die unfassbar glatt rasierten Wangen. So hat sie das mit ihrer Beinrasur noch nie hinbekommen. Die beiden schauen sich tief in die Augen und …na ihr wisst schon: küssen sich – zum ersten Mal – lange, leidenschaftlich und eng umschlungen.

Tömmchen ist einer Ohnmacht nahe, Maggie heult und Micha fängt an zu Klatschen. Alle Teilnehmer klatschen mit. Im Hintergrund hört man Caro und Konstanze heftigst meckern, man solle doch weiter nach vorne gehen, sie könnten weder was sehen noch hören. Das Gezeter geht noch eine ganze Weile. Allerdings ins Leere. Die Handys zur Übertragung wurden auf dem Tresen abgelegt. Tömmchen und die anderen schenken Sekt ein. Ein perfekter Start fürs heutige Speeddate. Romantik liegt in der Luft, Amors Pfeil hat zumindest einmal getroffen heute Abend. Naja, vorher ja schon.

Und, wie geht's weiter mit den beiden? Es bleibt spannend, aber sicher. Zurück zum Wahnsinn. Oder wie Marie von Ebner-Eschenbach sagte: „echte Liebesgeschichten gehen nie zu Ende".

CPSIA information can be obtained
at www.ICGtesting.com
Printed in the USA
LVHW040137080621
689672LV00007B/414